COLLECTION FOLIO

Raphaël Confiant est né à la Martinique. Auteur de nombreux romans en créole, il a été révélé en France par *Le nègre et l'amiral* (Grasset, 1988) et a obtenu le prix Novembre pour *Eau de Café* (Grasset, 1991). Il est également coauteur d'*Éloge de la créolité* avec Patrick Chamoiseau et Jean Bernabé (Gallimard, 1989). Ses romans *Le meurtre du Samedi-Gloria* (Mercure de France, 1997), et *L'Hôtel du Bon Plaisir* (Mercure de France, 2009) ont obtenu respectivement les prix RFO et de l'AFD.

à Sony

COMÉDIE CRÉOLE ACTE I

Un bougre, sans doute philosophe — et c'était quelqu'un de sérieux car il n'arborait point de bretelles ! —, a dit que la vie est une comédie, mais qu'il faut la jouer sérieusement.

Sans être ni grand-grec ni grandiseur ni même déchiffreur d'avenir, le nègre créole s'est, dès le départ, plié à ce sage précepte, surtout au quartier des Terres-Sainville, haut lieu de la fripouille et des rêves incendiés.

(Le dictionnaire d'ici-là, qui donc n'émane d'aucune académie, précise toutefois : « nègre », mot qui signifie « homme » quelle que soit sa complexion.)

Il y avait beau temps que l'insolite bâtiment de quatre étages (plus un galetas), insolite parce que chacun de ces niveaux, de toute évidence, avait été construit à une époque différente et aussi parce que l'ensemble dominait un cafouillis de maisonnettes plus ou moins pimpantes, elles-mêmes cernées par des cases couvertes de tôle ondulée, n'offrait plus de service hôtelier. Pourtant, une enseigne, certes bringuebalante, en décorait encore le fronton, sorte de large panneau en bois peint en rouge criard sur lequel on pouvait distinguer, pour peu qu'on y prêtât attention — mais les gens du quartier avaient d'autres chats à fouetter, ou plutôt d'autres diables auxquels tirer la queue — « HÔT L DU BON PLA S R ». Seuls les rares étrangers, qu'on dérisionnait sous le vocable d'« emmenés-par-le-vent » à s'aventurer dans cette partie du quartier des Terres-Sainville situé à quelques encablures du pestilentiel canal Levassor, levaient le nez sur l'enseigne et parfois cognaient, en vain, sur la porte d'entrée en quête d'une chambre. Inévitablement, ces pauvres bougres étaient accueillis par les braillements d'une plantureuse négresse, qui bordillait la cinquantaine, Man Florine, celle-ci trouvant là l'occasion d'étaler sa défiance envers la gent masculine et de l'univers entier tout à la fois. Ouvrant brutalement sa fenêtre, elle fusillait l'importun du regard avant de lui lancer en créole :

— *Sa ou lé ? Pa ni chanm pou koké isiya ! Isiya sé moun dibien ka rété, ou tann sa mwen di'w la ? Si sé tjek manawa ou ka chaché, ay Lakou Fiyapen !* (On veut quoi ? Y a pas de chambres pour baiser ! Ce sont des gens de bien qui habitent ici ! Si vous cherchez une catin, allez donc à la Cour Fruit-à-Pain !)

Avant de surenchérir en français mâtiné de vieilleries langagières, quand elle était d'humeur égale :

— Ce n'est point le lieu pour bailler carrière à vos fantaisies, jeune monsieur !

Plus souvent que rarement, le Blanc de passage (car seule cette race de personnes ignorait que l'Hôtel du Bon Plaisir usurpait depuis des lustres son nom si-tellement aguichant) s'escampait sans demander son reste sous les quolibets et autres rigoladeries salaces des gamins qui accaparaient la rue dès le devant-jour pour en faire leur terrain de jeux. Ce petit événement, pourtant devenu rituel, avait le don d'irriter au plus profond de lui un autre habitant du premier étage, le plus proche voisin de Man Florine, un mulâtre toujours vêtu d'un costume en alpaga immaculé qui chaque fin d'après-midi, sur les cinq heures, descendait en claudiquant l'escalier en bois de l'hôtel et, s'appuyant sur une canne au pommeau d'argent, se dirigeait, d'un pas de sénateur, le visage empli de hautaineté, vers le boulevard de la Levée, artère centrale de Fort-de-France qui partageait, en ce mitan du siècle, la ville en deux, d'un côté, les grandes genses, autrement dit les bourgeois, de l'autre, la chiennaille, nègres ou indiens de basse engeance. Que maître Dorimont eût élu domicile du mauvais côté de l'En-Ville était une source d'étonnement renouvelé pour tout le monde. D'autant que l'homme, du haut de sa taille de pied de cocos, morguait le vulgum pecus, ne disant ni ne répondant aux bonjour-bonsoir de personne, ne souriant jamais non plus. Alors toutes sortes de raconteries, toutes plus extravagantes les unes que les autres, couraient sur son compte : il aurait blessé en duel, à l'époque du Tricentenaire (en 1935 donc), un rival politique et aurait été exilé en Guyane d'où il aurait fini par revenir pour se voir exclu de sa caste ; sa femme aurait dérobé l'entièreté de son argent à la banque et se serait enfuie avec un matelot vénézuélien (ou brésilien) ; un voisin jaloux lui aurait brouillé l'esprit en lui envoyant un charme maléfique, encore que cette hypothèse-là fût fragilisée par le fait que le plus redoutable quimboiseur des Terres-Sainville, le sieur Grand Z'Ongles, et maître Dorimont se saluassent bien bas lorsqu'il leur arrivait de se croiser, généralement sur l'avenue Jean-Jaurès ; ou encore le mulâtre était tout bonnement pédéraste et qu'ici, dans ce quartier pouilleux, il pouvait mieux cacher ses supposées turpitudes. Toujours est-il que maître Dorimont ne supportait pas les algarades qu'infligeait Man Florine aux étrangers que l'enseigne du bâtiment avait induits en erreur. Il s'accoudait à sa fenêtre et, sans s'adresser à personne en particulier, grommelait :

— Ah, le nègre ! le nègre ! Quelle engeance, mon Dieu !...

Comme ses propos n'étaient audibles que de sa plus proche voisine, lorsque cette dernière ripostait en l'accablant d'injuriées dans lesquelles la mère et la marraine du mulâtre étaient traînées dans la boue et accusées de jouer de la croupière à tout venant, les autres résidents de l'Hôtel du Bon Plaisir prenaient inévitablement parti pour le « libertin », comme on le surnommait. Des fenêtres des deuxième et troisième étages, on voyait jaillir des figures outrées qui dans des rafales de créole bien senties rabaissaient la caquetoire de la marchande de pistaches grillées qu'était Man Florine dont la conversion récente à la religion adventiste enrageait plus d'un. Son passé était littéralement déshabillé, les nom, prénom, profession et caractéristiques sexuelles de ses amants étaient passés en revue, elle était qualifiée d'hypocrite qui, autrefois, allait communier le dimanche sans passer par le confessionnal, de mal éduquée qui ne savait même pas coller correctement deux mots de français entre eux. De coche. De négresse noire comme hier soir (ou comme un péché mortel). Les plus vipérins d'entre ses détracteurs étaient Romuald Beausivoir et Jean-André Laverrière, les plus anciens habitants de l'immeuble, se vantaient-ils, ce qui était improuvable vu que depuis toujours — enfin depuis que l'hôtel avait cessé d'en être un et s'était transformé en bâtiment locatif — on y allait et venait sans discontinuer. Les chambres et les appartements brocantaient de mains, soit que Basile-la-Mort fût venu chercher Untel, soit que tel autre ait trouvé mieux ailleurs. Ou tout simplement qu'un couple ne s'entendant plus, chacun se dispersât, avec deux-trois enfants sous le bras. Quoi qu'il en soit, Beausivoir et Laverrière étaient des « quelqu'un ». L'Hôtel du Bon Plaisir, en effet, était divisé, selon une subtile hiérarchie, entre ceux qui possédaient un appartement (en général deux pièces étroites et sombres plus une minuscule salle d'eau) et ceux qui vivotaient dans une chambre, en réalité une chambrette, pourvue d'une petite lucarne en guise d'aération, et qui devaient aller faire leurs besoins aux toilettes situées sur le palier les rares fois où elles n'étaient pas bouchées. Les premiers s'attribuaient le titre de « quelqu'un », qualifiant avec dédain les seconds de « sous-chiens », expression créole imagée qui indique bien sur quel barreau de l'échelle humaine, ou plus exactement animale, ils se voyaient relégués.

Romuald Beausivoir, qui se proclamait « entrepreneur en travaux divers » — c'est ce qui figurait en tout cas en toutes lettres sur les deux côtés de sa camionnette bâchée de marque Peugeot —, vouait à la marchande de pistaches du premier étage une détestation qui, assurait Radio-bois-patate (celle qui n'a besoin ni d'antenne ni de cordon électrique ni de piles), datait de l'époque de l'amiral Robert, ce chien-fer qui avait écrasé la Martinique sous sa botte quand cet autre chien-fer de maréchal Pétain avait agenouillé la France devant ce chef des chiens-fer qu'était M. Hitler. Il semblerait, chose qui ne pouvait être vérifiée, que Man Florine eût approuvé la Révolution nationale, fait partie de la Légion de Marie et défilé dans les rues, bras haut levé, en clamant « Amiral, nous voilà ! ». À l'inverse, l'entrepreneur avait très vite pris fait et cause pour le général de Gaulle et rejoint clandestinement les Forces françaises libres à l'île de la Dominique, d'où il fut transporté, avec d'autres camarades, aux États-Unis, puis en Afrique du Nord où ils participèrent à la libération de la mère patrie. De fait, Romuald Beausivoir se flattait d'être un ancien combattant, moult fois médaillé, qui le 14 Juillet et le 11 Novembre paradait, oriflamme haut levée, sur la place de la Savane où, face au monument aux morts, il recevait chaque année, avec un contentement renouvelé, les paroles de félicitance et d'admiration de hauts gradés d'En-France. D'autres fois, Radio-bois-patate diffusait une autre version de la discorde entre la marchande de pistaches et l'entrepreneur : au sortir de la guerre, en 1948 très exactement, une Vierge miraculeuse avait traversé l'Atlantique, sur une barque dépourvue de voile et de moteur, pour venir sauver la Martinique et, bien entendu, Man Florine s'était immédiatement jointe aux cohortes de bondieuseuses qui avaient entrepris de la promener à travers tout le pays, récoltant au passage argent et bijoux des mains de fidèles qui, en échange, demandaient une grâce à la statue. Romuald, agnostique depuis sa plus tendre enfance, comme il aimait à le proclamer, avait tout de suite flairé l'attrape-nigaud et s'était mis à dénoncer la Vierge du Grand Retour, sans parvenir à se faire entendre car celle-ci redonnait la vue aux aveugles, permettait aux paralytiques de se lever de leur siège et ramenait à la vie les nourrissons agonisants. Jusqu'au jour où l'affaire fut éventée et les zélateurs de la Madone ridiculisés. Quoi qu'il en soit, un lourd contentieux régnait depuis etcetera d'années entre les deux locataires et quand Man Florine s'en prenait à un étranger qui frappait en toute innocence à la porte de ce qu'il croyait être un boxon, Romuald prenait fait et cause pour l'infortuné en gueulant plus fort que la marchande :

— Regardez-moi celle qui fait la morale à autrui ? Non, non et non ! Y en a qui ont un sacré toupet dans ce pays de Martinique, oui ! Plus les gens sont malpropres, plus ils sont voleurs, tricheurs, menteurs, plus ils se croient permis de dicter leur conduite aux autres. Vieille canaille, va !

Mais si Man Florine redoutait les attaques de l'entrepreneur, si elle faisait aussitôt profil bas, refermant sa fenêtre et se cloîtrant chez elle jusqu'au soir, moment où elle hissait sur sa tête un panier rempli de cornets de pistaches grillées et se rendait sur la place de l'Abbé-Grégoire, au beau mitan des Terres-Sainville, où elle avait sa place réservée sur un banc de marbre, elle craignait pardessus tout la réaction de Jean-André Laverrière pour la bonne et simple raison qu'ils avaient été amants, certes à l'époque où le Diable lui-même n'était encore qu'un petit bonhomme, mais le bougre la connaissait sur le bout des ongles. Ce Jean-André exerçait la profession de clarinettiste dans un casino célèbre de Fort-de-France, « Le Petit Balcon », où, paraît-il, il excellait dans les valses créoles, les biguines et les mazurkas. Paraît-il parce que bien entendu aucun locataire de l'Hôtel du Bon Plaisir n'était allé vérifier ses dires, ni aucun habitant des Terres-Sainville d'ailleurs, puisque l'endroit n'était fréquenté que par la mulâtraille et les gens de bien. Mais à l'entendre s'entraîner tôt le matin, même ceux qui n'avaient aucune teinture de solfège savaient que Jean-André avait de l'or entre les doigts, selon l'antienne favorite du vieux-corps qui habitait l'aile gauche du troisième étage,

M. Victorin Helvéticus, instituteur à la retraite. Mais, ajoutait-il aussitôt, de sa voix posée et composée, cette voix qui s'efforçait de bien prononcer les « r » et de faire la liaison entre les mots quand cela s'avérait nécessaire, Jean-André Laverrière a aussi des excréments entre les dents. Cette expression pour le moins alambiquée ne reflétait pourtant que l'exacte vérité car le clarinettiste posait son instrument, crachait deux-trois fois par la fenêtre sans même se préoccuper de savoir si un passant déambulait à ce moment-là au pied de l'immeuble et se mettait à bombarder la marchande de pistaches :

— *Fèmen djel-ou, Florin, bonda'w ka santi ! chouchoun-ou plen mòpion ! landjet-ou ka pit choubichou !* (Ferme ta gueule, Florine, tes fesses sentent mauvais ! Ta chatte est remplie de morpions ! Ton clitoris pue les orteils mal lavés !)

La venue d'un étranger en goguette dans la rue de la Commune de Paris, où se trouvait l'Hôtel du Bon Plaisir, était toujours, de ce fait, une manière d'événement. Ces torrents d'insultes, de cris, de rires gras, de larmes aussi certaines fois, rameutaient le ban et l'arrière-ban des fainéantiseurs qui, après avoir flâné à la recherche d'un petit djob ou d'un verre de rhum sec toute la première moitié de la matinée, s'affalaient à l'ombre des maisonnettes pour attendre que midi ait fini de passer sa rage sur la terre. Ils accouraient devant l'immeuble, certains prenant parti pour Man Florine (les moins nombreux, il faut avouer), les autres pour ceux qui mettaient son honneur en miettes. Cela s'appelait du cinéma-sans-payer. Ce n'était pas aussi excitant que les séances du « Colisée », où l'on passait des films de cow-boys ou de l'Antiquité (*Règle-*

ment de comptes à O.K. Corral et *Ben Hur* avaient eu tant et tellement de succès que le propriétaire des lieux les diffusait trois fois l'an), mais cela permettait tout de même de rompre la morne torpeur dans laquelle s'enfonçaient les Sainvilliens qui n'avaient pas de travail fixe. Et ce n'est pas à dire qu'ils n'étaient pas toute une chaîne ! Dockers occasionnels qui n'avaient pas, ce jour-là, bénéficié d'occasions, lessivières en attente qu'un bourgeois de la rue Victor-Hugo fît appel à leurs services, laveurs de taxi-pays, apprentis cordonniers, mécaniciens en herbe ou encore peintres en bâtiment en quête d'un nouveau chantier. Tout ce beau monde avait son opinion sur les faits et gestes des résidents de l'Hôtel du Bon Plaisir et pas seulement sur leurs dissensions. C'est que Man Florine, maître Dorimont, Romuald Beausivoir, Jean-André Laverrière, le vieil instituteur et tous les autres des étages supérieurs étaient enviés par la populace. Certes, à mesure que l'on changeait d'étage, les conditions de vie s'aggravaient car celui qui, en 1922 (c'était inscrit dans le ciment de la façade), avait construit l'immeuble ne s'était pas embarrassé de considérations esthétiques. À moins qu'à un moment ou un autre il n'ait eu des courants d'air dans les poches. En effet, si le rez-de-chaussée, où vivaient trois vieilles filles blanches créoles, les Vigier de Lamotte, trois sœurs, toujours enfermées (sauf au moment où sonnait l'angélus car elles ne manquaient jamais une messe du matin), et le premier étage avaient bénéficié d'une finition quasi parfaite, d'un sable et d'un ciment sans défaut, il n'en allait pas de même du deuxième, qui était certes en dur, mais dont les briques en argile rouge n'avaient pas été enduites, ce qui empêchait de peindre les murs extérieurs. Quant au troisième étage, le fibrociment dont il était constitué lui baillait un air de fragilité tel qu'à la saison des cyclones on craignait qu'il ne s'envolât. Que dire alors du quatrième et dernier étage entièrement en bois ? Sans compter la structure grossière qui le surmontait, que tout un chacun appelait le « galetas », antre d'un bel jeune nègre qui avait fait de brillantes études au lycée Schœlcher, en qui le monde voyait déjà un ténor du barreau ou un grand médecin, et qui était tombé fou pour des raisons inconnues. Ce quatrième étage était en bois de récupération ! Bois des caisses servant à transporter la morue séchée depuis la Norvège, bois des cases trop vieilles que la municipalité faisait démolir ici et là, bois découpé maladroitement dans des troncs d'arbres abattus sans doute dans la forêt de Balata qui surplombait l'En-Ville. Là s'entassaient deux familles nombreuses et, fatalement, ennemies jurées : les Beausoleil avec quatorze marmailles et les Andrassamy avec douze. La première ne comportait aucune autorité masculine. D'ailleurs, personne ne pouvait se vanter d'avoir vu Mme Justina Beausoleil faire entrer le moindre homme-à-deux-graines à l'Hôtel du Bon Plaisir depuis bientôt douze ans qu'elle y habitait. Et pour ses filles, elle imposait la même rigueur. Pas de garçons qui traînent dans les parages ! Certains d'entre eux, téméraires qu'ils étaient, en avaient pris pour leur grade quand ils avaient tenté d'aguicher Armande, l'aînée, et Laetitia, la cadette, deux gourgandines à la taille de jument qui se cabraient en marchant, « exprès pour exciter l'espèce masculine », s'indignait Helvéticus, le vieil instituteur, pour qui la morale détenait une valeur égale à l'arithmétique ou à la géographie, selon ses propres dires. En réalité, c'était un vieux cochon qui payait des jeunesses en douce pour qu'elles viennent titiller de leur bouche le minuscule tire-bouchon qui lui pendouillait désormais entre les jambes (eh oui, Monsieur avait atteint les soixante-douze ans, même s'il en faisait dix de moins !). Pendant des années donc, on ne fit que voir le ventre de Mme Beausoleil s'arrondir, et elle-même, très fière, d'annoncer la nouvelle à la cantonade pour la gouverne de tous les « messieurs-dames de l'Hôtel du Bon Plaisir » qui, pour la plupart, la regardaient de travers :

— Ça y est, j'ai un nouveau petit ! Vu la forme de mon ventre, ce sera une fille cette fois. Si quelqu'un a une idée de prénom, je suis prête à l'entendre et merci d'avance !

Personne ne s'était jamais avisé de répondre à ses sollicitations, sauf cette gaffeuse de Nini Jolicœur, qui habitait au troisième étage (et était donc la voisine de l'instituteur retraité) et qui, revenue de là-bas (c'est-à-dire de France et de Navarre) depuis peu, importunait le monde avec son accent parisien à couper au couteau et son homme, un Marseillais avec un accent encore plus épouvantable. Madame avait été embauchée comme infirmière dans un grand hôpital parisien, s'il fallait l'en croire, où, après y avoir travaillé corps et âme pendant vingt-cinq ans, l'administration lui avait accordé une (confortable) retraite anticipée. D'ailleurs, elle exigeait qu'on l'appelle « madame l'infirmière » ! Mais ses simagrées et autres macaqueries ne couillonnaient pas grand monde. Ses cheveux défrisés jusqu'à la racine et teints en blond-roux, ses faux cils, ses ongles démesurés, ses lèvres outrageusement fardées et surtout ses robes très près du corps et fort échancrées là où il faut la désignaient en effet comme rien moins qu'une arpenteuse des boulevards Strasbourg-Saint-Denis ou Barbès. En ce temps-là, le nègre de céans s'imaginait Paris comme un ensemble de quatre boulevards : les Champs-Élysées (qu'évoquait souvent Radio-Martinique à l'occasion de cérémonies officielles) et le Saint-Michel (ce dernier revenant sans arrêt dans la bouche des étudiants rentrés au pays) d'un côté et les deux précédemment nommés de l'autre (tristement fameux pour les fleurs créoles qui poussaient sur leur bitume). Pour de vrai, Nini Jolicœur avait été une fleur ! Même avec sa quarantaine dépassée, et malgré son visage émacié, elle attirait encore l'attention et les jeunes gens du quartier tentaient de lui faire des coulées d'amour dès que son Vieux Blanc, contremaître à la Société générale d'électricité, avait le dos tourné. Mais supporter son fichu accent, ça, très peu y parvenaient.

— Les Blancs-France nous accusent de ne pas prononcer les « r », mais eux, pourquoi ils prononcent pas les « e », hein ? s'indignait Waterloo, un ancien fier-à-bras du quartier Bord de Canal qui affectionnait la principale case à rhum de la rue de la Commune de Paris, le « Rendez-vous des amis », dénomination banale qui cachait un lieu d'intenses activités généralement réprouvées par la loi.

— Ben oui ! reprenait toujours quelqu'un. Vous avez entendu Nini dire « chemise », les amis ? Madame dit « ch'mis' ». Ha-ha-ha !

— C'ris', p'tit', pl'ous', ha-ha-ha, c'est comme

ça qu'on prononce cerise, petite et pelouse à Paris. Sans « e » ! Foutre que c'est laid, tonnerre de Brest ! renchérissait un autre.

Mais l'accent du concubin de Nini Jolicœur agaçait aussi prodigieusement la négraille du quartier, cette fois parce que le bougre prononçait trop de « e » ! On s'était alors tourné, pour vérification, vers un maître en la matière, le vieil instituteur du troisième étage, M. Victorin Helvéticus, sorti major de sa promotion à l'école normale de Croix-Rivail dans les années 1920, qui avait édicté un jugement définitif de sa voix bien huilée :

— En bonne langue française et selon la prononciation recommandée par l'Académie, messieurs, je puis vous affirmer que cette Nini Jolicœur et son amant sont tous les deux dans l'erreur. Dans un mot comme « chemise », par exemple, il n'existe qu'un seul « e », le premier, celui de la syllabe « che ». Il n'y a donc ni zéro « e » comme cette dame le prononce, ni deux « e » comme le fait ce monsieur.

Une salve d'applaudissements accueillit cette sentence car le nègre aimait d'amour fou la bonne vieille langue française académique et cravatée bien qu'en temps normal il n'usât que de son éperon naturel, à savoir le créole. De ce jour, il surnomma Nini « Zéro E » et le Marseillais « Deux E ».

La première donc, au début de son installation à l'Hôtel du Bon Plaisir, quand Mme Beausoleil demanda *urbi et orbi* qu'on lui propose un prénom pour son futur nouveau-né (lequel arrivait invariablement tous les neuf mois), voulant se faire accepter par l'immeuble, lança avec son accent brodé :

— Très chère, j' te propose Caroline. Ou alors Marie-Noëlle. C'est très à la mode en ce moment à Paris.

C'est ce qu'attendait Mme Beausoleil, une chabine à la peau blanchâtre piquetée de taches de rousseur, pour lui fondre dessus tel un oiseau-mensfenil :

— *Ay lavé tjou'w, manzel-la ! Man pa mandé'w ayen. Ou lé man ba yich-mwen an an prénon vakabòn kon sa yé a ? Vakabòn yo ka kriyé Karolin oben Mari-Noel ! Ou lé tann bel prénon lakay-nou ? Mi : Adliz, Émérant, Doriàn, Anastazi, Antwaniz kisasayésa...* (Va te faire voir ! Je t'ai rien demandé. Tu voudrais que je donne à ma fille un prénom de catin, c'est ça ? C'est des catins qu'on appelle Caroline ou Marie-Noëlle ! Tu veux entendre de beaux prénoms bien de chez nous ? Voici : Adelise, Émérante, Doriane, Anastasie, Antoinise, etc.)

De ce jour, Nini n'adressa plus le bonjour à la famille Beausoleil, mais fit preuve d'une immense compassion pour la voisine d'étage de celle-ci, les Andrassamy, des Indiens-Coulis qui étaient descendus de Basse-Pointe, tout au nord du pays, et qui avaient émigré dans l'En-Ville à la recherche d'une vie meilleure. Là-haut, dans les plantations de canne à sucre, soliloquait Man Andrassamy, dont la natte grise lui ballottait sur les fesses qu'elle avait maigres et plates, la vie était plus raide qu'un coup de rhum à jeun. Elle montrait alors à Nini ses mains fripées, couturées par les feuilles de canne à l'époque où elle avait exercé la profession d'amarreuse à l'Habitation Gradis. Son mari, pour sa part, était un homme fort cousu et secret sur le chapitre de sa vie. Il avait miraculeusement décroché un poste de balayeur municipal qui lui permettait de nourrir ses enfants, quoique tout juste. Pour joindre les deux bouts, il était obligé, le samedi ou le dimanche, d'offrir ses services au boucher du quartier d'Au Béraud, où la race indienne s'était massée. Il n'hésitait pas non plus, sur demande, à réparer une toiture, repeindre une devanture ou simplement laver un camion. Aucune tâche, aussi rude fût-elle, ne lui faisait peur si bien qu'il était l'un des rares Indiens (appelés plutôt « Coulis ») que l'on n'agonisait pas d'injures lorsqu'il passait dans la rue. Léon Andrassamy avait gagné le respect de tous. Il ne voyait pas d'un très bon œil les démonstrations de sympathie de Nini Jolicœur mais ne disait rien car il savait que son épouse avait besoin de distractions. Il faut avouer qu'à cette époque les Indiens étaient les seuls à savoir ce que signifiaient réellement les mots « famille » et « amour ». Autant les Blancs créoles, les mulâtres, les chabins, les Chinois et même les Syriens passaient leur temps à courir la gueuse, semaillant au passage des grappes d'enfants sans père, autant les Indiens demeuraient ensouchés dans une impressionnante fidélité. Sauf que, de temps à autre, une Indienne perdait la raison, laissait tomber qui mari qui marmaille, et s'enfuyait au bras d'un chabin ou d'un mulâtre ou, plus rarement, d'un Blanc créole, ce qui provoquait un scandale dans chaque camp, le camp non indien accusant la femme de s'être emparée de l'esprit de son amant à coup de sorcellerie hindouiste, le camp indien accablant de manière égale les deux fautifs pour avoir contrevenu aux règles les plus élémentaires de la bienséance. Léon se montrait donc très veillatif à l'endroit de ses filles qu'il mettait en garde contre la malignité de ceux qu'il englobait sous le vocable de « créoles », qu'ils fussent noirs, blancs ou métis. Elles n'allaient, par exemple, à la séance de cinéma du samedi après-midi que dûment chaperonnées par leur frère aîné, lequel savait qu'il ne disposait que de quatre minutes pour faire le trajet qui séparait l'Hôtel du Bon Plaisir du cinéma « Le Colisée ». À la plus petite poignée de secondes de retard, Léon Andrassamy les attendait au pied de l'immeuble et d'une voix très calme mais ferme lâchait :

— Bien-bien... la prochaine séance, ce sera dans quatre mois !

Mais l'Hôtel du Bon Plaisir recélait aussi un locataire clandestin. Ou anonyme. Comme l'on voudra. Il était universellement connu sous le nom de « Syrien » et, pour de vrai, vu la longueur de son nez et le poilu de ses bras, il ne faisait aucun doute qu'il appartenait à la race levantine. Syrien occupait, occasionnellement, une pièce bizarre, presque en quinconce, entre le palier du deuxième étage et l'escalier en colimaçon qui conduisait au troisième. Au dire de l'entrepreneur Romuald Beausivoir, expert en la matière, il s'agissait là d'une erreur architecturale. Toujours est-il que, syndic de l'Hôtel du Bon Plaisir, il se l'était arrogée, passant chaque troisième du mois, une grosse sacoche sous le bras, accompagné d'un dog (nom que nous préférons à garde du corps dans notre parlure à nous), pour récolter les loyers. L'immeuble, qui autrefois avait appartenu à une riche famille blanche créole du Plateau Didier, avait changé plusieurs fois de mains depuis trente ans, et aujourd'hui, aucun des locataires, même pas M. Helvéticus, ne savait qui en était le propriétaire, le syndic se montrant très vague à ce sujet quand d'aventure la question lui était posée. Il faisait alors allusion tantôt à une « société immobilière » tantôt à une « compagnie de location », sans en révéler la nature exacte, démentant mollement que Me Dorimont ait racheté les lieux comme d'aucuns le susurraient, puis changeait brusquement de conversation en demandant si le locataire avait besoin de quelque réparation. Syrien notait toutes les réclamations sur un carnet à l'aide d'un imposant stylo noir et promettait que tel robinet serait changé dans la journée ou telle fenêtre réparée dans la semaine, mais rien de tout cela ne se produisait, et les locataires, de guerre lasse, finissaient toujours par effectuer ces réparations sur leurs propres deniers.

Syrien saluait tout un chacun d'un bref signe de tête, mais évitait d'engager la conversation. Il avait toujours l'air affairé quoiqu'il ne transportât jamais rien d'autre qu'un énorme livre dont la couverture était en cuir noir. Personne ne lui rendait visite et, d'ailleurs, il semblait avoir un autre domicile, sans doute plus confortable, car il ne passait à l'Hôtel du Bon Plaisir que deux-trois fois par semaine et encore pour n'y rester que quelques heures ou, parfois, une nuit. Un mystère d'homme, oui ! Ce qui faisait, paradoxalement, qu'il était le locataire le plus aimé : Man Florine le comblait de cornets de pistaches ; M. Helvéticus lui gardait son courrier, la boîte aux lettres de l'immeuble étant visitée régulièrement par les voyous du quartier ; Justina Beausoleil lui passait commande des uniformes scolaires de sa ribambelle de marmailles (tous les Levantins étant censés vendre du tissu) ; l'aîné des garçons Andrassamy lui époussetait sa voiture, une Simca bleu ciel qui faisait l'admiration des connaisseurs. Syrien acceptait cette débauche d'amicalité avec de grands salamalecs mais se gardait bien de se mettre sur un pied de familiarité avec qui que ce soit.

Ainsi roulait la vie à l'Hôtel du Bon Plaisir au cours de ces années 1950, quand chacun s'efforçait d'oublier les privations de la période de guerre, en la bonne ville de Fort-de-France, Foyal pour les intimes...

*

Me Dorimont, le mulâtre du premier étage, portait beau en dépit de sa cinquantaine avancée. Il avait emménagé dans l'immeuble en 1947, quelque temps après son retour, non pas de la Guyane, comme l'affirmait le bon peuple (c'était là une de ses expressions favorites), mais de La Nouvelle-Orléans. Dans son jeune temps, c'est-à-dire au sortir de la première grande guerre au cours de laquelle la plupart de ses amis avaient péri, cela dans une contrée portant le nom comique de Dardanelles (comique parce que ce nom évoquait celui de mortadelle), il avait exercé la profession d'avocat avec un talent qui lui valait l'unanime respect de ses pairs. Son cabinet, situé au 67 de la rue Schœlcher, non loin donc du palais de justice, était le plus souvent bondé, les honoraires exorbitants qu'il réclamait n'effrayant point ceux qui avaient la bourse modeste. « Au moins avec Me Dorimont, on est sûr et certain d'obtenir un résultat ! » proclamait-on dans les quartiers plébéiens où les affaires civiles se résumaient à des disputailleries à propos de bouts de terrain à la taille dérisoire ou à des contestations de paternité. Ce qui avait aussi fait la renommée du jeune avocat, c'est qu'il ne courait pas après l'argent comme nombre de ses confrères et acceptait d'être réglé en nature pour peu que son client fît la preuve de son insolvabilité. Très vite, au grand dam de son épouse, une mulâtresse guindée qui enseignait la musique au Pensionnat Colonial (ce qui revient à dire Mozart, Brahms et Beethoven, car le tambour, c'était bon pour les sauvages !), la courette ombragée de leur jolie villa de la rue Victor-Hugo, l'une des plus huppées de l'En-Ville, se trouva encombrée de poules, de coqs de combat, de lapins et de cabris, sans compter les régimes de bananes-makandja, les grappes d'oranges douces et amères ou de mandarines qui s'amoncelaient sur la table de la cuisine. Leur bonne, une négresse gironde et joviale, ne savait plus où donner de la tête, toutes ces victuailles dépassant de très loin les besoins du couple. Bien que mariés depuis un paquet d'années, ils n'avaient toujours pas de rejeton et la rumeur publique chuchotait que Dame Dorimont était bréhaigne.

— C'est pour ça qu'elle a l'air toujours aigrie ! sentenciaient les bougresses du Bord de Canal dont le métier consistait à passer, sur les six heures du soir, à la devanture des maisons bourgeoises pour récupérer les pots de chambre qu'elles déversaient à l'embouchure de la rivière Madame.

Maître Dorimont n'était pas seulement conciliant avec les campagnards aux orteils dévorés par les chiques ou les ouvriers d'En-Ville débanqués, il étendait aussi sa magnanimité jusqu'à ne jamais réclamer à une femme ses arriérés d'honoraires. Certaines en profitaient pour disparaître une fois leur affaire réglée ; d'autres, plus honnêtes, lui offraient l'hospitalité de leur giron, dans son cabinet, sur le divan recouvert de velours mauve où il faisait asseoir les clients importants pendant que sa secrétaire leur préparait un café. Lui qui, de nature, n'était pas particulièrement porté sur le commerce charnel changea du tout au tout lorsqu'il découvrit, au fil des ans, la douce chaleur des négresses, le torride des chabines, le suave des mulâtresses, le sublime des Indiennes, l'émouvant des Chinoises et le mystérieux des Syriennes.

— Je n'ai qu'un regret, fanfaronnait-il, c'est que la première des races à avoir foulé le sol de cette île, à savoir les Caraïbes, ait été exterminée. Ah ! Je me plais à penser que leurs femmes avaient une saveur d'ananas frais...

Bref, il devint un expert en matière de femmes de toutes races, tailles, membrature et pilosité, faisant des jaloux au « Cercle martiniquais », vénérable institution située près du Bord de Mer, qui recevait en fin d'après-midi les membres les plus honorables de la classe mulâtre. Ici s'organisaient les prochaines cuisines électorales, se concoctaient alliances matrimoniales ou commerciales, se défaisaient aussi des réputations, tout cela dans une atmosphère feutrée où s'élevaient des volutes de fumée de cigares cubains et s'entrechoquaient des verres remplis de gin ou de whisky. Ne devenait pas membre du « Cercle » qui le voulait — la simple aisance financière n'y suffisant pas — et, d'ailleurs, il était moult fois plus facile d'en être exclu que d'y être adoubé, chose dont Me Dorimont ferait, à son corps défendant, la douloureuse expérience.

Son talent oratoire lui attirait en tout cas des clients de toutes les couches de la société, des plus richissimes Blancs créoles jusqu'aux Indiens-Coulis les plus dénantis en passant par les Syriens de la rue François-Arago, rue qu'ils avaient colonisée avec leurs magasins de toileries et de souliers à bon marché. Il devint ainsi le défenseur attitré d'un certain Youssouf Benalil, propriétaire des « Nuits de Damas », un établissement fort achalandé qui provoquait la jalousie des autres commerçants levantins. Si cette race ne cherchait noise à aucune autre, et surtout pas aux nègres, on avait tort de croire qu'elle était unie comme les doigts d'une même main. En fait, des guéguerres intestines la déchiraient, à l'insu du grand public, entre principalement chrétiens maronites et musulmans, lesquels se disputaient le moindre local vide ou le plus petit arpent de trottoir. C'est ainsi que Youssouf expliqua à un maître Dorimont stupéfait que le côté nord de la rue François- Arago, celui qui était le plus proche du canal Levassor, était sous la domination des adorateurs de Jésus-Christ tandis que le côté sud était le fief des zélateurs d'Allah. Mais il y avait un hic : cette domination était loin d'être totale et, sur les deux côtés de la rue, magasins maronites et musulmans s'enchevêtraient. D'où des engueulades, des coups bas, des bagarres et naturellement des procès. Comme tout le monde, maître Dorimont ignorait ces subtiles différences qu'en son for intérieur il qualifia de byzantines, et donc à force de plaider en faveur du propriétaire des « Nuits de Damas », ils devinrent bons zigues. En contrepartie, Youssouf révéla à l'avocat un univers parallèle dont ce dernier ignorait également l'existence bien que Fort-de-France fût une petite ville : celui du jeu de cartes et des demoiselles entretenues.

Syriens et mulâtres fortunés s'asseyaient, en effet, sur des bancs très proches, l'après-midi, sur la place de la Savane où chaque race possédait son emplacement réservé sans qu'aucune d'entre elles ne se soit donné le mot. On préférait se rassembler entre soi, entre gens de même couleur, voilà tout ! Là, on refaisait le monde tout en s'entrevisageant, sans hostilité mais sans amicalité non plus. Dès l'instant où chacun respectait le territoire de l'autre, tout ne pouvait qu'aller pour le mieux dans le meilleur des mondes.

Maître Dorimont fut donc introduit auprès des plus gros joueurs, lesquels organisaient des tournois à leur domicile à tour de rôle. Au début, il joua petit, puis, au fur et à mesure, happé par la fièvre du jeu, il se mit à miser plus que de raison et bien sûr se mit à perdre. Généreux, Youssouf le renflouait à chaque fois, sans exiger de lui aucune date de remboursement, ce qui renforça leurs liens. Au bout de quelques mois, l'avocat devint un joueur de poker invétéré.

Mais le Levantin l'initia aussi à un autre monde parallèle, beaucoup plus discret, voire plus secret que celui des cartes, à savoir le monde de Fifi-Grandes-Cuisses, Loulouse et Amandine-Bels-Tétés, grandes bringues à la peau couleur de miel qui vivaient semi-cloîtrées dans deux luxueux appartements de la rue Antoine-Siger que leur louaient leurs protecteurs et amants syriens et mulâtres. L'avocat ne put s'empêcher de sourire en entendant les surnoms de ces jeunes femmes qui lui rappelaient cette atmosphère de stupre dans laquelle avait vécu la bourgeoisie de couleur dans le Saint-Pierre d'avant l'éruption de la montagne Pelée. Atmosphère dont son père à lui avait la nostalgie et qu'au soir de sa vie, retombé en enfance, il ne cessait d'évoquer dans de grandes phrases un peu incohérentes qui troublaient alors le futur avocat. Les prénoms surtout que le vieillard martelait en hoquetant faisaient rêver Auguste Dorimont : Clairelise, Dada-Brouette, Titine, Maloulou, Fifinotte. Durant toute son adolescence, il fut hanté par ces créatures féminines qui avaient fini par représenter dans son esprit une manière de légende. Un monde miraculeux, exaltant, qu'hélas le volcan avait détruit à jamais un jour funeste de mai 1902. Or, grâce à Youssouf Benalil, voici que, devenu adulte, il avait la chance absolument inouïe de pouvoir y revivre. Il en faillit perdre la raison. La voix grasseyante de Fifi-Grandes-Cuisses, le galbe de ses jambes, sa membrature puissante mais fine à la taille, sa langue — cette langue qu'elle avait l'art de mouliner dans le creux de l'oreille de ses amants —, tout cela plongea Auguste dans le paradis de la chair. L'expression était d'un ami mulâtre, pharmacien de son état, qui, lui aussi, contribuait au financement des femmes-matador de la rue Antoine-Siger :

— Mon cher ami, fit-il d'une voix faussement docte, vous voilà désormais immergé jusqu'au cou dans l'enfer du jeu et dans le paradis de la chair !

Le premier jour où Auguste fut présenté aux trois jeunes femmes, il éprouva un attrait irrésistible pour Fifi, d'abord parce qu'elle était une femme faite, une cabresse en langage créole, et non une nymphette comme Loulouse et Amandine, ensuite parce qu'elle avait de la conversation. Elle faisait référence à des romans de Zola ou de Balzac, discutait musique classique avec un professeur du lycée Schœlcher dont c'était la spécialité, commentait les reproductions de Van Gogh, Gauguin et Toulouse-Lautrec qui décoraient les murs de son appartement, cela en ne cessant jamais un seul instant de prendre des poses voluptueuses, croisant et décroisant ses jambes qu'elle avait, effectivement, interminables et magnifiques. La jeune femme ne manqua pas de s'apercevoir de l'effet qu'elle faisait à l'honorable avocat dont elle lisait les exploits dans la chronique judiciaire des journaux et le mit immédiatement sous son emprise. Après deux verres de whisky, elle l'entraîna dans sa chambre, sous l'œil égrillard de Youssouf et des autres protecteurs. Là, elle sortit le grand jeu. Couvrit son corps de baisers mouillés. Lui titilla la pointe des seins. Goba son braquemart. Avant de s'affaler sur le dos et de lui ouvrir toutes grandes les portes du paradis. Auguste faillit succomber au mal caduc. Il entra dans une espèce d'état second. Entre délices et vertige effrayant. Il se débattit comme un noyé. Sa bouche cherchait désespérément un souffle, un peu d'oxygène, quelque chose qui eût pu l'empêcher de ressentir cette impression d'étouffement, mais la ribaude ne lui laissait pas la moindre chance. Elle le griffait, le caressait, le suçotait, l'embrassait, le gamahuchait avec une habileté quasi démoniaque qui le « laissa cadavre » comme on dit en créole.

De ce jour, Auguste prit l'habitude de gratifier Fifi-Belles-Cuisses de cadeaux de toutes sortes, puis très vite de sommes qui se mirent à gonfler au fil des mois, chose qui finit par naufrager sa vie de respectable homme de loi.

*

Avant de s'établir dans le métier de marchande de pistaches grillées, Florine Jolème avait été une vaillante bougresse qui se levait sur le coup de quatre heures du matin pour s'en aller transporter du charbon depuis le dépôt de la Croix-Mission jusqu'aux quais de la Compagnie générale transatlantique. Elle s'alignait dans la longue file de charbonnières qui attendaient que des débardeurs remplissent les énormes paniers qu'elles jucheraient sur leur tête pour traverser l'En-Ville par le boulevard de la Levée. À force, celles-ci avaient renoncé à enlever les taches de suie qui maculaient les pommes de leur figure et leurs bras, sauf Florine qui arrivait toujours fraîche et pimpante comme si elle avait passé l'entier de la nuit à se récurer à l'aide d'une pierre ponce. En fait, elle dissimulait un petit secret : l'après-midi, elle s'adonnait à la lessive, au pied de la cascade de Trénelle, pour le compte de quelques familles fortunées du centre-ville. Tout le monde se demandait d'où elle pouvait bien tirer tant et tellement d'énergie puisqu'elle ne s'accordait quasiment pas un seul jour de congé dans la semaine. Quand ses voisins du quartier Pont-de-Chaînes l'interrogeaient à ce sujet, elle pétait de rire :

— Ma grand-mère était esclave, ensuite ma mère s'est esquintée sur une habitation de canne toute sa vie comme ouvrière agricole, alors moi, je me suis dit que je ferais tout pour sortir de la déveine, foutre !

Personne ne prolongeait la conversation tellement chacun était stupéfait qu'elle prononçât de manière si naturelle, presque détachée, le mot tabou : esclave. Ce mot-là dérangeait, effrayait. Non qu'il fût égal aux insultes que se voltigeaient coutumièrement les nègres à la figure, non qu'il fût un mot sale ou vulgaire, mais parce qu'il contenait une charge de mystère et de terreur mêlés. Il vous clouait sur place, vous tétanisait, faisait rousiner une sueur verte dans la raie de votre dos, poussait votre cœur à chamader plus que de raison, et alors chacun se taisait ou détournait le regard quand un bougre m'en-fous-ben l'avait laissé s'échapper d'entre ses lèvres. Mais il laissait de marbre cette mamzelle Florine qui se payait même le luxe d'ajouter :

— Le nègre est passé de l'esclavage à l'esclavitude et de l'esclavitude à la servitude... Ha-ha-ha !... Mais moi, je ne me laisserai pas scier les cornes. Jamais !

De fait, elle ruait comme un taureau dans les brancards de la vie. Elle fonçait tout droit, sans se poser de questions oiseuses, ni douter de ses capacités. C'est ainsi qu'à peine quatre mois après avoir quitté sa campagne du Marigot et débarqué dans l'En-Ville, elle fit partie des premiers téméraires à débroussailler le Morne Trénelle, pourtant à pic, et à y barrer un morceau de terrain pour y construire une case. Sur le port où ses commères charbonnières emplissaient la panse des paquebots, elle récupérait tout matériau qu'elle jugeait pouvoir lui être utile : vieilles planches ou caisses, fûts usagés, fil de fer, clous et vis. Et sans quémander l'aide d'aucun mâle, dès sa double journée achevée (son travail de charbonnière et son djob de lessivière), elle quittait la cahute qu'elle louait au Pont-de-Chaînes pour se diriger d'un pas martial à Trénelle, bifurquant par les Terres-Sainville où elle était inévitablement l'objet de remarques ironiques ou grivoises de la part de tous les amateurs de rhum, joueurs de dés et autres fainéantiseurs qui hantaient le quartier. Les nègres sérieux, quant à eux, cordonniers, maçons, mécaniciens ou coiffeurs, lui lançaient des propositions point du tout déshonnêtes du genre :

— Hé, ma câpresse, où tu cours comme ça ? Si tu as besoin d'une épaule secourable, je suis là, oui ! Je te mets tout de suite reine dans ma maison. Tout ce que tu auras à faire, ce sera passer du Cutex sur tes ongles et te ferrer les cheveux. Tu dis quoi ?

Florine se contentait de sourire. Et continuait d'avancer d'un bon pas, ses matériaux posés sur sa tête, fermement retenus de la main gauche, l'autre épongeant de temps à autre son front à l'aide de la manche de sa robe créole fleurie. Arrivée à son carreau de terre, celui qu'elle s'était arrogé, elle se mettait immédiatement à la tâche jusqu'à la nuit close, clouant, sciant, martelant, liant sans relâche. Il ne lui fallut pas plus de quelques mois pour ériger une case parfaitement habitable et même coquette alors que ses voisins de sexe masculin faisaient traîner leurs chantiers etcetera de temps, trop sensibles qu'ils étaient aux sirènes des nombreux bars des Terres-Sainville où l'absinthe amère et le rhum coulaient à flots. Bientôt, la charbonnière-lessivière s'installa dans son nouveau logis et déclara à la cantonade :

— Maintenant, je ne dois plus rien à personne. L'esclavage, c'est fini ! L'esclavitude, c'est fini ! La servitude itou !

Aussitôt toute une cohue d'esbroufeurs qui ne s'étaient jamais souciés de l'aider dans la construction de sa demeure — parce que, maugréait-on, « mamzelle fiéraude un peu trop ! » — se mit à assiéger les approchants de cette dernière, l'œil énamouré et la parole suave. Certes, ils se tenaient à distance respectable, connaissant suffisamment le caractère bien trempé de Florine et craignant de se couvrir de ridicule au cas où elle leur infligerait quelque va-te-laver, mais au fil des jours certains s'enhardissaient. Florine découvrait des fruits de saison fraîchement cueillis sur le pas de sa porte, des cannes créoles déjà épluchées, des demi-calebasses remplies de poisson frais, plus rarement des billets d'amour. Si elle s'empressait de voltiger dans la ravine qui bordait sa case la totalité de ces victuailles, elle faisait par contre grand cas des messages. Ils étaient rédigés sur du papier rose, acheté chez le Chinois des Terres-Sainville, Huang-Ho, un de ces malins, plus malin qu'une mangouste, qui, au départ, assurait-on, avait ouvert un étalage sur deux planches, dans un couloir ou un coin de rue, et qui deux ans plus tard disposait d'une vraie boutique devant laquelle la négraille faisait la queue de bon matin. L'auteur de ces missives enflammées était un écrivain public qui officiait dans la rue de la Pétition-des-Ouvriers-de-Paris, dans un local volontairement maintenu dans la pénombre. L'air maussade tous les jours que Dieu faisait, il vous recevait d'une manière grosso-modo, grattant à l'aide de son crayon noir le devant passablement dégarni de son crâne. On aurait juré qu'il n'avait pas que ça à faire alors qu'il s'agissait de son seul et unique gagne-pain. Généralement, il se contentait de recopier des formules toutes faites, et plutôt grandiloquentes, à partir d'un manuel intitulé *Mille façons d'exprimer son amour*, sans indication d'auteur et publié chez un éditeur de Béziers. Mais dans les cas critiques — et celui de Florine en constituait un de toute évidence ! — notre homme concoctait une formule de son cru, après avoir froncé les sourcils et s'être gratté le crâne pendant un laps de temps qui était censé justifier la somme exorbitante qu'il vous réclamait. Pour Ti Mano, docker à la Compagnie, tombé d'amour fou pour la charbonnière, l'écrivain public avait sorti le grand jeu :

« Mademoiselle, chaque fois que l'honneur m'est offert de passer non loin de votre charmantissime personne, les effluves qui émanent de vous me transportent dans un monde de délices à côté duquel le jardin d'Éden promis par la Bible n'est qu'une simple halte agréable. »

Ti Mano, qui ne savait guère lire, n'était pas sûr d'avoir bien saisi l'entièreté du message que l'homme de plume lui lut d'une voix déclamatoire, mais il n'avait aucun doute sur l'issue de son affaire : Florine cesserait de faire son intéressante et ne tarderait pas à succomber à ses avances. Il s'imaginait déjà entre ses tétés bien debout, les mignonnant d'une langue avide. Il se voyait étendre la jeune femme à même le plancher de sa case et la chevaucher sans ménagement, chose dont elle ne manquerait pas de le remercier plus tard. L'eau lui en venait tout bonnement à la bouche ! Le seul problème était de savoir comment il se débrouillerait pour remettre sa missive à l'élue de son cœur vu que Florine n'accordait pas un demi-coup d'œil, allez voir un quart de sourire!, à tous ces gandins qui rôdaillaient autour de chez elle au finissement de l'après-midi.

Elle les tenait d'ailleurs en si piètre estime qu'elle n'hésitait pas à se doucher complètement nue avec l'eau d'un fût métallique qui recueillait l'eau de pluie tombée sur la toiture de sa case. Ce spectacle laissait les bougres sans voix! D'abord, elle posait une bassine et un savon de Marseille sur une roche, puis lentement, elle dégrafait l'en-haut de sa robe, se débarrassait de son jupon et de son soutien-gorge, ne conservait qu'une large culotte en toile. Emplissant la bassine d'eau, elle entreprenait de se savonner le corps sans en négliger une seule partie, s'arrêtant, vicieusement l'en accusaient ceux que ses gestes rendaient nerveux, sur le dos de sa mandoline et les pommes de ses fesses. Des gémissements fusaient alors de certaines gorges, des tremblades nerveuses s'emparaient de certaines mains et les plus congestionnés, n'y tenant plus, couraient se soulager dans les proches halliers. Pendant que se déroulait tout ce lot de gesticulations, Florine demeurait impassible et se payait même le luxe de chantonner de l'Édith Piaf ou du Léona Gabriel, la célèbre diva créole qui avait immortalisé les anciennes biguines du Saint-Pierre d'avant l'éruption de la montagne Pelée. Quel sacré tonnerre de spectacle, mes amis! lançait Ti Mano à la cantonade au moment où Florine s'apprêtait à se rhabiller.

Il était le plus serein d'entre eux. Sûr qu'il était de l'infaillible des belles paroles contenues dans sa lettre d'amour, certain qu'elles chemineraient jusqu'au cœur de la câpresse...

*

Dès son plus jeune âge, qu'évasivement il datait tantôt du début tantôt du finissement des années 1920, Romuald Beausivoir avait été ce que l'on appelle un Michel Morin. Ce qui signifie un expert en tout : champion en mécanique, as en électricité, artiste en menuiserie, orfèvre en maçonnerie et en carrelage. Si bien que dans sa commune natale du Carbet il était fort apprécié des grandes familles mulâtres et békées qui se plaignaient de ne jamais trouver de bons ouvriers. Élevé sans autorité paternelle, il avait eu la responsabilité de cinq frères et sœurs dans une misérable case en bois ti-baume du quartier Anse Latouche qui jouxtait l'une des plus belles rivières de la côte caraïbe. Bébé, sa mère l'y avait trempé dans son eau glaciale descendue des pitons et c'était, à entendre Romuald, ce qui lui baillait si-tellement courage pour affronter la vie. Car du courage, il lui en avait fallu ! Son père avait tout bonnement retiré ses pieds à sa naissance, abandonnant celle qui avait déjà quatre enfants d'autres hommes, en dépit des promesses de mariage qu'il lui avait faites.

En ce temps-là, le nègre papillonnait comme un enragé, multipliait les concubines ou les femmes-dehors, lâchait des quantités de marmailles ici et là, sans que cette bacchanale l'empêchât de dormir sur ses deux oreilles. Chacun comprenait qu'il s'agissait d'une manière de revanche contre la vie raide. La vie sans autre horizon que la canne à sucre, les plantations où l'on devait courber l'échine devant des békés méprisants, des géreurs et des économes condescendants et des commandeurs scélérats, toute une hiérarchie que l'abolition de l'esclavage un siècle plus tôt n'avait guère ébranlée. Le nègre se vengeait donc de la canne en brutalisant les femmes. Sur ses lèvres, pas une parole d'amour. Pas une miette de tendresse. Rien que des convocations lourdes de menaces à peine voilées :

— Toi là, négresse, je t'ai attendue l'autre jour à Ravine Sainte-Croix et je n'ai pas vu ton ombre. Fais attention à toi !

Et quand, final de compte, lasse d'être harcelée ou craignant pour sa peau, la femme se résignait à se rendre au fameux rendez-vous, elle n'était accueillie avec ni sourire, ni fleurs, ni petit cadeau mais avec une sentence qui ne présageait rien de bon :

— Hon ! Je croyais que tu m'aurais encore fait faux bond. Tu es raisonnable à ce que je vois. Viens là !

Sans baiser ni caresse préalable, sans même se dépantalonner complètement, le nègre basculait la pauvresse dans les halliers et la coquait sauvagement. Puis, satisfait, il se redressait, courait se débarbouiller à la source la plus proche sans un regard ni un compliment sirop-miel pour celle qu'une fois sur deux il venait d'engrosser.

Le géniteur de Romuald n'avait pas failli à cette règle et le jeune garçon ne lui en voulait pas bien qu'il se gardât, une fois en âge de s'accointer à la gent féminine, d'imiter son comportement (chose qui le faisait traiter de « ma-commère » par ses camarades). Mais les malheurs du bricoleur de génie ne se limitèrent pas à la fuite, somme toute peu étonnante, de son géniteur. Ceux-ci prirent un malin plaisir à s'enfiler les uns aux autres, semaine après semaine presque : décès pour cause de coqueluche de deux de ses petits frères, nourrissons issus des amours furtives de sa mère et d'un chauffeur de camion de Saint-Pierre ; incendie accidentel de leur case (la lampe à pétrole qui servait à cuire les repas s'était renversée, sans doute à cause d'un chat-marron) et embrasement de leurs maigres effets ; crise de folie de l'aînée des marmailles, une fillette il est vrai taciturne de naissance, qui devint impossible à contrôler. Elle déambulait nue au bord de la route à n'importe quelle heure du jour ou se mettait à invectiver sans raison quelque voisin. Sans compter qu'elle frappait, toujours sans raison, ses frères et sœurs plus jeunes. La mère de Romuald fut contrainte, la mort dans l'âme, de la laisser interner, à l'hôpital colonial de Fort-de-France où elle lui rendait visite une fois par mois.

Mais toute cette litanie de malheurs finit par épuiser la jeune femme et, au final, la terrasser. Un beau jour, elle ne se leva plus de sa couche. Elle ne se plaignait de rien, ne bougeait pas un seul poil d'yeux et fixait le toit de tôle ondulée qui laissait filtrer par de minuscules trous des éclats de lumière matinale. Affolés, ses enfants crièrent à-moué. Le voisinage accourut et constata qu'il ne pouvait rien faire : on avait amarré leur mère. Voilà tout ! Un méchant dans l'âme ou un jaloux s'en était allé consulter un quimboiseur pour lui jeter un sort et la faire dépérir à petit feu. Romuald en fut (il avait à peine treize ans sur sa tête) profondément révolté. Un méchant ? Mais sa mère n'aurait pas fait de mal à une mouche ! Où d'ailleurs en aurait-elle trouvé le temps, elle qui s'esquintait du matin au soir à la distillerie Lajus, endroit où son travail consistait à remplir inlassablement des dames-jeannes de rhum ? Un jaloux ? Mais leur famille faisait pitié ! La marmaille vagabondait, dépenaillée, sans chaussures, le ventre à moitié vide la plupart du temps.

Rassemblant tout son courage et fort de sa science en matière de bricolage, Romuald abandonna ses jeux d'adolescent pour se lancer dans trente-douze mille métiers. Il rabota chez le menuisier, cloua chez le cordonnier, cimenta chez le maçon, reprisa les filets chez le pêcheur et, le dimanche matin, offrit ses services aux bourgeois désireux de tailler leurs haies de coquelicots ou de bougainvillées. Dix années durant, il survint aux besoins de ses frères et sœurs pourtant plus âgés que lui, lesquels soit en profitaient pour drivailler à travers le Carbet soit, pour les plus sérieux, allaient s'asseoir, de temps à autre, sur les bancs de l'école. Pendant ce temps, sa mère ne se leva pas de son grabat. Le médecin de la commune diagnostiqua une crise de mélancolie, affection rarissime en climat tropical, selon lui, qui n'était pas vraiment dangereuse pour la santé physique mais qui ôtait toute envie d'affronter le monde extérieur. Entre mauvais sort et mélancolie, Romuald ne savait que choisir, ni quoi penser. La perspective de passer le restant de sa vie au chevet de celle qui avait, à force, fini par lui devenir une sorte d'étrangère (puisqu'elle n'émettait plus que des borborygmes) l'effraya tout bonnement.

Un matin, avant que le ciel ne devînt clair, il

rassembla ses cliques et ses claques et monta à bord de l'autobus qui reliait, une fois par jour, le Carbet à Fort-de-France…

[Le rez-de-chaussée et le premier étage de l'Hôtel du Bon Plaisir avaient bénéficié d'un sable exceptionnel : celui de la rivière du Lorrain. Qu'on ait pu le transporter de si loin à une époque où les routes étaient précaires, pour ne pas dire toujours crevassées et défoncées, surtout en période de l'hivernage, relevait de l'exploit. En fait, ce n'en était pas tout à fait un. Le maître d'œuvre du bâtiment, Pierre-Marie de La Ramée, était le rejeton d'une des familles de planteurs les plus anciennement établies à la Martinique et parmi les plus riches du sud du pays. L'Habitation Paquemar leur avait appartenu avant qu'ils ne la vendent pour pouvoir s'établir à Fort-de-France en tant qu'importateurs de denrées alimentaires. Leur magasin, sis au Bord de Mer, avait fière allure et toute la journée s'y activaient des nuées de portefaix, djobeurs, commis et autres camionneurs. Lorsqu'au soir de sa vie son père passa la main à celui qui était son fils aîné, il se permit de bailler un conseil à Pierre-Marie et un seul : diversifier ses activités. Il avait vu, en effet, non sans inquiétude quelques mulâtres déployer leurs ailes dans certains secteurs jusque-là du ressort de la classe blanche et, en bon « natif du XIXe siècle » comme il le disait joliment (et surtout le rappelait à la moindre occasion), il n'avait guère digéré que les siens se soient fait évincer de toutes les charges électives de la Martinique dès l'instant où fut établi le suffrage universel et cela bien que les békés achetassent la majorité des élections. « Seulement, de nos jours, maugréait le vieillard, nous ne pouvons guère nous offrir que de rares hommes de paille. Aucun homme de couleur un tant soit peu sérieux ne voterait pour nous, quelle décadence, mes amis ! » D'aucuns le soupçonnaient de regretter le bon vieux temps de l'esclavage, chose au demeurant courante chez les Blancs créoles d'un certain âge qui ne comprenaient décidément pas pourquoi le bleu de leurs pupilles n'impressionnait plus les nègres. Toujours est-il qu'en matière de commerce et d'affaires, il était un maître et son fils ne fit aucune difficulté pour suivre son conseil à la lettre. Devenu trentenaire, Pierre-Marie de La Ramée acheta donc des parts dans la « Brasserie Lorraine », l'Hôtel de la Paix, la Margarinerie martiniquaise et même la Compagnie générale transatlantique, chose qui lui permettait d'emmener sa famille en changement d'air en France deux fois l'an sans avoir à débourser un liard. Sa fortune décupla au point qu'on lui proposa le poste de président du conseil d'administration du Crédit martiniquais, lieu stratégique s'il en est, d'où il pourrait contrôler tous les mouvements d'argent qui se déroulaient dans le pays. Pierre-Marie ne se fit pas prier. Dans la semaine qui suivit, il s'installa crânement, dans une salle aux lourdes tentures dorées, en face des vieux barbons qui siégeaient, depuis des lustres, au premier étage de la banque et qui ne voyaient pas tous d'un bon œil l'arrivée de ce jeunot. C'est que le monde des Blancs créoles avait aussi ses zizanies et ses rivalités bien qu'il s'efforçât de le dissimuler aux yeux de « la couleur », selon l'expression en vigueur en son sein. Celle-ci renvoyait à tout ce qui n'était pas aryen, ce qui veut dire aux nègres, aux mulâtres, aux Chinois, aux Indiens et aux Syriens, et à tous les mélanges possibles et imaginables qui s'étaient produits entre ces différentes ethnies. « Aryen » et « ethnie » étaient des mots savants qu'aimait à employer le père de Pierre-Marie de son vivant et que certains békés utilisaient de temps à autre pour se bailler l'air cultivé. Le jeune homme, lui, n'avait que faire des arts et des lettres ! S'il avait accepté ce poste, pour le moins délicat, de président d'une banque généralement considérée comme très attentive aux desiderata de la caste supérieure et très réticente à accorder des prêts à ceux qui n'en faisaient point partie, ce n'était ni par ambition personnelle ni par gloriole, mais pour mener une bataille personnelle : l'élimination des mulâtres de la scène économique de la Martinique, suivant en cela l'antienne de feu son père qui déclarait à tout bout de champ :

— Ils ont voulu accaparer les postes politiques ? Maire, c'est pour eux? Conseiller général, c'est pour eux? Député et sénateur, c'est pour eux ? Fort bien ! Qu'ils s'y tiennent alors et qu'ils ne viennent pas nous faire chier dans le commerce, la banque, les usines ou l'agriculture ! Chacun à sa place et la paix sociale régnera dans ce foutu pays.

Dès l'instant où Pierre-Marie de La Ramée prit les rênes du Crédit martiniquais, il mit en œuvre une double politique : purger les entrepreneurs mulâtres, surtout les audacieux qui s'efforçaient d'empiéter sur le domaine réservé aux Blancs, et flatter les fonctionnaires de couleur, la plupart enseignants, en les incitant à ouvrir un compte dans sa banque au motif qu'il s'agissait de la seule banque « authentiquement martiniquaise ». Cette politique réussit si bien qu'elle tripla le nombre des clients de la banque en moins d'une année. Cet afflux d'argent permit à Pierre-Marie d'octroyer des prêts à tour de bras aux entrepreneurs békés et d'abord à lui-même, toujours dévoré qu'il était par la soif d'élargir le spectre de ses activités. Il en vint un jour à acheter des parts dans l'usine sucrière de Rivière-Salée, l'une des plus florissantes du sud de la Martinique, et convola du même coup en justes noces avec la fille aînée de son propriétaire, le hobereau François-Marie Vigier de Lamotte. Ce laideron sans grande éducation scolaire ne lui casserait pas les pieds. Devenu le chouchou de la famille, il fut pressenti pour diriger les affaires de son beau-père, lequel commençait à entrer en âge, au motif que ce dernier n'avait eu que des filles, quatre en tout dont trois qu'il n'était, hélas, pas parvenu à caser. Les vieilles filles de Lamotte étaient devenues une attraction dans le milieu béké à cause de leurs tentatives désespérées d'accrocher un futur conjoint au cours des innombrables baptêmes, premières communions, banquets et autres enterrements qui s'y déroulaient. La malignité publique avait même répandu le bruit que Louise-Julie, la plus âgée des « célibatrices » comme on les dérisionnait derrière leur dos, avait profité des funérailles d'un planteur du Lamentin pour s'affaisser sur sa tombe et pousser des cris si perçants qu'ils firent fuir les merles juchés sur les crucifix du cimetière. Ces simagrées n'avaient qu'un seul but : émouvoir le fils du décédé et l'inciter à considérer Louise-Julie.

Considérer dans la caste supérieure était tout ce qui était autorisé en matière de cour. Cela consistait le plus souvent à annoncer à ses parents qu'on avait remarqué Untel ou Unetelle, et attendre de voir si la réciproque était vraie. La réponse pouvait fuser dans la minute ou prendre deux semaines ou deux mois. Tout dépendait. Si elle s'avérait positive, les deux chefs de famille se rencontraient en grand secret pour « évaluer les choses ». Cette formulation vague recouvrait des réalités fort précises : chacun mettait sur la table son patrimoine tant en Martinique que là-bas, en France. Ou parfois en Amérique. Puis on examinait si, dans le passé, aucune querelle personnelle ou différend professionnel n'avaient opposé les ascendants. Si tout continuait à rouler comme Blaise sur la falaise, on se séparait sur une solide poignée de main, se baillant six mois pour juger de la durabilité des sentiments entre les fiancés potentiels ou pressentis. Dès lors, le jeune homme était autorisé à faire deux ou trois visites protocolaires à sa belle-famille et à converser sur la véranda avec la jeune fille, sans que père, mère, tantes ou grands-mères jugeassent bon de se retirer ne serait-ce que quelques instants. À la fin de chaque visite le père prenait son futur gendre à part et lui tenait un discours très ferme sur les valeurs morales nécessaires à la bonne marche d'un foyer chrétien, tout en le questionnant habilement sur l'état des affaires de sa famille. Le délai écoulé, les parents, au complet cette fois-ci, se réunissaient pour « préparer les papiers ». Cela pouvait prendre encore trois bons mois, période au cours de laquelle les jeunes gens étaient conviés à des retraites, chacun de son côté, en compagnie de leur confesseur (en général, un prêtre d'origine blanche créole). Une fois leurs âmes purgées de toute impureté, on pouvait passer aux choses sérieuses.

Louise-Julie rêvait dès son plus jeune âge de franchir toutes ces étapes au bras d'un beau jeune homme blond aux yeux clairs. Quand elle se rendit à l'enterrement de son grand-oncle du côté maternel, elle eut le coup de foudre pour ce cousin éloigné qui se tenait roide devant la tombe au moment où on y fit descendre le cercueil. L'homme, qui avait près du double de l'âge de Louise-

Julie, et qui lui fit l'effet d'un hidalgo, ne versa pas une larme et ne parut pas remarquer le scandale. Au moment des condoléances, il lui serra la main de manière tout à fait neutre et ne répondit pas à ses paroles d'encouragement empressées. Il ne la regarda même pas dans le coco des yeux !

Le lendemain, de beau matin, Louise-Julie déclara à son père qu'elle voulait entrer dans les ordres. Celui-ci comprit qu'il était vain de chercher à lui faire changer d'avis. Elle n'avait certes que vingt-trois ans mais la vie ne l'avait pas gâtée. Créature aux dents proéminentes et au corps malgracieux, elle courait un risque : celui de se faire engrosser par un nègre. Dans un même mouvement, le hobereau incita les deux autres sœurs de Louise-Julie, elles pourtant jolies, à lui emboîter le pas, ce qu'elles acceptèrent sans sourciller (car dans ce milieu on ne discute pas les décisions paternelles) et, en fait, sans trop bien comprendre ce qui leur arrivait, ni pourquoi leur vie d'adolescentes venait de prendre un tel virage. François-Marie Vigier de Lamotte ne s'inquiéta pas outre mesure pour elles. Au moins avait-il réussi à caser son aînée avec ce Pierre-Marie de La Ramée qui semblait promis à un si bel avenir dans la colonie. Mais les choses tournèrent au vinaigre : les trois sœurs se révoltèrent vite contre la dureté de leur existence monacale et s'enfuirent du couvent. Elles se réfugièrent chez leur sœur, dans la grande villa que lui avait offerte Pierre-Marie au Plateau Didier. Le scandale couvait. Déjà, la presse satirique mulâtre commençait à diffuser ses habituelles informations fielleuses sur ce qu'elle appelait « ces messieurs-dames de la caste supérieure ». Romule Casoar, le sinistre écrivassier, propriétaire et unique rédacteur d'un torchon intitulé *Le Rénovateur*, avait déjà laissé filtrer qu'un incube rôdait dans les couloirs sombres du couvent et qu'il avait tenté de soulever les cornettes, puis les bas, de plusieurs jeunes novices. Sa technique était éprouvée : il partait toujours d'un fait réel — le plus souvent d'une indiscrétion — qu'il distillait à ses lecteurs pour les faire saliver, cela sur un ton à la fois badin et mystérieux, et quand il sentait que l'affaire était dans le sac, selon sa propre expression, il consacrait un numéro spécial à l'affaire, demandant à l'imprimeur de doubler le tirage normal de son quinzomadaire. C'est dire que le temps pressait pour le hobereau de Lamotte et pour son honneur de membre du « Cercle de l'Hermine », institution qui n'accueillait que les « Blancs de pure race » et, parmi eux, uniquement ceux dont les ancêtres avaient posé les pieds en Martinique avant 1680. Il convoqua une réunion de famille chez son beau-fils et mit ses filles à la question. Que voulaient-elles faire désormais de leur vie ? Avaient-elles véritablement le désir d'abandonner le chemin de Notre Seigneur Jésus ? Louise-Julie ne se départit pas de son calme :

— Nous sommes toujours déterminées à faire œuvre de charité, mais pas au sein d'un couvent. Plus jamais ! Il y règne trop d'hypocrisie.

— Ce qui veut dire ? fit son père en haussant les sourcils.

— Que nous envisageons de créer notre propre institution et, grâce à votre aide, nous nous proposons de secourir notre prochain dans le besoin.

François-Marie Vigier de Lamotte et son gendre, Pierre-Marie de La Ramée, étaient tout bonnement impressionnés. Ce n'était pas tous les jours que, dans leur milieu, les femmes tenaient tête aux hommes. C'était, pour dire la franche vérité, rarissime.

— Nous avons besoin d'une maison, une assez grande maison, continua Louise-Julie, cherchant de toute évidence à profiter de son avantage, et dans un quartier populaire de Fort-de-France de préférence…

Les deux hommes demeurèrent silencieux un bon paquet de temps. Ils étaient interloqués. Davantage que cela : désarçonnés.

— Si… si c'est ce que vous… voulez… balbutia le père des trois filles.

— Cela peut être une bonne idée finalement, fit Pierre-Marie, songeur.

Ce dernier se vit confier la suite des opérations par le hobereau que cette affaire avait épuisé, faisant vieillir de dix ans l'octogénaire qu'il était sur le point de devenir. On rechercha à travers tout l'En-Ville un espace qui pût faire l'affaire pour finir par dénicher un terrain, contigu à la caserne Gallieni, sur lequel une espèce de hangar tombait en ruine. Son propriétaire, un mulâtre désargenté, ne fit aucune difficulté pour céder un bien qu'il désespérait de pouvoir vendre à un bon prix vu la réputation de quartier mal famé des Terres-Sainville. Il se hâta d'ailleurs de faire démolir le hangar et couper l'herbe qui envahissait les alentours. Sans délai, Pierre-Marie demanda à un architecte de lui concevoir un édifice qui trancherait d'un seul coup d'œil sur les maisonnettes et cases des environs afin que ses belles-sœurs puissent disposer de suffisamment d'espace pour donner libre cours à leur soif d'amour pour le genre humain, comme il disait ironiquement à ses amis à l'heure du punch qu'ils prenaient sur le coup de midi au premier étage de l'hôtel « L'Impératrice », l'un des endroits les plus sélects du centre-ville. Louise-Julie voulut donner son avis et visita les lieux avant l'acquisition. Devisa longuement avec le voisinage. Discuta déjà prix et rabais avec M. Chine, le boutiquier, qui se réjouissait à l'avance des commandes que lui passerait l'hôtel. Car la dame blanche avait parlé d'un hôtel. Tout le monde était formel là-dessus. Un hôtel pour les pauvres! D'accord, ça faisait un tantinet bizarre puisque le mot « hôtel » charriait, dans ses sonorités elles-mêmes, une aura de luxe et de volupté dont aucun nègre du quartier n'aurait rêvé pouvoir tirer bénéfice un jour, mais Dame Békée, comme on finit par l'affectionner, avait l'air sincère. Sincère et déterminée. Et de fait, dans la semaine qui suivit sa venue, on vit débarquer tout un lot de géomètres, maçons, ferrailleurs, charpentiers et autres carreleurs qui s'affairèrent avec des cartes et des schémas à la main, très concentrés, presque hautains. Pas un en tout cas qui, même à l'heure du déjeuner, quittât le chantier pour aller s'envoyer un petit coup de rhum sec dans le principal bar de la rue, le « Rendez-vous des amis ». Puis des camions débarquèrent du sable noir, du sable volcanique très certainement recueilli dans le nord du pays. Les fondations furent faites en six-quatre-deux. Les premiers poteaux s'élancèrent vers le ciel. Brique après brique, les murs s'édifièrent. Des incrédules continuaient pourtant à s'interroger :

— Elle a dit qu'elle veut construire un hôtel, Dame Békée ? Vous en êtes sûrs, les hommes ? Vous n'auriez pas mal entendu, des fois ?

Car, à la vérité, qui serait assez fou, parmi les clients, le plus souvent européens, des luxueux établissements qui bordaient la place ornée de palmiers royaux de la Savane pour s'aventurer jusqu'aux Terres-Sainville ? Même si les prix devaient être considérablement moins élevés. Si, en effet, la négraille et les Indiens-Coulis sont habitués aux combats-de-gueule et aux récitals d'injuriées, aux coups de genou dans la cuisse et de rasoir sur la figure, aux maléfices du quimbois, aux saouleries à l'absinthe mélangée au rhum, bref à tout ce qui fait leur existence misérable, la mulâtraille, elle, les messieurs « de-ce-que-de » et surtout les Blancs-France ne le supporteraient pas une seule seconde.

— À moins qu'elle ait en tête de construire un boxon ? ricana Waterloo, le nègre-major du Bord de Canal dont la verve était légendaire.

On ne le prit pas au sérieux car, là-bas, une loi scélérate menaçait de supprimer cette vénérable institution. La nouvelle avait été rabâchée sur les ondes de Radio-Martinique laquelle avait employé l'expression insolite de « maisons closes » qu'on mit du temps à comprendre. Mais l'attente des habitants du quartier ne dura pas. Dès que les murs du rez-de-chaussée furent enduits, Dame Békée fit apposer un grand panneau à l'en-haut de la porte de l'entrée qui disait : « Hôtel de la Charité Saint François de Sales ».

Elle était donc bel et bien sincère, oui...]

La musique était toute sa vie bien qu'elle se fût montrée souventes fois ingrate à son endroit. Combien de fois, en effet, ne s'était-il pas retrouvé sans un sou vaillant en poche ? Sans même de quoi se payer un verre de rhum au comptoir du « Rendez-vous des amis ». Et surtout, tremblant dans sa culotte, à l'approche du troisième du mois, moment où le syndic passait récupérer les loyers de l'Hôtel du Bon Plaisir. Jean-André Laverrière, natif-natal de Morne-des-Esses, campagne profonde de la commune de Sainte-Marie, était tombé en amour pour la musique dès l'instant où, encore bébé, le concubin de l'époque de sa mère le réveillait au son d'une flûte en bambou. Les sonorités de cet instrument, à l'aspect pourtant rudimentaire, enchantèrent la prime enfance de Jean-André jusqu'à ce qu'un matin, blo !, son beau-père déménageât chez une voisine. Sans doute cette bougresse lui avait-elle baillé à boire l'eau de sa toilette intime à son insu, assurait la rumeur publique, car à partir de cet instant l'homme devint « tèbè », mot intraduisible dans lequel se mêlent hébétude, terreur et soumission. Il cessa tout net de jouer de la flûte et même de fréquenter ses compères de rhum, se transformant en homme au foyer. Jean-André en conçut un vif chagrin et en perdit la parole. Par bonheur, son ex-beau-père n'avait pas emporté son instrument magique. Le jeune homme le retrouva, intact, dans un coin du minuscule dépôt qu'il avait construit derrière la case de sa mère, à l'époque où tout roulait à l'aise entre eux. Incrédule, il tourna et retourna l'objet dans ses mains, partagé entre l'idée de la rapporter à son propriétaire et celle de la garder par-devers lui. Cette découverte lui redonna une nouvelle énergie. Le voisinage se mit à lancer à l'adresse de Man Laverrière :

— Ton garçon a bien changé ! Il ne se referme plus comme une feuille d'herbe-à-marie-honte, Dieu a sans doute eu pitié de lui !

Pour de vrai, Jean-André s'acquittait désormais avec diligence de toutes les tâches qu'elle lui confiait, s'occupait de la toilette de ses petits frères et sœurs, ramassait de l'herbe à lapins en fin d'après-midi et même balayait la minuscule cour de terre battue, qu'ombrageait un pied de mangots verts. Un garçon modèle, quoi ! Man Laverrière n'était pas dupe de cette soudaine métamorphose. Pour parler en termes clairs, celle-ci l'inquiétait tout bonnement. Tant d'empressement, de sollicitude même, de la part d'un garçonnet à qui il fallait bailler des coups de cravache en corde-mahault pour qu'il s'active, cachait immanquablement quelque chose, mais quoi ? Elle était incapable de le dire. Alors, elle se mit à l'espionner l'air de rien et tomba un beau jour sur le pot aux roses : dès qu'il avait réussi à grappiller un petit brin de temps, Jean-André gagnait une savane isolée, du côté de Saint-Arroman, et là, sûr et certain de ne pouvoir être entendu d'aucune oreille indiscrète, il faisait sa flûte parler français. Man Laverrière en demeura le bec coué ! Si elle admirait la virtuosité de son ex-concubin, celle qu'affichait son fils la dépassait de loin, de très loin même. Perplexe, elle garda son secret un bon paquet de semaines mais, n'en pouvant plus, s'en ouvrit à M. Victor, le conseiller municipal du quartier Morne-des-Esses, un homme très respecté qui possédait une ligne de taxi-pays et plusieurs propriétés sur lesquelles il faisait de l'élevage bovin. D'ordinaire, il ne s'intéressait aux soucis de ses concitoyens qu'à la veille des échéances électorales, distribuant promesses et feuilles de tôle ondulée à tout-va et se vantant d'être à la fois radical-socialiste ce qui veut dire protecteur du peuple et chrétien ce qui veut dire ami du genre humain. Personne n'était vraiment dupe de ses macaqueries, mais il était l'une des rares personnes du quartier à savoir lire et écrire et on ne s'abaisserait tout de même pas à voter pour ces étrangers qui, de temps à autre, se présentaient contre lui ! Un natal de Morne-des-Esses, ça vote pour un autre natal de Morne-des-Esses, point à la ligne. Jamais pour un quidam de Bezaudin, trop éloigné, et encore moins de Pérou, fief des quimboiseurs. M. Victor savait donc qu'il resterait conseiller municipal de son quartier à vie et ne mettait pas un enthousiasme démesuré à solutionner les problèmes que lui exposaient ses administrés. À leurs requêtes, il se contentait de répondre, toujours en français afin d'impressionner son interlocuteur :

— Nous verrons cela ! Nous verrons ! La chose est déjà inscrite à l'ordre du jour du prochain conseil municipal. Faites-moi confiance !

La patience des citoyens de Morne-des-Esses était de toute évidence infinie. D'ailleurs, au fil des années, chacun en vint à se dire qu'il ne fallait pas importuner quelqu'un d'aussi important et les chemins ruraux continuèrent à être emportés par les crues, faute d'être correctement empierrés, la toiture de l'école primaire ne cessa de fuir à la saison d'hivernage, le dispensaire fut régulièrement à court d'éther et de mercurochrome comme d'habitude, et quand une grève éclatait sur l'une des habitations plantées en canne des environs, les ouvriers se retrouvaient seuls face aux gardes mobiles alors que la simple vue d'une écharpe tricolore eût pu, non pas leur faire entendre raison, mais au moins calmer leurs ardeurs assassines. C'est pourquoi Man Laverrière dut prendre sur elle-même pour solliciter un entretien auprès de M. Victor. Celui-ci l'accueillit avec froideur et, sans lui laisser le temps d'ouvrir la bouche, se lança dans un discours grandiloquent :

— Ah, je sais ! Les gens de la Rue-Derrière ne sont pas contents. On est déjà venu me voir pour ça, figurez-vous, ma chère dame. Mais la mairie n'est pas dotée d'un pied d'argent qu'il lui suffit de secouer pour que des liasses de billets en tombent comme qui dirait des mangots-bassignac. Notre budget municipal est bouclé pour cette année ! Bou-clé ! vous comprenez ça ?... Bon-bon, je peux faire un petit effort. Je vais voir ce que je peux faire.

Man Laverrière baissa la tête. Elle se fichait que la Rue-Derrière fût impraticable à la moindre fifine de pluie. Elle ne craignait pas de marcher pieds nus, même pour se rendre au bourg de Sainte-Marie afin d'y vendre ses légumes, le samedi de beau matin, et elle ne craignait pas que les villageois se gaussent de ses orteils pleins de boue. La vie était ainsi faite et personne ne pouvait rien y faire. Elle comptait sur l'autre vie, celle du Royaume des Cieux, pour prendre sa revanche sur celle-ci. Elle était, vrai de vrai, venue chercher conseil. M. Victor en fut plus stupéfait que la stupéfaction elle-même. D'ordinaire, ceux qui venaient cogner à sa porte étaient des quémandeurs, des flatteurs, des marchandes de ragots ou des jeunes capistrelles aux tétés bien fermes qui venaient tenter leur chance, notre homme ayant la réputation d'être porté sur la chair fraîche.

— Un conseil ? fit-il, inquiet. Quel genre... de conseil ?

— Mon fils aîné est...

— Mais je suis au courant, ma bonne dame ! Je ne suis pas conseiller municipal pour rien. Me tenir informé de tout ce qui se passe fait partie de mon travail. Je suis content pour vous que Jean-André soit sorti de son mutisme. Très content !

— Il… il ne s'agit pas de ça…

De plus en plus perplexe, l'homme gratta sa bedondaine d'un geste nerveux et se redressa dans la berceuse où il était vautré. Il jeta un rapide coup d'œil sur la véranda de sa maison et, par-delà la haie de coquelicots, sur la portion de rue qui lui faisait face. M. Victor avait au moins une qualité : il travaillait toujours dans la discrétion. Ce qu'on venait lui rapporter ne filtrait jamais au-dehors, non pas parce qu'il était naturellement quelqu'un de discret, mais parce qu'il avait appris auprès de son mentor, le maire de Sainte-Marie lequel avait fait des études de médecine à Bordeaux, que l'une des règles d'or de la politique consistait à tout savoir tout en feignant de ne rien savoir. « Ce n'est écrit dans aucun manuel, lui avait-il déclaré, même pas chez Machiavel, mais tous les grands dirigeants le savent. Quand Untel vient vous rapporter qu'Untel a dit ou a fait telle chose, lui avait précisé le premier édile et disciple d'Hippocrate, faites l'étonné ! Ouvrez de grands yeux, même si vous êtes déjà parfaitement au courant de la chose ! »

— Je ne sais pas si… je suis le mieux placé pour vous donner un conseil, chère dame, finit-il par lâcher, toujours sur ses gardes. De quoi s'agit-il ?

— Jean-André… il passe son temps à jouer de la flûte dans les bois…

— Et alors ?

— C'est qu'il… il joue tout le temps.

— Vous voulez dire qu'il aime la musique ?… qu'il possède un don ?

La mère du jeune homme acquiesça, inquiète de la réaction de l'édile qui prônait souvent dans ses discours électoraux l'amour du travail de la terre et qui demandait à ce qu'en période de grève on s'abstînt de détruire les biens du béké. Un musicien à ses yeux ne pouvait être qu'un bon à rien, un fainéant, qui ne voulait pas se faire brûler par le soleil au mitan des champs de canne à sucre. Or, miracle d'entre les miracles, M. Victor n'afficha aucun agacement et se montra même fort affable, ajoutant avec une feinte sollicitude qu'il connaissait un professeur de musique dans la ville de La Trinité à qui il recommanderait Jean-André. La vérité était que le conseiller municipal avait craint un instant que la femme ne soit venue lui quémander un bon d'aide médicale gratuite. M. Victor avait déjà distribué tous ceux qui lui étaient alloués pour le mois par la municipalité et ne pouvait plus que prodiguer de bonnes et vaines paroles à ceux qui venaient le solliciter.

COMÉDIE CRÉOLE ACTE II

Le raconteur de contes anciens soutient que chacun d'entre nous est charroyé par une destinée, mais qu'elle n'est point tracée à l'avance. Sinon comment expliquer tout ce lot de siyaks et zigzags qui bifurquent nos vies sans crier gare ?

Et aussi pourquoi l'imprévisible et l'irréparable conjuguent-ils leurs efforts pour, sans trêve, nous surprendre ?

Peut-être sommes-nous, dans ce pays que cerne l'océan, à la fois étoiles filantes et lave immémoriale, oui…

Être une chabine, ce n'est pas être n'importe qui, ni n'importe quoi ! Telle était la sentence que se répétait mentalement Justina Beausoleil chaque fois qu'elle devait affronter une scélératesse de la vie. Et ce n'est pas à dire que celles-ci ne s'enchaînèrent pas à partir du moment où, abandonnée, enceinte-gros-boudin, par le père de sa première fille, elle s'était juré de ne plus jamais vivre en case avec un homme. Mot qui dans sa bouche était plus souvent que rarement remplacé par « mâle verrat », expression peu obligeante, certes, mais qui reflétait la mésestime qu'elle éprouvait pour le sexe opposé quoiqu'elle n'ait jamais pu s'en passer. De fait, elle ne l'utilisait que dans le seul but de calmer ses ardeurs et agrandir sa progéniture car elle désirait une famille nombreuse, manière de revanche sur la destinée. En effet, jusqu'à ce qu'elle fasse escale à l'établissement des sœurs de Lamotte, sa vie avait été marquée du sceau de la déveine. Et pas n'importe laquelle, s'il vous plaît : de la déveine absolue. Car quoi de plus terrifiant que de conduire sa propre mère à la tombe au jour même de sa naissance ? Justina était bien trop imposante pour le corps frêle de cette négresse qu'un Blanc créole avait engrossée au détour d'un champ de canne à sucre, sur les flancs du Morne Acajou. La matrone avait lutté toute la nuit contre l'inéluctable, essayant d'élargir la matrice de la parturiente sans la déchirer, multipliant les bains chauds et froids à base d'herbes, lui frottant le ventre à l'aide de chandelle molle, tout en lui épongeant le front d'où dégoulinait une vilaine sueur, avant de s'écrouler au devant-jour, aussitôt relayée par une consœur qui, affolée, décida un transfert d'urgence à l'hôpital du François. Lorsque le tombereau, qui devait s'en charger, arriva devant la case en bois-ti-baume de la famille Beausoleil, il était déjà trop tard. Garcin Beausoleil s'était assis, hébété, sur une grosse roche qui se trouvait derrière chez lui et fixait le vide. On lui porta le nouveau-né dont il se détourna. Quand on l'interrogea sur le nom qu'il lui avait choisi, il ne remua point les lèvres et se mit à marcher à la débandade sur la route coloniale, manquant de se faire écraser par la noria de camions qui transportaient la canne à l'usine. Sa sœur, pressée de toutes parts, finit par balbutier le prénom Justina, elle aussi étant profondément désorientée. Le bébé fut confié à une voisine qui avait accouché le mois précédent et qui traînait déjà derrière elle une bonne dizaine de marmailles sans père. Man Yvette se montra pourtant une vraie mère pour la petite chabine, mais chaque fois que cette dernière étalait son mauvais caractère, elle ne se privait jamais de lui rappeler l'épée de Damoclès qui était suspendue au-dessus de sa tête :

— *Ou sé yich ladévenn !* (Tu es l'enfant de la déveine !) criait-elle à la gamine qui n'en avait cure.

Le voisinage prédisait le pire à Justina au motif qu'elle était déjà, en tant que chabine, le fruit du mélange du plus mauvais sang nègre avec le plus mauvais sang blanc, et qu'en plus elle était née sous une mauvaise étoile. Tout cela en faisait beaucoup. Vraiment beaucoup. Mais du coup, comme on la tenait un peu à l'écart, elle était crainte de ses camarades de jeu et respectée par les grandes personnes. Le jaune éclatant de ses cheveux crépus, l'émeraude de ses yeux, la multitude de taches de rousseur qui lui picotait le visage ainsi que la blancheur de sa peau contribuaient aussi à la distinguer. Justina était certes fille de la déveine, mais aussi et surtout celle du béké de l'Habitation Morne Acajou. Il n'y avait que Garcin Beausoleil, son père au regard de la loi, à ignorer que son épouse fricotait de longue date avec son patron. On eut la preuve de la naissance adultérine de Justina à deux gestes que fit le planteur : il embaucha Garcin, jusque-là arrimeur, comme gardien de bétail, tâche symbolique, lorsque celui-ci finit par sombrer dans la déraisonnerie suite au chagrin de sa femme ; il fit tenir chaque mois à la mère adoptive de Justina une somme dont celle-ci se refusa toujours à révéler le montant mais dont on devinait qu'elle était conséquente au vu des vêtements et des chaussures qu'arborait l'enfant à la messe du dimanche. Surtout, le béké, sans jamais se rapprocher du fruit de ses entrailles, sans jamais l'avoir embrassée une seule fois, veilla à ce que Justina fût assidue à l'école primaire et qu'elle obtînt le certificat d'études. Jamais la fillette ne manqua de crayons, de cahiers ou de livres. Mais le destin, ou plutôt son destin à elle, cruel en diable, veillait. Sa mère adoptive, qui travaillait dans une distillerie, fut broyée par les rouleaux du moulin alors qu'elle les emplissait de tronçons de canne. Cet accident-là était courant : il suffisait d'une seconde d'inattention ou que l'écorce de la canne fût mouillée pour que les mains, puis les bras de l'ouvrier soient happés. À ce moment-là, son collègue le plus proche n'avait d'autre solution que de lui trancher les membres à hauteur des épaules à l'aide d'un coutelas douze pouces prévu à cet effet. L'infortuné en devenait handicapé à vie, mais au moins avait-il eu la vie sauve. La mère adoptive de Justina n'eut pas cette chance. Elle s'escrimait seule au moulin quand l'accident se produisit. Sa marmaille fut dispersée aux quatre vents et Justina fut transbordée dans un nouveau foyer. Cette fois, on la plaça, sans doute à la demande du béké de Morne Acajou, son vrai père, chez une boutiquière de la rue Jules- Ferry, dans le bourg du François, femme qui avait été la maîtresse de celui-ci durant une grande partie de sa vie et qui lui avait d'ailleurs fait plusieurs enfants.

— Au moins Justina se retrouvera-t-elle parmi ses demi-frères et demi-sœurs… commenta la rumeur publique.

Hélas, Marraine Abdonise, comme elle exigea que Justina l'appelle, se révéla une véritable mégère ! Mère marâtre avec ses propres enfants, mégère avec l'adoptée. Elle passait ses journées à les houspiller en les traitant de « vermines d'enfants de Blanc » ou de « sales petites créatures du démon » et quand elle avait un peu trop forcé sur le tafia, elle les aspergeait d'eau bénite avant de les rosser à l'aide d'une cravache. Une guerre permanente régnait chez Marraine Abdonise alors que sa boutique, don de son amant béké, fort bien placée et toujours achalandée, lui aurait permis de mener une existence dénuée du moindre souci. Elle n'était guère plus amène avec sa clientèle, sans doute parce qu'elle la savait ligotée à vie, la majorité y possédant des carnets de crédit qu'ils peinaient à régler en fin de mois. Justina devint donc très vite le souffre-douleur de la boutiquière et prit l'habitude de fuguer. Elle disparaissait ainsi deux jours, une semaine, rarement plus, dormait à la lune claire quand le temps était beau, dans quelque hangar ou case à pêcheur quand il était à la pluie. Tous les hommes qui la rencontraient s'extasiaient sur sa belleté, mais en silence car nul n'ignorait qui était son vrai père et, en ce temps-là, l'habitation, avec ses cannes à sucre à perte de vue, était le mitan du monde. Tant qu'elle demeura dans la région du François et du Saint-Esprit, son ascendance prestigieuse, quoique illégitime, lui servit de protègement, jusqu'au jour où après un violent bec-à-bec avec Man Abdonise, elle se résolut à partir pour de bon. Il est vrai qu'à chacun de ses retours de fugue elle était bonne pour une raclée à coups de cravache et des tranches de fruit à pain sec en guise de repas. Ses demi-frères et sœurs, qui vivaient dans la crainte absolue de leur mère, se gardaient de plaider en sa faveur, même si, de temps à autre, certains lui apportaient en cachette une tablette de chocolat Elot ou une boîte de biscuits chapardées dans la boutique.

Le tort donc de Justina — mais était-ce bien le mot quand on sait que son existence était gouvernée par la déveine — fut de s'aventurer jusqu'à la place du Calebassier, dans la grande ville du Lamentin, là où personne ne la connaissait ni en bien ni en mal. Elle avait quinze ans sur sa tête, une taille de libellule, des tétés bien formés, un arrière-train qui chaloupait à chacun de ses pas, quoiqu'un vilain rictus d'amertume lui plissât déjà les lèvres. Cela n'arrêta point les prédateurs qui sévissaient à cet endroit. Ils la couillonnèrent, la coquèrent, lui firent boire du rhum, l'utilisèrent comme servante. Justina finit par durcir devant l'adversité. Quand elle eut dix-huit ans, elle s'empara des économies d'un barbon dont elle partageait la couche et qui, paradoxalement, s'était montré donnant envers elle. À cette occasion, la jeune chabine édicta sa première règle de vie :

— Les bons doivent payer pour les méchants, tonnerre du sort !

Elle gagna l'En-Ville où, grâce à son magot, elle tenta de narguer la déveine en menant la belle vie...

[PIÈCE À ZOMBIE...

À l'époque où seuls deux étages de l'Hôtel Saint François de Sales avaient été achevés, une créature étrange se mit à hanter les lieux. Elle semblait avoir élu domicile dans l'embryon de troisième étage, tout entier en fibrociment, que Louise-Julie de Lamotte désespérait de pouvoir achever. Même Romuald Beausivoir, l'entrepreneur en travaux divers, qui jusque-là s'était montré passablement efficace, paraissait sur le point de baisser les bras. La chose ou la bête — nul ne savait comment la nommer — se manifestait peu avant minuit par des bruits sourds qui réveillaient les locataires et parfois même certains habitants des maisons voisines. Le clarinettiste Jean-André Laverrière, qui rentrait toujours très tard de ses prestations au « Petit Balcon », fut le premier à affirmer qu'il s'agissait rien moins que d'un zombie. À preuve, s'armant de leur courage et d'un lot d'armes parmi lesquelles des becs d'espadons et des coutelas, Beausivoir et lui avaient fini par se poster au troisième étage en construction, par une nuit de carême, afin d'en avoir le cœur net. Quelques jours auparavant, la fiole d'eau bénite avec laquelle Louise-Julie avait aspergé l'endroit n'avait baillé aucun résultat. Certes, on avait entendu une sorte de long gémissement, qui s'était transformé en hululement, le tout accompagné de propos incompréhensibles prononcés d'une voix nasillarde, puis plus rien jusqu'à ce que deux heures plus tard, les locataires ayant regagné leurs appartements, le vacarme — qu'on préférait appeler « voucoume » — reprenne de plus belle.

Le zombie ne fut nullement impressionné par la posture martiale des deux hommes et se mit à virevolter à leur entour, boule fluorescente qui menaçait de se fracasser contre leurs figures. Pris de panique, les centurions abandonnèrent la partie et, ce soir-là, tous les locataires passèrent le restant de la nuit dans le salon du rez-de-chaussée où vivaient les trois dames békées. Louise-Julie servit du café, conduisit des prières au Tout-Puissant et à saint Michel, réconforta Man Florine dont les nerfs avaient lâché, tout cela sous le regard perplexe de Me Dorimont. En bon franc-maçon qu'il fut longtemps, au temps jadis puisqu'il avait été exclu de sa loge suite à ses frasques d'avant-guerre, il avait conservé un solide scepticisme à l'endroit des phénomènes dits surnaturels, quoique en la circonstance présente il devait bien s'avouer qu'il n'était pas en mesure d'apporter la moindre explication un tant soit peu rationnelle. À entendre la marchande de pistaches grillées, il s'agissait rien moins que d'un mort qui revenait pour demander paiement à quelqu'un. Mais qui était ce quelqu'un ? Personne n'était en mesure de le dire. Avant l'érection de l'Hôtel de la Charité Saint François de Sales, l'endroit avait été utilisé comme hangar à marchandises et au moment où le beau-frère de Louise-Julie, Pierre-Marie de La Ramée, en avait fait l'acquisition, il était désaffecté depuis tout un considérable d'années.

— Si ça se trouve, on a dû y entraîner un pauvre bougre pour l'assassiner, je ne sais pas, moi... hasarda Man Florine.

Elle ne croyait pas si bien dire. En effet, on finit par découvrir, au troisième étage, le cadavre d'un indigent qui avait ses habitudes dans l'institution. Un homme entre deux âges, pas méchant pour un sou et plutôt taiseux, qui venait y chercher son bol de soupe et son quignon de pain sur les sept heures du soir. Parfois, quand le temps était maussade, il demandait à Louise-Julie l'autorisation de dormir dans les escaliers, chose que les locataires ne percevaient pas toujours d'un très bon œil. En fait, on avait fini par s'accoutumer à sa présence car il n'était pas gênant et surtout n'était jamais saoul comme c'était le cas de la plupart de ceux qui venaient quémander pitance à l'Hôtel de la Charité. Selon Man Florine, toujours prompte à émettre des hypothèses sur tout, l'indigent était un homme de bien qui était tombé en déchéance sans doute à cause d'une faillite ou d'une femme, chose à vrai dire assez fréquente, suffisante en tout cas pour que personne ne cherchât à en savoir davantage.

Ce décès insolite mit Pierre-Marie de La Ramée hors de lui. Déjà que l'étrange apostolat de ses belles-sœurs lui valait des remarques tantôt sarcastiques tantôt acerbes de ses pairs blancs créoles, ne voilà-t-il pas que celles-ci donnaient du grain à moudre à la classe mulâtre, l'ennemi héréditaire, et à ses bataillons de politiciens, syndicalistes et journaleux toujours à l'affût du moindre élément qui pût leur permettre de dénigrer ce qu'ils appelaient « la caste ». Toujours est-il qu'il fut contraint de répondre à deux convocations de police au vu et au su de tout le monde, chose que l'écrivassier Romule Casoar ne manqua pas de rapporter avec délices dans sa feuille de chou.

La gent policière avait, fort heureusement, d'autres préoccupations que de s'intéresser au cadavre d'un indigent, à l'identité d'ailleurs incertaine, et l'affaire fut classée. Le négociant convoqua sa belle-sœur, Louise-Julie, dans sa villa du Plateau Didier, afin de lui passer un savon et lui demander pour la énième fois d'arrêter d'entretenir des désœuvrés et des vagabonds, mais celle-ci s'était vite remise de ses émotions et le moucha d'emblée.

— S'il y a tant de gens dans la désespérance en Martinique, c'est parce que ceux qui, comme vous, ont le pouvoir d'améliorer le sort du plus grand nombre ne songent qu'à augmenter leur fortune.

Pierre-Marie de La Ramée en resta le bec coué. Cette Louise-Julie était une forte tête et elle ne démordrait jamais de ses convictions. N'en profita-t-elle d'ailleurs pas pour solliciter un nouveau prêt afin d'achever ce funeste troisième étage, le fibrociment étant un matériau importé et donc relativement onéreux ? De guerre lasse, le négociant céda tout en maudissant le ciel d'avoir à supporter ce qu'il considérait comme le fardeau de sa vie. Trois belles-sœurs toquées qui avaient décidé de vouer leur existence à l'adoucissement de la condition humaine !

De ce jour, c'est-à-dire quinze jours après la macabre découverte, le zombie cessa d'importuner les résidents de l'Hôtel de la Charité et le troisième étage fut terminé en un rien de temps. Ô inexplicable !]

Ces gens-là sont comme des crabes qui ne sont jamais sortis de leur trou ! Ils n'ont pas vécu ce que moi, Nini Jolicœur, j'ai vécu et peuvent donc se permettre de déblatérer sur mon compte. De me juger même alors que leur existence n'est pas plus propre que la mienne. Si je gîte aujourd'hui à l'Hôtel du Bon Plaisir, c'est parce que la négresse, bien plus que le nègre, est en procès avec la vie depuis que le Bondieu a créé les races humaines. Mon père aimait à raconter un conte créole dans lequel il est expliqué qu'un jour celui-ci avait convoqué au paradis le Blanc, le Mulâtre et le Nègre pour une affaire de la plus haute importance. Le premier fit diligence et le Bondieu lui remit un tout petit coffret. Le deuxième, faraud comme l'on sait, musarda en chemin, et reçut une boîte de taille moyenne. Enfin, le Nègre, fainéant dans l'âme, avait fait la tournée des cases à rhum avant de se rendre à la convocation du Très-Haut. Lorsqu'il arriva au paradis, l'après-midi allait sur sa fin et le Bondieu arborait une mine pas contente du tout. Il lui indiqua une énorme caisse que le Nègre eut toutes les peines du monde à hisser sur ses épaules et à charroyer jusqu'à chez lui. Dedans se trouvaient devinez quoi ? des pelles, des houes, des fourches et des coutelas. Ainsi soit-il !

Mon père était un conteur émérite. Dès qu'il y avait une veillée mortuaire dans notre commune du Lorrain, et même dans celles du Marigot et de Basse-Pointe, voisines de la nôtre, la famille du décédé faisait appel à lui. Ma mère, qui réprouvait ce qu'elle appelait des mœurs de nègre-Guinée, se querellait avec lui à ce sujet, refusant de lui repasser sa belle chemise blanche qu'il ne portait qu'aux grandes occasions. Ce à quoi il rétorquait, ironique :

— *Man pa kwè man jenmen ay épi'w ni douvan labé ni douvan misié li-mè, kidonk fanm-lan, sispann terbolizé mwen, ou tann mwen di'w !* (Je ne crois pas que je sois jamais passé avec toi ni devant M. l'abbé ni devant M. le maire, alors arrête de m'emmerder, tu veux !)

Comme j'étais la dernière-née et sa seule fille, il me portait aux nues. Quand il nous arrivait de marcher dans le bourg et que quelqu'un le complimentait sur sa mignonne petite négresse, son nez se gonflait de fierté et il m'achetait des sucreries ou un sorbet au coco.

Dès que j'eus l'âge de marcher, il me demanda

de l'accompagner aux veillées dans lesquelles il officiait, du moment que celles-ci ne se déroulaient pas trop loin de notre commune. Il savait qu'ainsi mon frère aîné viendrait me chercher sur les onze heures du soir pour me ramener au bercail, cela sur ordre de ma mère. Cet âge de ma vie fut sans doute le plus heureux aussi étrange que cela puisse sembler, étrange parce que je n'étais nullement insensible au chagrin des familles des décédés, aux hurlements des pleureuses, à toute cette atmosphère d'abattement qui régnait dans la chambre funéraire. Mais au-dehors, sur les vérandas ou dans les cours de terre battue, là où amis et voisins se rassemblaient, quelle débauche de joie ! Que de rires, de coups de dominos frappés avec force, de verres de rhum et de chaudeau passant de bouche en bouche et par-dessus tout que de sublimes envolées de parole ! Quand mon père se sentait paré à entrer dans la ronde des conteurs, il m'embrassait vitement-pressé sur le front et me chuchotait :

— *Ti fi, pa garé kò'w, non ! Rété la pou man pa ped ou !* (Petite fille, ne t'égare pas, s'il te plaît ! Reste à ta place pour que je ne te perde pas !)

Et de s'avancer d'un pas dominateur au mitan de ses pairs qui, l'apercevant, se dépêchaient de lancer la phrase rituelle indiquant qu'ils cédaient leur place à plus vaillant qu'eux, phrase ironique, chantonnée plus que parlée :

— *Tiré mwen la, man pa bien là ! Tiré mwen la lamenm !* (Ôtez-moi d'ici, je ne m'y sens pas bien ! Ôtez-moi d'ici tout de suite !)

Je voyais mon père prendre place dans le cercle des conteurs, les cocos-yeux habités par une fièvre soudaine, le visage transfiguré. Sa voix se métamorphosait d'un seul coup et adoptait des intonations venues d'ailleurs, d'un très lointain passé (du Pays d'Avant, devrais-je apprendre beaucoup plus tard), qui faisaient tressaillir l'assistance. Désormais, les bouches se taisaient, les jeux de dés ou de dominos s'arrêtaient. Même les femmes accouraient, depuis les cuisines où elles veillaient à ce que la soupe ne manquât jamais jusqu'au petit matin, pour recevoir la parole sacrée de mon père. Car cette parole-là n'entretenait aucun lien avec celle des bêtiseurs et autres badjoleurs qui faisaient rire le monde à ventre déboutonné en déversant un torrent d'historiettes de compère Lapin et de compère Éléphant. Ou bien prenaient plaisir à détailler les frasques de Ti Jean l'Horizon. Mon père était un conteur à part, un maître de la parole comme il y en avait très peu, au dire même des habitués des veillées.

Les contes de mon père tournaient justement autour du pourquoi de la vie et du pourquoi de la mort, comme il le disait lui-même. Sa parole n'avait pas pour seul but de distraire, mais de pousser les veilleurs à s'interroger sur leur place dans le monde. Sur la fragilité de l'existence humaine.

Il faut dire qu'à cette époque on mourait beaucoup et souvent en pleine jeunesse. Du tétanos, de la fièvre typhoïde, de congestion, d'arrêts du cœur, de maladies du foie dues à l'abus de bière Lorraine, d'accidents aussi. C'est pourquoi les familles s'appliquaient à mettre pas moins d'une dizaine de marmailles au monde.

Plus tard, beaucoup plus tard, quand je fus embauchée comme fille de salle à l'hôpital de la Pitié-Salpêtrière à Paris et que je fis la connaissance de mon premier amour, qui, lui, faisait office de brancardier, il s'émerveilla du récit des veillées auxquelles j'avais assisté dans mon enfance et me lança :

— Mais ton père, c'était un vrai philosophe !

Aucun des locataires de l'Hôtel du Bon Plaisir n'a approché de si près que moi le sens caché de notre existence sur terre. Les sœurs de Lamotte s'en sont remises à Jésus et à la Vierge Marie, convaincues de la réalité de l'enfer, du purgatoire et du paradis. La plus âgée, Mme Louise-Julie, ne cesse de répéter qu'elles iront d'abord au purgatoire, parce qu'elles ne sont pas des saintes et ont commis des péchés comme tout le monde, mais qu'au bout d'un certain temps elles gagneront le paradis parce que le Bondieu ne pourrait pas ne pas leur être reconnaissant de toute cette charité dont elles ont fait preuve en soulageant les souffrances des malheureux du quartier des Terres-Sainville. Quant à M. Helvéticus, ce grand savant d'instituteur qui affecte d'être agnostique et ne met pas les pieds dans une église, je paierais cher pour le voir sur son lit de mort. Accepterait-il d'un cœur tranquille de disparaître sans laisser de traces comme un chien crevé que l'on voltige à l'embouchure du canal Levassor ? Et je ne parle même pas de cette Justina Beausoleil qui, dès mon arrivée à l'Hôtel du Bon Plaisir, a fait montre d'une détestation sans bornes à mon endroit comme si j'avais dévoré le cabri de ses noces ! Mais je dois reconnaître qu'elle en veut au monde entier, surtout aux femmes comme moi qui vivent avec un homme, elle qui apparemment voue la gent masculine aux gémonies tout en enfantant pour elle quasiment chaque année.

Pour ce qui est de l'avocat du premier étage, je ne sais pas ce qu'il traficote avec ces cahiers d'écolier qu'il rapporte de ses promenades d'après-midi, mais il passe son temps à poser des questions insidieuses à tout un chacun, affectant un air distrait. Il m'énerve avec ce lot de détails minuscules qu'il veut à tout prix connaître.

Il n'y a qu'avec Jean-André, le clarinettiste du « Petit Balcon », que je m'entende, sans doute parce qu'il est un artiste et que la musique est un don du Bondieu. C'est lui qui me réveille le matin, très discrètement, car il s'emploie à jouer presque en sourdine et cet instant me met en joie tout bonnement, me transporte comme par enchantement dans le monde de mon enfance car mon père était, lui aussi, un assez bon musicien. J'ai longtemps conservé son vieil harmonica rouge avec lequel il nous jouait à Noël des valses créoles endiablées. Il m'avait même servi de viatique durant une partie de mon séjour en France, mais je l'ai, hélas, perdu lorsque mon deuxième amoureux, l'Italien, me fit abandonner l'hôpital pour embrasser une prétendue carrière de danseuse au Moulin-Rouge. Je ne peux m'empêcher de penser parfois, superstitieuse que je suis, que c'est peut-être là la cause de la série de malheurs qui s'est abattue sur moi.

Mon séjour en l'Autre-Bord commença sur le port du Havre, par un petit matin grisailleux du mois de novembre. La première chose qui me frappa fut la hauteur du ciel. Il donnait l'impression d'être si éloigné de la terre que j'en eus presque le vertige. Je mis du temps à comprendre qu'il s'agissait d'une illusion d'optique. Dans un pays couvert de mornes et de montagnes comme la

Martinique, on a forcément la sensation que les nuages peuvent vous toucher le crâne alors qu'à l'inverse, dans les vastes plaines, le ciel semble s'enfuir à mesure que l'on avance. Des quais jusqu'à la gare, nous fûmes pris en charge, mais on nous largua devant des guichets où une foule de gens à l'air empreint de maussaderie faisaient la queue. Je n'avais jamais vu autant de personnes à la peau blanche en une seule fois. J'en sursautai ! Ils me lancèrent des regards distraits, mais un enfant farceur et turbulent, que sa mère réprimandait en vain, s'approcha de ma personne, me sortit sa langue, mit ses mains en éventail sur ses oreilles et s'écria :

— Hou-ou-ou la négresse !

J'en fus tout bonnement tétanisée. Un homme, juste derrière moi, me dit d'avancer sur un ton d'une telle rudesse que je faillis en avoir les larmes aux yeux. Lorsque ce fut à mon tour de demander mon ticket au guichetier, je remarquai qu'il n'écouta même pas mes paroles.

— Pour les boniches antillaises, c'est gare Saint-Lazare comme d'habitude !

Il me tendit mon ticket avec un large sourire moqueur et me dit que je n'étais pas assez couverte. Dehors, il faisait, en effet, froid, très froid. Je voulus remercier le Seigneur d'être presque arrivée à bon port, mais ne parvenais pas à ouvrir la bouche. Mes lèvres étaient déjà à moitié gelées. Je mis quinze bonnes minutes à repérer le compartiment dans lequel se trouvait le siège qui m'avait été attribué. À cause de ma grosse valise qui encombrait le couloir, les passagers m'observaient d'un air désapprobateur ou amusé. Un homme, encore assez jeune, élégamment vêtu, me siffla, puis me fit :

— Quelle exquise doudou que voilà ! Tu t'appelles comment déjà, ma petite fleur des îles ?

Mais son amie ou son épouse qui revenait des toilettes le tira par la manche. Je me retrouvai, pour mon malheur, coincée entre une vieille dame et un monsieur qui lisait son journal en commentant les articles à haute voix et en gesticulant, sans s'inquiéter de savoir si son coude me rentrait dans les côtes. Alors que sur les quais j'avais cru mourir de froid, ici, dans le compartiment, je crevais au contraire de chaleur. Mais ce n'était pas celle à laquelle j'étais habituée au pays. Plutôt comme une impression de mariner à l'intérieur d'une étuve et d'étouffer par moments. J'avais envie d'arracher ce gros pull que j'avais acheté fort cher chez Benalil, dans la rue des Syriens, à Fort-de-France. Comme mon visage dégoulinait de sueur, ma voisine de gauche se pencha vers moi et me fit sur un ton compatissant :

— On ne se sent pas bien, ma p'tite dame ? Vous avez un mouchoir ?

Sans réfléchir, je lui tendis celui que je tenais serré au fond de la poche de mon manteau. Alors, délicatement, très délicatement, elle y versa quelques gouttes d'eau de Cologne et m'humecta elle-même le front et les pommes de la figure. C'était le premier geste d'amicalité, voire de tendresse, qui m'était adressé sur cette terre de France à laquelle je n'avais cessé de rêver.

*

Or donc, prenant son courage à deux mains qu'il avait épaisses et calleuses à force de charger et de décharger des caisses à la Compagnie générale transatlantique, Ti Mano finit par se décider, au sortir des festivités du Tricentenaire qui avaient vu le nègre de céans réaffirmer son indéfectible attachement à la mère patrie française, à approcher Florine, la charbonnière. Il bénéficiait, en effet, d'un avantage sérieux sur la meute de ses concurrents, à savoir le fait que la jeune femme et lui travaillaient au même endroit. Certes, il n'était pas fréquent que les dockers, personnages fiers comme des Artaban parce que relativement bien rémunérés, montrassent un quelconque intérêt pour ces drôlesses à la figure sempiternellement couverte de suie, mais force était de reconnaître que cette mamzelle était un cas à part. On la distinguait d'un seul coup d'œil à sa membrature et au madras orange à la pointe insolemment dressée qui retenait son abondante chevelure de câpresse dans l'interminable colonne des charbonnières qui avançait, pas à pas, jusqu'à la passerelle conduisant à la salle des machines des navires. À vrai dire, ses manières de gourgandine déplaisaient fort au contremaître chargé de l'approvisionnement en combustible, un mécréant au visage couturé de cicatrices, qui n'avait pitié ni des femmes enceintes ni de celles que l'âge avait commencé à casser ou simplement qui se trouvaient être dans leurs périodes. Sans compter que celui que l'on avait affublé du sobriquet vengeur de Tête-Concombre se targuait d'avoir une mémoire tout bonnement phénoménale. Il ne s'embarrassait pas d'un carnet comme ses autres collègues qui y notaient soigneusement les noms des charbonnières et le nombre de sacs qu'elles avaient charroyés dans la journée.

— Tout est là! vantardisait-il à longueur de

temps, tapotant l'en-haut de son crâne à l'aide de la petite cravache en corde-mahault qui ne le quittait jamais.

Inutile donc, avec lui, de se faire remplacer par une sœur ou une cousine, le temps de visiter des parents à la campagne ou d'assister à quelque enterrement. Tête-Concombre, posté au pied de la passerelle, paradant avec son casque colonial en kaki, dévisageait chacune des charbonnières de la tête aux pieds, les déshabillant presque du regard et leur lançant sans jamais se tromper :

— Henriette, quatre paniers pour aujourd'hui ! Julienne, deux. Quoi ? Seulement deux ? Ton homme accepte que tu fainéantes comme ça ? Hon !... Liliane, trois paniers...

Soudain, il fronçait les sourcils avant de ricaner, insoucieux du fait qu'il n'avait plus qu'une seule rangée de dents, celle du bas. Et le bougre de s'écrier :

— *Wou taa, vini'w isiya ! Sa ki'w ? Man poko jenmen wè tet-ou. Sa ou ka fè la, mafi ?* (Hé, toi là-bas, approche un peu ! T'es qui ? J'ai jamais vu ta tête auparavant. Tu fais quoi ici ?)

Penaude, la coupable déposait son panier rempli à ras bord et s'approchait, les yeux baissés. Si elle était sans grâce, il l'accablait de toutes qualités d'injuriées avant de la renvoyer, non sans lui avoir lancé que celle qu'elle avait eu l'audace de remplacer serait licenciée. Par contre, si elle était dodue (la seule et unique qualité féminine qui eût quelque valeur à ses yeux), le contremaître se pourléchait les babines et, au vu et au su de tout le monde, là, sur les quais, tandis que des marins blancs rigolards se délectaient de la scène depuis le bastingage, il glissait ses pattes velues sous la robe de la femme prise en flagrant délit et lui palpait fesses et tétés sans ménagement avant de s'arrêter à sa coucoune qu'il malaxait, les traits déformés par un plaisir intense.

— *Haa, mésié-mésié, bon viann ki la! Bon viann menm! Lè ou ké fini déchajé panyen'w, atann isiya! Man ké bizwen palé ba'w.* (Ah, bon Dieu de bon sang, de la chair fraîche! De la bonne chair fraîche! Quand tu auras déchargé ton panier, viens m'attendre ici! J'aurai deux mots à te causer.)

Écrasée par la vergogne mais incapable de réagir à ces assauts, la fausse charbonnière replaçait son panier sur sa tête et commençait à grimper la passerelle d'un pas mal assuré tandis que son tortionnaire se mettait juste en dessous pour continuer à évaluer les formes de celle que, tout à l'heure, il défoncerait dans le cagibi qui lui servait de bureau, non loin de la capitainerie. Et lorsque dix minutes plus tard la malheureuse ressortait du ventre du bateau, déjà hagarde, titubante, il criait à la colonne :

— Personne ne bouge jusqu'à mon retour! J'ai à faire.

Tête-Concombre se saisissait de sa victime qu'il entraînait presque au pas de course jusqu'à son antre et, de là, on entendait s'élever des cris d'effroi et des braillements salaces. Ce cirque ne durait en fait qu'une poignée de minutes. Ensuite, on le voyait regagner tranquillement le pied de la passerelle, reboutonnant la braguette de son short-kaki de manière ostensible et lançant à la colonne de charbonnières tétanisées :

— Allez, remuez-moi votre croupière! J'ai pas

tout mon temps devant moi, non. Eh ben Bondieu, qu'est-ce que vous croyez ?

Florine, qui avait connu, de la bouche de ses parents, la scélératesse des commandeurs d'habitation, dans sa campagne natale du Marigot, au mitan des champs de canne à sucre, n'en croyait pas ses yeux. Jamais elle n'aurait pu imaginer que les mêmes mœurs puissent exister dans cet En-Ville qui enchantait ses rêves d'enfant. En fait, tout y semblait pire. Les relations entre voisins, les commérages, la jalousie, la soif de paraître et celle de l'argent facile. Comme si Tête-Concombre devinait ses pensées quand c'était à son tour de s'arrêter au pied de la passerelle, il évitait de la regarder dans les yeux et égrenait le nombre de sacs qu'elle avait transportés dans la journée presque en même temps que celui de la charbonnière suivante. D'où la naissance d'une manière de légende :

— Tête-Concombre est m'en-fous-ben de tout le monde, sauf de mamzelle Florine, oui !

Ce que l'on ignorait, c'est que l'attitude étrange du contremaître n'était aucunement liée à la personnalité de la jeune fille, mais au fait qu'un certain docker s'intéressait à elle et qu'il avait parlé à Tête-Concombre. Et ce fameux docker n'était autre que Ti Mano. Entre anciens collègues, puisque le premier n'avait été versé dans cette fonction moins astreignante consistant à contrôler non seulement l'approvisionnement en charbon des bateaux mais aussi le déchargement des marchandises venues d'Europe que depuis quelques années, on se baillait du respect. Les autorités portuaires avaient porté leur choix sur Tête-Concombre, bien qu'il fût analphabète, au motif qu'en période de grève le bougre était toujours de ceux qui s'opposaient au syndicat et aux agitateurs communistes. À moult reprises, il lui était arrivé de faire le coup de poing contre ses collègues de travail, se moquant éperdument qu'on le qualifiât dans l'hebdomadaire *Justice* de « nervi à la solde du patronat ».

— Ceux qui écrivent ça, bravachait-il, n'ont jamais tenu un seul jour de leur vie ni un marteau ni une faucille, alors qu'ils me foutent la paix !

Quoique Ti Mano fût l'un des piliers du syndicat CGT, il se trouvait être, dans le même temps, l'un des partenaires favoris du contremaître au jeu du serbi. À eux deux, ils écumaient les fêtes patronales, voltigeant leurs dés avec une dextérité non pareille et raflant des sommes mirobolantes aux yeux du commun des mortels. Le chiffre onze, désirable entre tous, semblait avoir élu domicile entre leurs doigts, murmurait-on, manière d'insinuer que les deux zouaves devaient très probablement s'adonner au quimbois ou à quelque autre pratique magique. Si bien que jamais Tête-Concombre ne s'avisait de morguer Florine et, le samedi midi venu, il lui réglait son dû rubis sur l'ongle alors que, plus souvent que rarement, des bec-à-bec homériques l'opposaient à certaines charbonnières qui résistaient encore à ses avances. L'homme avait d'ailleurs des souffre-douleur auxquels il lançait, d'un ton plein de goguenardise :

— Artémise, toi c'est quatre journées et huit sacs, on est d'accord ?

Et de tendre à l'infortunée un dérisoire billet froissé et un lot de pièces tellement usées que leurs inscriptions s'étaient effacées, sachant pertinemment qu'elle n'oserait jamais protester sous peine de recevoir dès le lundi suivant un billet-ce-n'est-plus-la-peine. Si donc Florine haïssait le contremaître en son for intérieur, elle n'avait personnellement aucun motif de se plaindre de lui et surtout ignorait les relations particulières qui l'unissaient à celui qui lui fit les yeux doux durant des mois et qui, un beau jour, finit par lui tendre, d'un geste presque timide, un petit papier rose plié en quatre avant de tourner les talons. Cette manière d'événement s'était déroulé à la débauchée, sur le coup de quatre heures de l'après-midi donc, en plein mois d'octobre, moment de l'année où la nuit tombait comme une roche, et où des avalasses de pluie se fessaient sur l'En-Ville à intervalles réguliers. Chacun était de ce fait pressé de regagner sa chacunière et c'est ce que fit Florine, plus perplexe que la perplexité elle-même. Elle ne déplia pas le papier, se contentant de le placer dans le creux de ses seins. Aux Terres-Sainville, elle fit une halte chez le Chinois Huang-Ho (qui, lui aussi, lui faisait les yeux doux bien que les siens fussent bizarrement fendus !) afin de se ravitailler en pétrole lampant et en morue séchée. Celui-ci, s'apercevant de son air inhabituel, elle d'ordinaire si joviale, lui fit avec son drôle d'accent chevrotant :

— On a des soucis de cœur, ma cocotte ? J'ai une liqueur de Shanghai qui peut guérir ça, oui…

Florine se contenta de sourire. Elle avait hâte de retrouver sa case de Trénelle. Ce chez-soi qu'elle avait construit de ses propres mains. Sans l'aide d'aucun homme. Elle eut toutes les peines du monde à allumer la lampe Coleman accrochée au plafond de la pièce principale qu'elle se plaisait à appeler « mon salon » quoiqu'elle ne fût guère plus grande qu'un mouchoir de poche. Florine était nerveuse. Fébrile. Pourtant, ce n'était point de l'inquiétude. Juste une sensation étrange. L'acharnement de Ti Mano la dérangeait sans qu'elle comprît trop bien pourquoi, surtout que le gros de ses prétendants abandonnait la partie au bout de deux-trois tentatives, se rabattant sur des proies moins difficiles. La nuit venue, son frugal repas avalé, elle se mit à feuilleter des journaux d'amour italiens, rêvassant sur les aventures amoureuses de créatures au teint de cassave et aux longs cheveux couleur de jais. Créatures qu'elle adulait au « Colisée » les rares dimanches après-midi où elle s'octroyait une séance de cinéma. Greta Garbo, Marlene Dietrich. Ah, cette Marlene ! C'était sa préférée. Celle qui, aux côtés de Cary Grant, dans *Blonde Venus*, l'avait subjuguée au point de ne pas trouver le sommeil plusieurs nuits d'affilée. Le summum de la belleté à ses yeux. Chose à quoi, pensait-elle, une négresse comme elle ne pourrait jamais accéder quand bien même elle se passerait trois couches de poudre rose sur la figure et se défriserait les cheveux jusqu'à se brûler la peau du crâne. Florine, en ce temps-là, ne se savait pas encore sublime. Elle se trouvait quelconque d'où sa gêne face aux assiduités de Ti Mano.

Elle déposa le message sur la table du salon et résista plusieurs jours à la tentation de le déplier. Sur le port, de loin, le docker lui adressait des baisers furtifs qu'elle feignait d'ignorer. Impossible, d'autre part, de s'en ouvrir à ses consœurs qui étaient pour la plupart des maquerelleuses professionnelles et n'auraient pas manqué d'en faire des gorges chaudes. D'ailleurs, Florine connaissait à l'avance leur réaction :

— Quoi ? Tu fais la difficile, fifille ! Mais tu es tombée folle ou quoi ? Ce bougre-là a une paye de docker. C'est pas comme nous autres qui ne gagnons que deux francs-quatre sous. S'il te met en case, tu seras sauvée, oui !

Florine finit par lire le message de son prétendant. Elle relut quatre fois la longue phrase sans bien en décrypter le sens, mais elle se dit que Ti Mano n'aurait pas déployé tant et tellement de savantise, exhibé un modèle de français si extraordinaire, s'il n'était pas un tant soit peu sincère. En français, « la langue dorée » comme la qualifiaient les conteurs de son enfance, le nègre ne ment jamais. Seul le créole lui permet de dissimuler ses arrière-pensées et de couillonner autrui. Alors, elle fit faire un double de la clef de sa maison et, au finissement d'octobre, aux approchants de la Toussaint de l'an 1938 pour être précis, une fois sa journée de travail achevée sur le port, elle se dirigea tout droit sur un Ti Mano estomaqué et la lui tendit, lui déclarant d'un ton qui ne souffrait aucune réplique :

— À partir de dorénavant, chez moi, c'est chez toi, oui !...

[L'érection difficultueuse et chaotique de l'Hôtel de la Charité Saint François de Sales n'avait pas manqué d'intriguer les services d'urbanisme de la ville de Fort-de-France. Certes, M. Pierre-Marie de La Ramée, commerçant honorablement connu de la place, avait déposé sa demande de permis de construire dans les règles et avait même accepté de recruter quelques ouvriers dont le secrétaire de mairie lui avait, l'air de rien, suggéré les noms, mais si l'affaire avait bien démarré, elle s'embourba très vite dans d'inextricables et inexplicables difficultés. Non que le chantier manquât de fonds ni que la main- d'œuvre fît défaut, mais parce que le ciment que l'on coulait au-delà du premier étage ne tenait tout simplement pas. Pourtant, seul le beau sable noir de la rivière du Lorrain était utilisé et non, comme dans des constructions faites à la va-vite, du sable de mer. Les murs que l'on enduisait le lundi s'affaissaient le mardi sans qu'aucun des gardes que M. de La Ramée s'était résolu à placer à cet endroit n'entendît le moindre bruit ! Le carrelage, quant à lui, se gondolait une heure ou deux après qu'on l'eut posé. La peinture s'écaillait, virant au jaunâtre quelle que soit la couleur utilisée. Quelqu'un, visiblement, s'opposait à ce que le bâtiment se dressât au-delà du premier étage. Il est vrai qu'avec quatre étages prévus il dominerait de toute sa masse l'ensemble des maisonnettes environnantes et offrirait à ses futurs résidents des vues plongeantes sur les minuscules cours intérieures dont disposait chacune, y compris les plus misérables. Ces lieux étaient des havres de fraîcheur au cours des après-midi torrides de la saison du carême où l'on plantait souvent un petit jardin créole dans lequel s'élevait qui un avocatier qui un corossolier ou, si l'espace était suffisamment grand, un arbre à pain. On s'y réunissait en famille, à l'abri du regard des mal-parlants et des nègres dévorés par la jalouseté. Savoir donc que dans peu de temps les locataires de l'Hôtel de la Charité pourraient y avoir accès d'un simple coup d'œil n'avait pas pu ne pas plonger certains habitants de la rue de la Commune-de- Paris dans une enrageaison sans nom. Enrageaison qu'il leur était bien entendu impossible d'exprimer au grand jour puisque ce M. de La Ramée était un Grand Blanc et qu'il disposait d'accointances dans l'administration l'autorisant à agir à sa guise. Heureusement, dans de tels cas, le nègre n'est pas tout-à-faitement démuni. Il possède certains moyens de placer des bouts de bois dans les roues de celui qui vient lui empoisonner l'existence. En particulier, le quimbois. L'arme du quimbois ! Et ce n'étaient pas les champions en maléfices et les invocateurs de Belzébuth qui manquaient dans le quartier, foutre ! À commencer par le sieur Grand Z'Ongles, individu qui se permettait même de défier l'abbé des

Terres-Sainville en venant communier quasiment chaque matin à la messe de six heures. Au lieu d'avaler l'hostie, à l'instar des bons chrétiens, il la rapportait à son antre de la rue Robespierre et se livrait à toutes qualités de simagrées diaboliques avec elle. C'est pourquoi, lorsqu'on apercevait l'ombre de Grand Z'Ongles, on brocantait de trottoir vitement-pressé et on gardait les yeux rivés au sol, retenant son souffle au moment où on le croisait afin de ne pas l'importuner.

Pierre-Marie de La Ramée, qui n'ignorait rien des mœurs du quartier, s'en ouvrit à sa belle-sœur Louise-Julie, laquelle haussa les épaules :

— C'est justement pour lutter contre ce genre de croyances que mes sœurs et moi avons décidé de nous installer ici. Aucun sorcier, devin, magnétiseur ou manieur d'herbes maléfiques ne nous fera reculer. Le deuxième étage attendra ! Nous ferons avec le rez-de-chaussée et le premier étage.

Le président du Crédit martiniquais, qui commençait à en avoir par-dessus la tête de ce qu'il avait toujours considéré comme une lubie de vieilles filles confites en dévotion, ne fit aucune objection quand Louise-Julie décida que l'inauguration de l'Hôtel de la Charité Saint François de Sales se ferait la semaine suivante, et cela en grande pompe. Ce qui veut dire qu'elle y avait convié Mgr l'archevêque, Son Excellence le gouverneur de la Martinique, le général commandant les forces armées des Antilles et de la Guyane ainsi que M. le maire de Fort-de-France.

— 1922 sera une grande date dans l'histoire de ce pays ! avait grandiloqué Louise-Julie qui, entre-temps, était devenue une femme cultivée, tant sur le plan des affaires religieuses que terrestres.

Elle avait dévoré la plupart des ouvrages qui trônaient dans la belle bibliothèque en bois de courbaril verni du salon des La Ramée, bibliothèque que feu Edmond de La Ramée, grand lecteur lui aussi, avait héritée de son arrière-grand-père puisque certains ouvrages dataient de 1750, mais que Pierre-Marie n'avait, pour sa part, guère fréquentée. « Je suis un homme de chiffres », aimait-il à dire, chose qu'aucun de ses proches n'aurait osé lui reprocher tant sa réussite commerciale et industrielle était éclatante. L'usine à sucre de Rivière-Salée rivalisait presque en tonnage avec celle du Lareinty qui était la plus grande du pays, la Margarinerie martiniquaise tournait à plein régime et les actions qu'il possédait dans la Compagnie générale transatlantique voyaient leur valeur grimper de manière exponentielle. Pour ce faire, il n'avait pas eu besoin de se plonger dans Montaigne, Lamartine ou Hugo. Si ses belles-sœurs voulaient s'installer dans ce bâtiment qui peinait à s'achever, grand bien leur fasse ! Il avait d'ailleurs hâte qu'elles débarrassent sa maison du Plateau Didier où déjeuners et dîners lui étaient devenus des moments pénibles, Louise-Julie et ses sœurs exigeant que tous les convives se joignent à leurs interminables prières avant d'enfourner la plus petite bouchée. Chance pour lui, il avait prévu de longue date un voyage d'affaires à Caracas et ne fut pas contraint d'assister à l'inauguration dont il apprit, à son retour, qu'elle fut grandiose. Même Romule Casoar, le pourtant perfide journaleux, versa une larme dans sa feuille de chou sur la « générosité extraordinaire des demoiselles de Lamotte, dignes descendantes de ces vaillants conquistadors qui, en l'an de grâce 1635, arrachèrent l'île de la Martinique des griffes des sauvages Indiens Caraïbes pour y planter le drapeau à fleurs de lys et la placer sous le joug ô combien paternel de Sa Majesté le Roy de France ».

L'inauguration se déroula donc un certain 15 avril 1922 et, dès la fin du même mois, les dénantis et autres miséreux des Terres-Sainville, de Trénelle, du Pont-de-Chaînes, de l'Ermitage et du Bord de Canal en firent le siège, à l'heure des vêpres, pour y recevoir un bol de soupe et un quignon de pain. Le dimanche, grâce aux rabais accordés par M. Chine, le menu se faisait plus consistant : riz ou pois rouges, corned-beef, queue de cochon salée, morue séchée. Même les socialistes, pourtant agnostiques invétérés et bouffeurs de curé, n'y trouvèrent rien à redire, d'autant que les vrais et honnêtes travailleurs, ceux qui possédaient un métier entre leurs mains et avaient de ce fait une haute idée d'eux-mêmes, se faisaient un devoir de ne pas fréquenter l'endroit.

Curieusement, les Indiens-Coulis du quartier Au Béraud, pourtant tout proche, se gardèrent, eux aussi, d'y venir demander la moindre aide, par fierté mal placée, disaient ceux qui ne les portaient pas dans leur cœur. Parce que leur religion barbare indisposait les très chrétiennes sœurs de Lamotte, corrigeaient les plus avertis. Il est vrai que Louise-Julie et ses sœurs ne se contentèrent pas de soulager l'estomac des prolétaires des quartiers nord de l'En-Ville : elles menaient aussi une guerre sans merci à la fois contre le quimbois des nègres et les rites païens des hindouistes. Qui avait eu la faiblesse ou l'étourderie de se laisser séduire par l'une ou l'autre de ce qu'elles qualifiaient d'abominations, se voyait aussitôt refuser sa pitance vespérale.

Seules les femmes avaient le droit de pénétrer à l'intérieur de l'Hôtel de la Charité. Les hommes, eux, devaient se contenter d'attendre leur gamelle à l'une des fenêtres du rez-de-chaussée. Les premières étaient régulièrement chapitrées par les trois vieilles filles békées. Tout y passait, depuis les lectures commentées de la Bible jusqu'aux leçons de broderie anglaise, en passant par les moyens d'éviter, par des rapports vénériens plus espacés, de tomber enceinte tous les neuf mois. Louise-Julie, l'aînée, s'était arrogé le premier étage bien qu'il ne fût pas entièrement achevé car elle avait besoin d'espace pour y ranger ses nombreux livres religieux et profanes. Ses deux sœurs, surnommées l'une Tête d'Or, l'autre P'tite Popotte, par la gueusaille, investirent les deux appartements du rez-de-chaussée, appartements bien trop vastes pour elles où il leur arrivait de loger provisoirement des femmes ou des concubines battues, des marmailles abandonnées ou des vieilles femmes qui n'avaient plus de famille. Dix-sept ans durant, c'est-à-dire jusqu'à ce qu'éclate la deuxième grande guerre, l'Hôtel de la Charité Saint François de Sales soulagea l'extrême misère des gens des Terres-Sainville et des environs. L'abbé de la paroisse, qui avait vu dans cette institution une forme de concurrence déloyale envers l'Église, finit par faire contre mauvaise fortune bon cœur lorsqu'il constata que certaines âmes dévoyées, qu'il en était venu à considérer comme perdues à jamais, se remirent à fréquenter la messe du dimanche. Quant à Pierre-Marie de La Ramée, trop heureux de n'avoir pas à supporter la vue de ses belles-sœurs, il se garda bien de venir les déranger, se contentant de temps à autre de leur envoyer ses recommandations par le truchement de son épouse. Tout allait donc pour le mieux dans le meilleur des mondes jusqu'au jour où Louise-Julie, dans le courant de la douzième année d'existence de son œuvre de charité, se mit en tête de rehausser le bâtiment. Elle fit le siège de son beau-frère pour que soit entreprise la construction d'un deuxième, puis d'un troisième étage, ce qui, à l'entendre, était devenu indispensable, tant le nombre de personnes en divagation qui sollicitaient l'aide de l'institution avait augmenté.

— Nous leur louerons des chambres, plaida-t-elle, sachant Pierre-Marie très sensible aux arguments sonnants et trébuchants.

— Et avec quoi ils nous paieront? rétorqua ce dernier.

— Oh, je leur dénicherai d'abord un petit travail... Ce sera même la condition première pour être accepté chez nous.

Sceptique, mais une nouvelle fois pressé de n'avoir plus à s'occuper de ce fichu Hôtel de la Charité Saint François de Sales, il accepta, s'inquiétant toutefois du statut de l'établissement au regard de la loi. En effet, de centre d'accueil gratuit pour personnes en difficulté, il allait d'un seul coup se transformer en immeuble locatif avec tout ce que cela comportait comme obligations et autres taxes. Voire en hôtel, ce qui changeait les choses du tout au tout en dépit du nom qu'il portait. Il faudrait désormais tenir un registre des clients, établir une comptabilité ou encore remettre les pièces en état chaque fois qu'un client ou un locataire (il ne savait trop comment les définir) s'en irait.

— J'y veillerai personnellement! fit Louise-Julie d'un ton aussi définitif que celui qu'elle avait employé ce fameux jour où, face à son père et à Pierre-Marie médusés, elle leur avait annoncé que ses sœurs et elle quittaient le couvent, non pas pour regagner la vie mondaine, mais pour se mettre au service des plus humbles d'une manière moins contemplative.

Maçons, ferronniers, carreleurs et charpentiers investirent à nouveau la rue de la Commune-de-Paris à la grande joie du propriétaire du « Rendez-vous des amis », un ancien combattant, devenu unijambiste, de la guerre 14-18, et de M. Chine, le rusé boutiquier. Un nouveau matériau — le fibrociment — fut utilisé pour déjouer la malveillance de celui ou de ceux qui, une décennie plus tôt, avaient cherché à arrêter, par des méthodes pas très catholiques, l'érection de l'Hôtel de la Charité.]

Si les « mauvais livres », expression créole qui désigne les ouvrages traitant de la magie, de l'alchimie, de la Kabbale et de l'astrologie — à commencer par les opuscules tels que *Le Petit Albert, Le Grand Albert* et *Le Dragon rouge* que l'on trouvait dans les plus insignifiantes boutiques d'alimentation —, étaient réputés provoquer la folie chez celui qui en abusait, ils n'étaient en rien responsables de l'état du jeune bel nègre Étienne Beauvallon, le ci-devant locataire de ce taudis qu'était l'ultime étage (fallait-il vraiment dire étage ?), le cinquième en tout cas de l'Hôtel du Bon Plaisir, ce fameux galetas recouvert de bâches et d'un prélart vert bouteille retenus par des cordes qui abritait le bachelier. Tout le monde le connaissait à travers l'En-Ville depuis que la radio avait claironné son nom des jours durant au mois de juillet 1949, lors de l'annonce des résultats du baccalauréat. Quoique d'une famille très modeste, Monsieur s'était permis le luxe de sortir premier du classement et cela dans toutes les matières, sauf en musique ! Le vice-recteur d'académie, le préfet, le président du Conseil général, Mgr l'archevêque et M. Galion de Saint-Aurel, le plus riche commerçant blanc créole du Bord de Mer, l'avaient porté aux nues, voyant en lui l'exemple qui démontrait « par A plus B », expression du tout premier, reprise par le tout dernier, que seul l'effort payait et que la naissance ne comptait pour rien dans la réussite scolaire et donc sociale. Il suffisait aux enfants des coupeurs de canne nègres, à ceux des dockers et employés municipaux ou encore des marins-pêcheurs de se donner pleinement à leurs devoirs scolaires pour qu'ils voient automatiquement s'ouvrir devant eux les portes du succès.

— Qu'on se le dise, il n'y a pas de fatalité sociale ! avait martelé M. de Saint-Aurel à la fin du discours qui clôtura la cérémonie au cours de laquelle fut remise au brillant élève la somme rondelette, pour l'époque, de cinq cent mille francs.

Étienne avait le choix : hypokhâgne, la Sorbonne, Polytechnique, l'École des arts et métiers, l'Institut d'études politiques et tutti quanti. La Fédération des œuvres laïques de la Martinique décida de lancer une souscription pour acheter le trousseau du jeune homme et lui déposer sur un compte de quoi lui permettre de poursuivre ses études l'esprit débarrassé des préoccupations terre à terre que sont la nourriture, les vêtements et le logement. Dans un seul mouvement de grandiose solidarité, tous les clubs et autres associations de bonnes œuvres se mobilisèrent jusqu'à récolter la somme, astronomique, de huit cent mille francs. Le Crédit martiniquais, banque créée par les békés au lendemain de l'abolition de l'esclavage un siècle plus tôt pour y déposer le pactole que l'État leur avait alloué afin de les dédommager de la perte de leur cheptel humain, offrit le billet de bateau pour

Le Havre. « Notre Étienne national », comme le qualifiait la presse, voyagerait en première classe à bord du paquebot *Colombie*, chose pour le moins inhabituelle s'agissant d'un « nègre bon teint », euphémisme en usage dans la classe mulâtre dans son désir de se différencier de la plèbe. Il n'y eut guère qu'un petit bémol à ces transports d'enthousiasme : l'enquête réalisée par un plumitif du journal communiste *Justice* qui révéla que si Étienne était bien le fils d'une humble servante du quartier Texaco et vivait dans une case sans électricité ni eau courante, il avait bénéficié du poste qu'occupait sa génitrice chez une famille de négociants békés des plus cossues, les Crassin de Médouze. Trois fois par semaine, en effet, Mme Beauvallon était contrainte de passer la nuit sur leur propriété parce qu'elle devait besogner jusqu'à une heure avancée de la nuit à cause des fréquents repas familiaux qu'ils organisaient. Le patriarche de Médouze l'avait autorisée à amener son fils et, pendant tout le temps que sa mère s'escrimait entre les cuisines et la salle à manger, Étienne faisait ses devoirs à la lumière d'un bec électrique et pouvait même emprunter dictionnaires et grammaires à l'un des rejetons des Crassin de Médouze qui avait le même âge que lui. Ces békés se flattaient d'être de fervents chrétiens et c'était là le moins qu'ils pussent faire pour une domestique aussi ponctuelle et dévouée que la mère du gamin.

« Il est hautement improbable, conclut non sans cruauté l'auteur de l'article, que placé dans des conditions correspondant réellement à sa classe sociale, et cela en dépit de ses extraordinaires capacités intellectuelles que nous ne cesserons jamais de saluer, Étienne eût pu décrocher le bachot avec les meilleures notes du département. Il n'est, hélas, que l'arbre qui cache la forêt. »

L'enquête jeta un froid qui ne dura que quelques jours, les autorités académiques puis religieuses s'employant à dénoncer un énième complot des « séparatistes communistes, ennemis de la France et indécrottables moscoutaires ». D'ailleurs, le Conseil général fit attribuer un logement décent aux Beauvallon dans un tout nouveau quartier en construction. Le jour du départ d'Étienne, une fanfare l'attendait sur le port où s'était massé, pour la seconde fois, l'essentiel de ce que le pays comptait de notabilités, toutes couleurs confondues. Le préfet, contraint de s'occuper d'une grève qui paralysait les plantations du nord de la Martinique, y délégua un fonctionnaire de haut rang avec pour mission de lire un discours rédigé par ses soins. Un drapeau tricolore flottait dans le vent au bout d'une tige de bambou, devant la petite estrade couverte où tout ce beau monde patientait. La mère d'Étienne avait requis les services du meilleur tailleur des Terres-Sainville et le jeune homme, bien qu'il eût l'air plutôt emprunté, avait fière allure. Tous les regards convergeaient sur lui et, à n'en pas douter, certaines mères de la petite-bourgeoisie noire devaient cogiter sur une possible alliance matrimoniale avec leurs filles au cours des années à venir.

Le vice-recteur fut le premier à prendre la parole. Ce Blanc-France au visage ridé, visiblement accablé par la chaleur et ayant déjà un ou deux coups de rhum dans le nez, bafouilla un petit discours dans lequel il vanta l'excellence du système scolaire dans les colonies françaises contrairement aux anglaises qui, à l'entendre, négligeaient la formation des élites locales, oubliant apparemment que les Antilles venaient d'être transformées en départements d'outre-mer. Des applaudissements discrets et brefs permirent au représentant de l'ordre des Palmes académiques de s'approcher du micro. Cet homme, d'un teint proche de l'ébène, svelte et fort élégant avec son foulard bleu et son costume crème, avait été lui-même, en son temps, une manière d'Étienne Beauvallon. Certes, à son époque, l'entre-deux-guerres, il n'était guère envisageable de pousser au-delà du brevet supérieur et donc de l'école normale, mais lui aussi, Victorin Helvéticus, avait été la preuve par neuf qu'une détermination sans faille accouplée à une intelligence remarquable pouvait permettre à un fils de la plèbe de s'arracher à sa condition. Il avait donc ce jour-là, sur le port de Fort-de-France, l'impression émouvante de revivre le même événement dont il avait été le centre une vingtaine d'années plus tôt. Brandissant une liasse de pas moins de cinq feuillets, il s'éclaircit la gorge, se tourna un instant vers le ciel, considéra les éminentes personnalités qui l'entouraient et l'assistance composée de parents et d'amis d'Étienne ainsi que de quelques boit-sans-soif des quartiers environnants avant de prendre son élan :

— Honorables concitoyens,

« Monsieur le représentant du préfet,

« Monseigneur l'archevêque du diocèse de la Martinique,

« Monsieur le vice-recteur d'académie,

« Monsieur le général des Forces armées des Antilles et de la Guyane,

« Qu'il me soit permis d'entrée de jeu de vous faire part de l'immense honneur qui m'étreint en ce moment où la République, notre belle République une et indivisible, fille ô combien illustre de la Révolution de 1789, démontre une fois de plus qu'elle sait être généreuse envers les plus méritants d'entre ses fils ! Cette République qui jadis nous ôta les fers des pieds et nous fit l'honneur de nous octroyer la pleine citoyenneté française alors même que beaucoup d'entre nous avaient encore d'importants efforts à faire pour s'imprégner de la langue et de la culture de Descartes et de Molière. Arrachés à l'Afrique sauvage par d'ignobles négriers, nos pères durent courber l'échine des siècles durant dans les champs de canne à sucre, mais par bonheur, un homme vint. Un grand homme. Un homme immense. J'ai nommé Victor Schœlcher ! Cet Alsacien, cet homme du Nord, c'est-à-dire du froid et des brumes, que rien ne prédisposait à venir sous nos latitudes torrides afin d'y mener un combat qui finit par graver son nom au firmament des plus hautes valeurs de l'humanité. Pétri de générosité et d'humanisme, il s'est employé sa vie durant à combattre avec la dernière énergie l'obscurantisme de la classe des esclavagistes et lorsque le jour grandiose fut enfin arrivé, ce jour ô combien mémorable au cours duquel la liberté nous fut octroyée par la France républicaine, eh bien, Victor Schœlcher n'en continua pas moins son combat pour l'éducation et la promotion de la classe nègre.

« Mesdames et messieurs, honorables personnalités, je suis un fils de Victor Schœlcher et notre brillantissime Étienne Beauvallon ici présent l'est tout autant. Par notre travail et notre sens de la dignité, nous avons réussi à prouver que la race noire est capable d'être l'égale de la blanche et qu'elle peut même la surpasser dans certains domaines artistiques. J'ignore si Étienne a déjà fait son choix quant aux études qu'il souhaite poursuivre, mais pour ma part, je n'ai aucun doute sur sa réussite quelle que soit la discipline qu'il élira. Médecin, avocat, homme de lettres, architecte, tout lui est ouvert ! Et mesdames-messieurs, honorables…

Un grognement étrange monta de l'estrade, juste derrière l'orateur. Ou plutôt une sorte de ronflement semblable à celui d'un moteur fatigué. Victorin Helvéticus, décontenancé, se retourna pour voir le représentant du préfet complètement avachi sur son siège, les yeux fermés et la bouche ouverte. À son teint d'albâtre, on devinait qu'il avait débarqué depuis peu aux Antilles.

— Chers compatriotes… se reprit le vieil instituteur d'une voix légèrement chevrotante, j'avais prévu de vous lire un discours magistral, mais je ne serai pas plus long car, tout comme vous, je suis sensible aux effets de cette chaleur qui, en cette saison du carême, nous accable tous, que nous soyons autochtones ou venus des frimas de la vieille Europe. Je voudrais, pour terminer, exprimer ma plus vive fierté devant un spécimen aussi brillant de notre race et je…

— *Alé koké manman'w !* (Va baiser ta mère !)

La voix était puissante, étonnamment puissante pour un si jeune homme. Dix-sept ans et demi, avait annoncé triomphalement Radio-Martinique. Bientôt, elle se fit hystérique et se mit à agonir d'injures les personnalités installées sur l'estrade.

Les yeux rouges, une manière de bave au coin des lèvres, le brillantissime élève du lycée Schœlcher, à la stupéfaction générale, commença à se dévêtir, voltigeant d'abord sa veste en laine, son chandail, sa cravate, avant de s'attaquer à son pantalon et à son caleçon. Dans le public, des cris d'effroi fusèrent :

— *Manmay, tjek zonbi pwan tet ti misié, sa pa posib !* (Les amis, un zombie s'est emparé de l'esprit du gamin, c'est pas possible !)

Les policiers, qui contrôlaient le bon déroulement de l'opération, ne bougeaient pas, comme tétanisés. Le représentant du préfet s'était subitement réveillé et jetait des coups d'œil hagards à droite et à gauche, cherchant à comprendre ce qui se passait. L'archevêque, pour sa part, ouvrit une Bible et entreprit d'en lire un passage à haute voix, faisant des signes de croix en direction de celui qu'il prit, lui aussi, pour un possédé. La mère d'Étienne, tout aussi estomaquée que le reste des personnes présentes, se jeta face contre terre et demanda au Seigneur quel péché elle avait bien pu commettre pour que le rêve de toute sa vie s'effondre de si effroyable manière.

— *Ba mwen sa ! Ba mwen sa, ou tann mwen di'w !* (Donnez-moi ça ! Vous m'entendez, donnez-moi ça !) fit Étienne en se calmant.

Il saisit les feuillets du discours de Victorin Helvéticus et les déchira minutieusement, envoyant les morceaux voleter dans le vent qui s'était levé. Puis, sans entrevisager quiconque, le jeune homme descendit de l'estrade, presque nu, et fendit la petite foule d'un pas très assuré, un léger sourire lui décorant la figure. L'épilogue de cet incident rocambolesque figura dans l'article que lui consacra l'inévitable Romule Casoar dans son journal *Le Rénovateur*, dont la formule « Il voit tout — Il sait tout — Il dit tout » s'inscrivait en lettres rouges au-dessous du titre :

« Il est des destins imprévisibles. Celui d'Étienne Beauvallon, jeune lycéen sorti de la plèbe à la force de ses neurones, promettait de n'être rien de moins que radieux. Doublement bachelier à un âge où l'envie de baguenauder n'a pas encore tout à fait disparu, doté d'une bourse exceptionnelle par le Conseil général de la Martinique, adoubé par les plus hautes autorités de notre chère île, dont il n'est jamais inutile de rappeler qu'elle est française depuis trois bons siècles, et donc avant la Savoie, le comté de Nice et la Corse, notre jeune homme béni des dieux a été victime, au jour même de son départ pour la mère patrie, à bord du célèbre paquebot *Colombie*, d'une crise de démence subite dont personne jusqu'à l'heure où paraît la présente édition n'a pu expliquer les raisons. Malheureusement, les forces de l'ordre n'ont pu l'appréhender ni donc le corps médical l'examiner et il se dit qu'il erre désormais dans certains quartiers mal famés, en compagnie d'autres individus en rupture de ban et de tous ces aigrefins, ruffians, marauds et autres boissonniers qui hantent notre bonne ville de Foyal depuis qu'hélas usines à sucre et distilleries se sont mises à fermer les unes après les autres dans nos campagnes.

« Seule bonne note : Étienne ne semble pas dangereux et continue à apprécier la fréquentation des livres. »

*

Locataire depuis 1947 d'un petit appartement au troisième étage de l'Hôtel du Bon Plaisir, M. Helvéticus, instituteur à la retraite, était un laïc convaincu. Cette expression désignait à l'époque tous ceux qui croyaient que seule l'instruction pouvait permettre au nègre de s'élever au-dessus de sa condition et qui vénéraient donc l'école française à l'égal d'un temple de quelque religion nouvelle. Il était donc pour le moins curieux qu'il eût fini dans un pareil endroit où régnait, sous la houlette des sœurs de Lamotte, une atmosphère d'étouffante religiosité bien que l'immeuble, de péripétie en péripétie, eût porté successivement les noms de « Saint François de Sales », d'« Hôtel des Plaisirs », boxon réputé au temps de l'amiral Robert, puis de « Louxor » avant d'adopter sa dénomination actuelle. Il était encore plus étonnant que Louise-Julie, dite Dame Békée, ait accepté sa personne, d'autant qu'il devait disposer d'une retraite conséquente. Conscient d'ailleurs de la faveur qui lui avait été accordée, M. Helvéticus ne cessait de proclamer avec son habituel ton pompeux :

— Je sais qu'il y a plus indigent que moi. L'injustice sociale n'a point de limites dans ce pourtant beau pays.

L'indigence était, il est vrai, devenue une condition. Il y avait certes des pauvres, encore et toujours des dénantis et des miséreux, mais ceux-là au moins parvenaient à dénicher ici et là quelque petit djob qui leur assurait un repas dans la journée. Enracinés de longue date dans l'En-Ville, ils en connaissaient les mille et une traces, les chemins de fuite, les opportunités à saisir là-même. Les indigents, eux, débarquaient en masse de l'intérieur du pays depuis la terrible année 1932 où le gouvernement avait contingenté le rhum sur le marché de l'Hexagone. Peu de gens savaient ce que recouvrait exactement ce vocable barbare, mais chacun allait disant qu'il était le responsable du moindre de ses problèmes. En fait, les bouilleurs de cru du sud de la France s'étaient ligués contre les importations de rhum antillais et avaient exigé du gouvernement que celui-ci soit taxé au-delà d'une certaine quantité d'hectolitres. Cette mesure, qu'ici-là on jugea tout bonnement scélérate, sonna le glas des moyennes et petites distilleries que possédaient le plus souvent des mulâtres, les grosses, celles des Blancs créoles, ayant accaparé la totalité du quota, c'est-à-dire le rhum sur lequel ne pesaient pas de taxes. Si bien qu'un nombre croissant d'ouvriers se retrouva au chômage et n'eut d'autre porte de sortie que d'émigrer vers l'En-Ville. Sans rien. Ou plutôt une main tendue devant, une main tendue derrière, comme ils disaient eux-mêmes. Ils devinrent donc les tout premiers indigents. Les premiers clients aussi des sœurs de Lamotte et de la soupe populaire servie dans leur Hôtel de la Charité.

Que faisait donc un fonctionnaire retraité tel que M. Helvéticus dans ce refuge pour déshérités? C'était la question que tout un chacun se posait, la bouche cachée sous le bras. Une légende grivoise voulait qu'il eût été, un temps, l'amant de Louise-Julie parce qu'elle fréquentait son bureau de directeur de l'école primaire des Terres-Sainville de manière un peu trop assidue au gré des maquerelleuses et autres marchandes de cancans. La plupart des gens n'y croyaient qu'à moitié vu que le laïc était d'une noirceur telle qu'il en paraissait bleu, chose qui ne gâchait en rien (murmurait-on encore) son faciès très étonnamment romain avec son nez pincé et ses lèvres minces. De fait, il était très bel homme, et sa courtoisie, son sens du baisemain et de la repartie galante lui valurent toute sa vie les suffrages des femmes de la petite-bourgeoisie de couleur. Il avait d'ailleurs été marié quatre fois et chaque fois à une mulâtresse à grands cheveux au teint de papaye mûre. Cela s'appelait « sauver la race » ou, en termes moins crus, « éclaircir la race ». De fait, les enfants que M. Helvéticus avait eus de ses différentes épouses arboraient tous un teint moins foncé que le sien et, dès que leur père commença à dégringoler de l'échelle sociale, tous et toutes lui tournèrent le dos, y compris sa dernière fille, sa préférée, Lydia, qu'il avait eue avec une employée du Crédit martiniquais. C'est que parvenu à force de courage et de travail au plus haut barreau de l'échelle sociale, du moins celle réservée à la classe de couleur, l'instituteur s'était vu la redescendre tout aussi inexorablement à cause d'une série de « malheurs » qui s'abattirent sur lui à dater de l'année des festivités du Tricentenaire du rattachement des Antilles à la France, c'est-à-dire 1935. Il disait toujours, en passant, et quel que soit le sujet de la conversation, « quand mes malheurs commencèrent » ou « lorsque le temps du malheur jeta son voile sur ma personne ». On était habitué à son français grandiloquent et au fait qu'il employait systématiquement le passé simple là où les gens normaux usaient du passé composé.

— J'eus quatre maîtres, vantardisait-il souvent,

maîtres Malherbe et Vaugelas d'un côté, messieurs Littré et Grevisse de l'autre.

Évidemment, personne ou presque ne savait qui étaient ces (apparemment) illustres personnages qui avaient fait d'Helvéticus un maître d'école émérite alors même que ses parents ne savaient ni lire ni écrire et que, toute son enfance durant, il avait marché pieds nus, le ventre à moitié vide. En fait, le jeune garçon avait compris très vite que la seule possibilité pour le nègre de s'arracher à son destin était de fuir le travail de la terre et de s'accrocher au wagon de l'école française. Il avait recopié à la lueur des réverbères des définitions de dictionnaires et des pages entières de livres que voulaient bien lui prêter de temps à autre des condisciples mieux nantis. Il avait accepté sans broncher les remarques vexantes de divers maîtres et maîtresses d'école que son short en kaki etcetera de fois rapiécété et son unique chemise, qu'il lavait chaque soir pour la remettre le lendemain, indisposaient très fort. On avait cherché par tous les moyens possibles et imaginables à lui faire comprendre qu'au lieu de perdre son temps à l'école un négrillon comme lui aurait déjà dû se mettre à la recherche d'un emploi manuel, mais il s'était accroché, avait serré les dents, courbé l'échine sous les insultes voilées et avait réussi à se caser dans le peloton des dix meilleurs élèves de chacune des classes qu'il fréquenta. Une fois, une seule, il faillit baisser les bras lorsqu'un professeur de latin, en classe de quatrième, un mulâtre blanc qui affichait volontiers un ton sarcastique quand il interrogeait un élève d'extraction plébéienne, lui lança, chose qui déclencha l'hilarité de la classe :

— Monsieur Helvéticus, dommage que vous n'ayez ni le teint ni le maintien des habitants de la contrée dont vous avez l'insigne honneur de porter le nom !

Il fut sauvé par le proviseur, un Blanc-France qui ne faisait pas de manières et qui se vantait, en plein conseil de classe, d'être le fils d'un modeste cheminot de la Creuse. L'homme prit Helvéticus sous son aile quand il comprit que celui-ci était sur le point de flancher et lui passa un savon du tonnerre de Dieu avant de lui proposer de lui bailler des cours particuliers. Tous les soirs désormais, entre dix-sept et dix-neuf heures, dans son bureau, il faisait retravailler au jeune homme les mathématiques, le français, la philosophie et les sciences naturelles. Le corps professoral, pourtant majoritairement composé de gens de couleur, jasa à loisir, le qualifiant dans son dos de socialiste, ou pire de bolchevique, ce dont le Creusois n'eut cure. Victorin Helvéticus passa son brevet supérieur haut la main et comme ses parents ne pouvaient plus subvenir à ses besoins et que le diplôme en question était largement suffisant pour entrer à l'école normale, il embrassa la carrière d'instituteur. Sa réputation de fin lettré et de brillant causeur lui valut de nombreuses conquêtes dont quatre réussirent à lui mettre le grappin dessus et à le conduire à l'autel nuptial bien qu'il affichât un agnosticisme « irréversible », comme il aimait à le dire lui-même. Garçon reconnaissant, il fit construire une maison en dur à ses vieux parents et leur assura une fin de vie cent fois meilleure que celle qu'ils avaient vécue jusque-là. Très actif dans toutes sortes d'associations culturelles et sportives (il adorait l'escrime qu'il pratiquait à la Maison du Sport, place de la Savane), engagé politiquement (à gauche) sans être encarté, excellemment noté par les divers inspecteurs de l'Éducation nationale auxquels il eut affaire, c'est tout naturellement que le secrétaire particulier du gouverneur de la Martinique fit appel à lui pour prononcer le discours d'ouverture des festivités du Tricentenaire du rattachement des Antilles à la France devant les corps constitués. 1935 représenta le point culminant de la destinée jusque-là exceptionnelle d'Helvéticus, petit nègre du quartier Rivière l'Or.

Qui aurait pu soupçonner qu'un jour il retomberait si bas au point de louer un appartement à l'Hôtel de la Charité ? Lui qui sortit major de la promotion d'instituteurs de l'année même où la Martinique, et les autres « vieilles colonies » comme la Guadeloupe, la Guyane et la Réunion, fêtaient leurs trois siècles d'indéfectible attachement à la mère patrie gauloise. Lui qui, en six-quatre-deux, avait ravi le cœur de la plus belle créature de l'école normale de Croix-Rivail, la mulâtresse Firmine Vaudran, celle qui faisait chavirer le cœur de tout homme normalement constitué dès l'instant où l'on consentait à prendre le temps de l'examiner. Elle n'était, en effet, point jolie, mais belle, chose qui permettait à celui qui était son principal soupirant, Helvéticus, de disserter à perte de vue sur les subtilités du lexique français, tout en s'attirant la gratitude de celle qu'il convoitait.

— Voyez-vous, se lançait-il à la moindre occasion, prenant ses condisciples à témoin, pendant les pauses du début d'après-midi, dans le jardin du Château, comme était surnommée l'école (et de fait, il s'agissait bien d'une demeure de ce type que la fantaisie d'un Grand Blanc avait fait ériger sur une éminence boisée qui surplombait la plaine du Lamentin et qu'il avait allouée à l'administration scolaire), le mot « joli » est lié, secrètement lié, à « fin », « fragile », « frêle », voire « friable », oui, messieurs, ne souriez point ! Tandis que « belle », c'est du solide, c'est du palpable. Que dis-je ? Du durable… La joliesse passe tandis que la beauté perdure !

Victorin Helvéticus s'attirait les sourires moqueurs de ses camarades plus fortunés et forcément plus clairs de teint, lesquels susurraient que notre homme faisait étalage de sa savantise non pas seulement dans le but de conquérir le cœur de la belle Firmine, mais précisément parce qu'il voulait faire oublier sa couleur d'ébène. Toutefois, il recueillait aussi les applaudissements sincères de ceux et celles pour qui le maniement du bel français plein de gammes et de dièses représentait le summum de toute instruction digne de ce nom. Bref, le jeune homme était en quelque sorte la vedette de sa promotion et quelques donzelles, qui n'étaient ni jolies ni belles, sans pour autant être laides (qui étaient quelconques, si l'on veut), déployaient des ruses inimaginables pour tenter d'attirer son attention. Parmi elles émergeait Éliane Saint-Amand, une mulâtresse de petite extraction originaire de la montagne du Vauclin, qui devait devenir sa deuxième épouse l'année même où ce chien-fer d'Hitler mit l'armée française à genoux. Victorin Helvéticus survola donc le concours de sortie de l'école normale, obtenant dans toutes les disciplines des notes supérieures à ses condisciples. Un tel événement ne s'était jamais produit au dire de la direction qui jugea bon d'en informer la presse. Le jeune nègre fut alors photographié, interviewé, invité dans les salons bourgeois de Fort-de-France, cité et re-cité en exemple, félicité en public par Son Excellence le gouverneur de la Martinique lui-même. C'est d'ailleurs ce dernier qui prit la décision de le choisir pour prononcer un discours lors des cérémonies du Tricentenaire sur la place de la Savane.

COMÉDIE CRÉOLE ACTE III

Entre l'Habitation, ce qui veut dire champs de canne à sucre, distillerie de rhum et usine sucrière mêlés, ses relents du temps des chaînes aux pieds et du fouet, son odeur têtue de goyave, le chanter de ses rivières où gîte, ici, le serpent fer-de-lance, là, Manman-Dleau, l'enchanteresse, et l'En-Ville, il y a une béance.

Les vieux nègres, en leur parlure ésotérique, préfèrent dire un grand fond.

L'En-Ville est un damier de rues et de placettes. Sur chaque placette : une statue. D'abord, Joséphine de Beauharnais et sa couronne d'impératrice où nichent des merles piailleurs ; ensuite, Belain d'Esnambuc, comte ou marquis, main en visière qui découvre pour l'éternité l'île nouvelle ; et plus loin, au mitan même du damier, Victor Schœlcher qui proclame, emphatique, que désormais nulle terre française ne doit plus porter d'esclaves.

Nous vivons sous le regard de ces créatures figées dans leur marbre et leur bronze et donc sous leur emprise.

C'est pourquoi nous vivons courbés…

[FORMULE MAGIQUE...

Les visites de l'incube commencèrent la nuit même du jour où s'acheva la construction du troisième étage de l'Hôtel de la Charité. Le violeur invisible s'attaqua d'abord à une des protégées des trois vieilles filles, une dénommée Justina, chabine solaire, dont la chevelure rousse, les yeux verts et le teint crème de maïs avaient affolé tellement d'hommes de haut parage et de basse engeance à la fois que la vie de celle-ci avait fatalement tourné à la bacchanale. Elle avait dû se réfugier en catastrophe dans la charitable institution de la rue de la Commune-de-Paris pour échapper aux rixes qui éclataient entre ses différents amants et amoureux, les seconds rêvant d'évincer les premiers et usant parfois de canifs, de couteaux, de becs d'espadon-mère ou de fusils à deux coups. Elle dormait seule dans l'une des grandes pièces de cet étage avec ses deux filles et ses trois garçons qui se montraient fort sages et lui baillaient satisfaction à l'école. Louise-Julie et ses sœurs raffolaient des premières, surtout parce que leur teint était nettement plus clair que celui des marmailles qui fréquentaient d'habitude les lieux. Bien que dévouées au genre humain et s'efforçant par tous les moyens d'en atténuer les souffrances, Dame Békée, Tête d'Or et P'tite Popotte n'en avaient pas moins conservé les préjugés de leur caste plus de quinze ans après avoir renoncé à jouir des privilèges attachés à celle-ci. Elles exigeaient de leurs pensionnaires qu'ils se lavent trois ou quatre fois par jour afin d'ôter ce qu'elles appelaient « leur odeur particulière » alors qu'elles-mêmes, de notoriété publique, se contentaient d'une toilette sommaire le matin et d'un rapide débarbouillage avant de se mettre au lit. Cette information provenait d'une source sûre : Louisiane, la petite servante qu'elles avaient fini par embaucher quand elles s'étaient senties entrer en âge. Lorsque les garçonnets de leurs pensionnaires jouaient sur le trottoir avec leurs camarades de la rue, Louise-Julie leur hurlait :

— Sortez-moi du soleil ! Allez, rentrez tout de suite ! Vous n'êtes pas déjà assez cuits comme ça ?

Quant aux négrillonnes, elles s'acharnaient à leur désentortiller les cheveux à coups de peigne rageurs et quand l'opération s'avérait être un échec, elles enjoignaient à leurs mères de les défriser au fer chaud, si bien qu'à l'Hôtel de la Charité flottait en permanence une curieuse, et plutôt désagréable, odeur de cheveu grillé. Odeur qui se mêlait à celle de l'eau de Cologne dont les trois sœurs usaient de façon immodérée parce que ce parfum avait le don, affirmaient-elles, de leur rafraîchir la figure et les bras quand la chaleur se faisait trop intense. Ajoutez à cela les vapeurs méphitiques s'échappant des pots de chambre qu'on ne jetait, dans le canal tout proche, qu'à la tombée du jour, les senteurs des plats compliqués que préparait Louisiane, plats qu'elle agrémentait de feuilles de bois d'Inde, de clous de girofle, de câpres et de gros thym, et toutes les émanations du chantier du troisième étage, surtout celle du ciment frais. Or, ô miracle, rien de tout cela ne dissuada l'incube qui avait jeté son dévolu, le misérable !, sur l'Hôtel de la Charité. Il est vrai que ces créatures sont insensibles à ce qui dérange les gens normaux. Un beau matin donc, Justina Beausoleil se sentit courbaturée tout bonnement. Elle tenta de se lever de son lit, mais n'y parvint qu'au bout d'efforts monstres, ce qui réveilla ses deux fillettes qui se mirent à chigner. Au moment où elle s'apprêtait à enfiler son corsage (elle dormait en soutien-gorge), elle découvrit non sans stupéfaction que sa poitrine et ses avant-bras étaient couverts de petites taches rougeâtres. Elle se dénuda l'en-haut du corps et constata que ses tétés en étaient parsemés, et là, plus aucun doute n'était permis : il s'agissait ni plus ni moins que de suçons. Justina étouffa un cri ! Une tremblade incontrôlable s'empara d'elle et ses enfants redoublèrent de pleurs, ce qui fit accourir Louisiane qui dormait dans la pièce d'à côté. La servante qui, en dépit de son jeune âge, connaissait les tours et détours de la vie, s'écria :

— *An dowlis ki fè'w sa, mafi ! Bondié-Senyè, jik isiya yo ka vini alò ? Magré tou sa pòtré Bondié ek Laviej ki kolé anlè sé klwézon-an !* (C'est un incube qui t'a fait ça, ma chère amie ! Seigneur, ils s'aventurent jusqu'ici alors ? Malgré toutes les images du Bondieu et de la Sainte Vierge qui sont collées sur les cloisons !)

Les deux femmes en frissonnèrent et s'agenouillèrent de concert au pied du lit de Justina pour demander secours à la Vierge Marie, mère de Dieu. Puis, ayant retrouvé leurs esprits, elles décidèrent de ne rien dire aux trois vieilles filles de crainte que ces dernières ne soient tentées de leur demander de quitter l'Hôtel de la Charité.

Louisiane, originaire du Robert, avait, dès l'âge de quatorze ans, fui un beau-père alcoolique et violent et une mère impuissante, une vaincue de la vie qui devant chaque problème n'avait qu'une antienne : « À la volonté de Dieu, oui ! » La jolie négresse aux cheveux coupés à la garçonne et à la dentition sans défaut, ce qui faisait de chacun de ses sourires une source d'émerveillement, même pour ceux qui la connaissaient de longue date, avait eu le temps de suivre six années d'école. Elle parlait un français convenable et savait un peu lire et écrire. Au départ, elle avait erré dans les faubourgs de l'En-Ville, dormant dans le marché aux légumes et se nourrissant de fruits avariés. Elle était devenue une vraie marie-souillon que les gens chassaient à coups de balai chaque fois qu'elle s'approchait d'une maison pour solliciter un djob de ménagère. Des hommes d'âge mûr l'avaient couillonnée, lui promettant monts et merveilles, avant de se débarrasser d'elle une fois leurs sens assouvis, bref une existence assez similaire à celle de Justina. Or donc, Louisiane aurait fini dans la déchéance la plus totale si un hasard de la vie ne l'avait sauvée, un de ces hasards dont seuls bénéficient les gens nés coiffés comme c'était son cas. Une marchande l'avait prise sous son aile pour en faire, le moment venu, son bâton de vieillesse. Tout ce que Louisiane avait à faire, c'était laver les fruits et les légumes que sa protectrice achetait à travers les campagnes de Saint-Joseph et du Lamentin et les ranger dans les deux grands paniers que celle-ci transportait le samedi matin. La marchande, au lieu de s'installer au marché de l'Asile ou à celui du centre-ville, préférait, en effet, faire du porte-à- porte. Elle avait ses clients attitrés et ainsi la vente prenait moins de temps. L'Hôtel de la Charité Saint François de Sales achetait la moitié au moins de sa marchandise, si bien que le jour où elle décéda d'une congestion, Louisiane ne fit ni une ni deux, elle s'en alla frapper à la porte de l'institution des sœurs de Lamotte et y prit résidence sans attendre leur réponse. Il est vrai que la jeune fille leur avait toujours fait bonne impression, propre et polie qu'elle était, et surtout peu vicieuse, contrairement à celles de son âge qui prenaient un malin plaisir à taquiner les garçons jusqu'à ce que leur ventre finisse par s'arrondir. Et puis, Louise-Julie et ses sœurs commençaient à souffrir qui de courbatures qui de rhumatismes, après tant et tellement d'années de dévouement passées à soulager la misère du peuple, ce qui fait que les bras vigoureux de Louisiane furent les bienvenus.

— Je crois que j'ai une solution… fit Louisiane à Justina qui avait fondu en larmes après qu'elles eurent supplié la Sainte Vierge de chasser l'horrible créature qui hantait ce troisième étage flambant neuf.

Avant d'ajouter :

— Je sais… je sais… il y a certes la prière dans ces cas-là, mais ça ne suffit pas. Le Diable est malin et puis il n'ignore pas que le Bondieu et la Sainte Vierge n'ont pas assez de temps pour s'occuper de tous les gens qui vivent sur terre. Au fait, est-ce que tu as la foi, Justina ?

Interloquée, la chabine ne sut que répondre. Elle ne s'était jamais posé une telle question. Elle avait traversé tant de mauvaises passes dans sa vie qu'elle ne savait même plus ce qu'elle-même pensait à ce sujet. Son esprit nageait dans une grande confusion et si elle n'avait pas été acceptée à l'Hôtel de la Charité, elle était sûre et certaine qu'elle aurait fini folle. Certes pas folle à lier! Pas folle au point qu'on lui enfile une camisole de force, mais assez dérangée quand même pour parler toute seule dans la rue ou oublier de se brosser les dents le matin. Elle en connaissait des dizaines de ce genre dans les quartiers populaires, dont personne ne faisait cas parce qu'elles n'étaient pas dangereuses, mais dont l'existence et surtout celle de leur progéniture était un vrai calvaire. À maintes reprises, devant tout ce lot de souffrances, Justina s'était effectivement demandé s'il y avait un Bondieu au ciel, mais elle avait très vite chassé cette idée impie de son esprit car ce que l'on ne connaît pas est plus grand que soi, comme le disait le célèbre dicton créole. C'est d'ailleurs cette réponse-là qu'elle fit à Louisiane qui éclata de rire.

— Bon… Madame est philosophe à ce que je vois. Ha-ha-ha! Toujours est-il qu'il nous faut agir vite, fit-elle, soudain soucieuse.

— Qui est-ce qui fait ça, d'après toi?

— Pff! Comment savoir? N'importe lequel des maquereaux du « Rendez-vous des amis » peut en être l'auteur. Tu sais, il suffit de consulter un quimboiseur et de payer gros. Très gros.

— Comment ça? demanda Justina d'un air ébahi.

Et Louisiane d'expliquer que dans la campagne du Robert où elle vivait dans son enfance, les incubes étaient légion. Ils se procuraient la poudre magique qui avait le pouvoir de les rendre invisibles et apprenaient la formule tout aussi magique qui leur permettait de franchir cloisons et murs sans difficulté aucune. Devenant des espèces de souffles dont on pouvait parfois, mais très rarement, apercevoir les seuls yeux bleus, souffles qui enveloppaient les femmes endormies, ils les plongeaient dans un sommeil encore plus profond avant de les déshabiller et de se repaître de leur chair. Justina se remit à frissonner. Elle cherchait dans sa tête sur quel homme elle avait bien pu trousser le nez parmi tous ceux qui tentaient sans arrêt de l'aguicher dans le quartier. Lequel d'entre eux elle avait, bien involontairement, dérespecté. Après un rapide tour d'horizon, elle ne vit que Waterloo Gros-Lolo, le fier-à-bras du quartier Bord de Canal, brute épaisse qui passait le plus clair de son temps à dévirginer les jeunes filles en fleur, ou alors peut-être Gueule-Requin, son alter ego du quartier l'Ermitage, accessoirement gardien du cimetière des pauvres. Ils avaient tous les deux tenté de l'arraisonner avec leurs manières brutales et leur créole vulgaire, mais la chabine leur avait résisté, se défendant bec et ongles contre leurs attouchements.

— Allez, va faire ta toilette ! On y va dans un moment, fit Louisiane qui de ce pas regagna sa chambre.

Entre temps, les ouvriers qui s'occupaient des finitions du bâtiment commencèrent à arriver. Justina les entrevisagea chacun à tour de rôle d'un air soupçonneux, mais tous lui baillèrent un bonjour plein d'amicalité. Il paraissait évident qu'ils ne voulaient pas d'ennui avec les dames békées, tout heureux qu'ils étaient d'avoir obtenu ce chantier sur lequel, chaque fin de semaine, ils recevaient leur solde à l'heure dite. C'était là une pratique bien rare à une époque où les patrons rechignaient à régler leur dû, prétextant une soudaine morosité de l'économie due tout à la fois à l'arrivée au pouvoir du Front populaire en France et aux bruits de bottes qui résonnaient en Allemagne. Locataire du deuxième étage, le chef du chantier, le sieur Beausivoir, arriva, comme d'habitude, le dernier et salua bien bas la chabine. Ses manières obséquieuses ne disaient rien de bon à la jeune femme, mais lui non plus, se dit-elle, n'aurait pas risqué de perdre son gagne-pain, le tempérament tranchant de Louise-Julie de Lamotte étant connu à des lieues à la ronde. Ce troisième étage avait avancé plus vite que prévu depuis qu'on avait renoncé à l'usage de la brique et qu'on s'était rabattu sur le fibrociment. « Bientôt, il y aura suffisamment d'espace pour loger trois familles », proclamait fièrement l'entrepreneur chaque fois que l'aînée des vieilles filles venait jauger l'avancement des travaux, ce qu'elle faisait trente-six fois dans la journée.

Justina redoutait l'arrivée de nouveaux pensionnaires, chose qui ne manquerait pas de diminuer l'attention que les sœurs de Lamotte portaient à sa tiaulée d'enfants et à elle-même. En effet, elle se sentait choyée, chouchoutée même, cela pour la première fois de sa vie, et elle avait repris goût aux choses les plus simples. Ce qu'elle accomplissait machinalement jusque-là — repasser une jupe, se tailler les ongles des orteils ou manger un mangot bassignac au goût de térébenthine — s'était transformé en un pur délice. Elle comprenait que cette vie sans chichis valait tous les rêves de luxe dans lesquels elle s'était baignée durant toutes ces années au cours desquelles elle s'était sentie dériver au long d'un courant qu'elle était persuadée de ne jamais pouvoir maîtriser.

Qui seraient les autres occupants de ce ô combien flambant neuf troisième étage ?]

Une fois le troisième étage érigé, en fibrociment donc, et malgré toutes les difficultés inexplicables qui avaient entravé la bonne marche du chantier, Louise-Julie de Lamotte envisagea quelques mois plus tard d'exhausser le bâtiment. Il était devenu trop petit car depuis que la guerre avait pété là-bas, en Europe, et qu'un certain Hitler y jouait les trublions, l'En-Ville se retrouvait comme coincé dans une nasse. Coincé des deux côtés. Du côté du port, la Compagnie générale transatlantique avait mis la clef sous la porte en attendant des jours meilleurs et d'ailleurs la majeure partie de la flotte française s'était réfugiée dans la rade de Fort-de-France. Le *Jeanne d'Arc*, l'*Estérel*, le *Barfleur* et d'autres navires de moindre importance étaient stationnés à quai et les équipages passaient leurs journées à se saouler dans les cases à rhum du quartier Sainte-Thérèse, provoquant parfois des bagarres sanglantes avec les nègres de basse engeance du Morne Pichevin, petite éminence broussailleuse qui surplombait le port et où gîtaient des malandrins, des quimboiseurs, des majors, et des putaines qui coquaient debout pour quarante francs et couchées pour cent. Plus aucune marchandise n'arrivait d'outre-Atlantique donc et l'on avait fini par perdre jusqu'au goût du sel et de l'huile. Pommes de terre, pois rouges et lentilles, morue séchée, barriques de salaisons, farine-France, tout ce qui faisait l'ordinaire de la plupart des citadins s'était volatilisé d'un seul coup. Et de l'autre côté, du côté du pays profond, des campagnes, plus rien ne descendait. Adieu mangues Julie, ignames, bananes créoles, choux caraïbes, patates douces, farine de manioc et fruits de saison ! Le nègre de la campagne choisissait de consommer ce qu'il produisait au lieu d'aller le vendre en ville vu que l'argent n'avait désormais plus aucune utilité. On était d'ailleurs revenu au troc, dit plutôt « brocantage », des paysans offrant leur production à des pêcheurs contre du poisson.

Oui, l'En-Ville, jadis si animé, si plein de hautaineté à l'endroit des étrangers, était désormais piégé ! Ce n'était pas encore la famine, mais une sévère disette qui frappait du haut en bas de l'échelle sociale dans la classe de couleur. Les Blancs créoles, propriétaires terriens, continuaient, eux, à être approvisionnés normalement et bénéficiaient en priorité du rationnement mis en place par le nouvel homme fort de l'île, nommé par le maréchal Pétain, un certain barbichu à casquette fleurie qui s'appelait Robert, amiral de son état. Les Américains avaient cerné les côtes et de temps à autre un de leurs avions survolait la capitale à moyenne altitude, causant de grandes frayeurs dans la population. On disait l'invasion imminente. La défense se préparait. À cet effet, les vichystes tropicaux avaient constitué une légion à qui ils demandaient de défiler, fusil sur l'épaule, chant martial à la bouche, dans les rues les plus passantes afin de « remonter le moral des citoyens ». La Révolution nationale était en marche et chacun se devait d'arborer la francisque, en médaillon ou en calicot, pour démontrer sa loyauté et surtout éviter d'être arrêté par les sbires du lieutenant Bayle, rédacteur en chef du *Bulletin hebdomadaire*, organe officiel du régime. Les temps devenant de plus en plus durs, la mulâtraille se mit à licencier son personnel domestique à tour de bras. Bonnes, nounous, repasseuses, lessivières, garçons de maison se retrouvèrent du jour au lendemain à la rue, le peu d'économies qu'ils avaient pu constituer ne leur étant d'aucune utilité puisque les étals des boutiques étaient désespérément vides. L'Hôtel de la Charité Saint François de Sales fut inévitablement leur point de ralliement. Les sœurs de Lamotte avaient fait appel à leur beau-frère Pierre-Marie de La Ramée, qui avait le bras long, afin qu'il les fournisse en vivres de première nécessité. Autrement dit, lait en poudre pour les nourrissons, morue séchée et salaisons pour les adultes. De peur qu'elles ne fassent son siège, il se démena pour avoir accès aux stocks constitués par les forces armées au fort Desaix, chose qui, à vrai dire, ne lui fut guère difficile puisqu'il était officier de réserve.

Ainsi donc, dès le début de l'an 40, la doyenne des sœurs de Lamotte se retira dans l'unique appartement du rez-de-chaussée, celui qu'occupaient ses deux sœurs. Les premier et deuxième étages ne tardèrent pas à leur tour à accueillir les gens sans toit, les enfants livrés à eux-mêmes, les familles sans père ou les vieux-corps abandonnés. Le troisième, celui qui avait été construit en fibrociment, fut en quelques semaines bondé et, dès cet instant, Dame Békée convoqua son architecte pour qu'il lui soumette les plans d'un quatrième étage. Ce dernier ne pouvait être qu'en bois, en bois très léger, affirma l'homme de l'art, passablement embarrassé.

— Qu'à cela ne tienne ! déclara l'aînée des De Lamotte. S'il y a une seule denrée qui ne fait pas défaut dans ce pays, c'est bien le bois !

Cet enthousiasme fut brutalement anéanti par le débarquement un beau matin d'une trentaine de soldats conduits par le lieutenant Bayle en personne, la plume et l'âme damnée du grand chef de la Martinique, l'amiral Robert. Il tenait donc les rênes de la feuille chargée de diffuser la propagande pétainiste et distillait de bons conseils patriotiques, cela dans des domaines aussi divers que la vie morale, l'habillement ou encore l'agriculture. Il était redouté par ceux qui avaient des velléités d'écriture ou qui s'avisaient de penser différemment car le lieutenant Bayle tenait entre ses mains les ciseaux de la censure et il n'était rien moins que tendre. Il se disait qu'il enrageait de ne pas pouvoir interdire la petite revue littéraire appelée *Tropiques* qu'un quarteron d'antinationaux parmi lesquels René Ménil, philosophe de son état, et Aimé Césaire, poète de son état, s'entêtait à publier, le style abstrait et les textes d'inspiration surréaliste du pour le moins modeste opuscule interdisant de porter à son encontre la moindre accusation un tant soit peu précise. L'homme n'appréciait guère non plus les sœurs Vigier de Lamotte dont le sacerdoce au service non pas de Dieu mais des nègres pouvait laisser penser que « la race aryenne », comme il aimait à dire, avait une dette envers la négraille.

— Certes, l'esclavage fut un peu rude, avait-il coutume de pérorer lors des réceptions données par l'Amirauté, il y a eu parfois des cruautés, mais ce fut le prix à payer pour arracher l'Africain à sa barbarie séculaire. Que dis-je ? Millénaire !...

Ce matin-là, il repoussa sans ménagement Louise-Julie qui tentait de faire barrage à ses soudards et fit expulser les dénantis qui avaient trouvé refuge à l'Hôtel de la Charité. Dans l'après-midi, un véritable bataillon de maçons, carreleurs, peintres et autres plombiers investit le bâtiment et s'employa quatre jours durant à lui donner un aspect présentable pour la nouvelle clientèle qui serait amenée à le fréquenter. Quand le panneau « Hôtel des Plaisirs » fut apposé en lieu et place de celui qui portait le nom d'un saint chrétien, tout un chacun comprit que le lieutenant Bayle venait de transformer l'endroit en boxon. Pas moins. Aussitôt, l'inconscient et surtout provocateur journaliste mulâtre, Romule Casoar, feignit de s'en étonner dans sa feuille de chou, *Le Rénovateur* :

« Alors que notre bien-aimé amiral Robert, suivant en cela les préceptes de notre non moins bien-aimé maréchal Pétain, vient d'interdire l'affichage, au Grand Marché de Fort-de-France, des noms de fruits et légumes équivoques tels que "patate" ou "coco", ne voilà-t-il pas que la rumeur publique nous apprend l'ouverture d'un établissement consacré à la chose vénérienne! Si nous comprenons bien que la flotte française, mise à l'abri à la Martinique, a besoin de satisfaire certains besoins indispensables à l'espèce masculine, il n'en demeure pas moins que cela aurait dû se faire dans le respect de la moralité publique… »

Casoar en fut quitte pour un enlèvement au pied de son immeuble de la rue Garnier-Pagès et pour une bastonnade en règle sur la petite plage de la Française qui jouxte le fort Saint-Louis. Suivie d'un bref séjour à l'hôpital colonial pour soigner quelques côtes cassées. Les auteurs de cette agression, qui pourtant s'était déroulée en plein jour, ne furent jamais retrouvés. Entre-temps, le lieutenant Bayle avait fait repeindre la façade de l'Hôtel des Plaisirs en rose bonbon et, quoique l'électricité fût distribuée avec parcimonie, des ampoules colorées en rouge et en bleu illuminaient l'entrée. Mortes de honte, Louise-Julie et ses sœurs ne mirent plus les pieds dehors. Même pas pour se rendre à la messe du matin. En effet, un ballet incessant d'automobiles marchant à l'alcool de canne à sucre et dégageant une dérangeante odeur de caramel brûlé se déroulait devant le bâtiment, lequel était désormais gardé en permanence par deux fusiliers marins du *Jeanne d'Arc*. Dans la journée, il recevait la visite de hauts gradés; à la nuit tombée, de hordes de marins qui — et c'était là l'objectif du lieutenant Bayle — désertaient désormais les bouges du Morne Pichevin et de la Cour Fruit-à-Pain où beaucoup se faisaient dévaliser ou agresser au couteau à cran d'arrêt. De la sorte, l'En-Ville devint un peu plus calme et surtout il était plus facile de contenir certains débordements, l'Hôtel des Plaisirs étant gardé, à partir de six heures du soir, par pas moins d'une dizaine de gros bras.

Au premier étage avaient été installées des mulâtresses et des chabines, toutes femmes au teint très clair, dans des chambres rénovées dont les murs étaient couverts de lourdes tentures rouge bordeaux. L'endroit était réservé aux commandants, colonels, généraux, mais surtout aux lieutenants de vaisseau, la marine ayant dépassé l'armée de terre en prestige depuis que la fine fleur de la flotte française, fuyant l'avancée d'Hitler, stationnait dans la rade de Fort-de-France. Les formes imposantes du *Jeanne d'Arc*, de l'*Estérel* et du *Barfleur*, sur une mer désormais désertée qui par les pêcheurs locaux qui par les bateaux de marchandises en provenance de l'extérieur, barraient Miquelon c'est-à-dire, en langage plus prosaïque, la ligne d'horizon. Cet étage ne manquait donc de rien en dépit du rationnement sévère qui frappait la Martinique : whisky et gin de contrebande, cigarettes mentholées ne faisaient presque jamais défaut alors même que des navires de guerre américains étaient censés encercler l'île, instaurant un blocus qui n'en avait que le nom. Il est vrai que, de temps à autre, l'habile amiral Robert faisait mine de négocier avec l'Oncle Sam, ce qui lui permettait d'obtenir quelque ravitaillement lequel était distribué en priorité à la marine et aux Blancs créoles.

Les étages supérieurs, attribués aux hommes de troupe et aux marins sans épaulettes, avaient été sommairement réaménagés et la police y avait conduit de force les péripatéticiennes les moins véroleuses ramenées de la Cour Fruit-à-Pain et du Morne Pichevin, notamment une certaine Philomène, câpresse phénoménale toujours vêtue d'une robe à fourreau bleue qui mettait en valeur son teint de miel et ses seins en forme d'avocat.

Cette ignominie dura l'entier de la guerre, plongeant les sœurs Vigier de Lamotte dans un désarroi total-capital...

*

Au sortir des hostilités en Europe, P'tite Popotte, la plus jeune des sœurs de Lamotte, faillit décéder de la fièvre typhoïde. Elle s'en releva fort diminuée et désormais ne fut plus d'un grand secours dans la bonne marche de leur établissement. Les médicaments tardaient encore à arriver à la Martinique en dépit de la levée du blocus américain. Quant à l'autre sœur, qui était déjà d'une intelligence limitée, elle en prit du chagrin et se tenait prostrée sur une chaise tout au long du jour, ne s'activant que si on lui baillait une tâche précise. Ces événements conduisirent Louise-Julie à modifier les règles de l'Hôtel de la Charité (qui avait récupéré, Dieu soit loué, son nom d'origine). Désormais, plus personne n'y résiderait sans payer. Le vieux projet hôtelier qu'elle avait soumis à son beau-frère Pierre-Marie de La Ramée et que la guerre avait remis à plus tard pouvait entrer dorénavant en application. Elle fixa un prix différent pour chaque étage et, à chacun d'eux, encore un prix différent s'il s'agissait d'une chambrette ou d'un appartement. Les prix furent affichés au vu et au su de tous dans le couloir d'entrée.

Ceux du premier étage étaient les plus élevés :

« 1er ÉTAGE :

Appartement ouest : neuf mille francs
Appartement est : sept mille francs »

De quoi dissuader le vulgum pecus. Pourtant quelle ne fut pas la surprise de Louise-Julie de voir cogner à sa porte, un matin de mai 1947, une cabresse encore jeune, quoiqu'elle bordillât la quarantaine, avenante et volubile, qui lui déclara être intéressée par l'appartement qui recevait la première lumière du jour. C'était joliment dit et fit sourire la vieille békée.

— Avant le temps de l'amiral Robert, ajouta celle qui dit se nommer Florine, j'exerçais le métier de charbonnière sur le port, madame... Et puis, la guerre est arrivée, Hitler m'a mise au chômage. Plus aucun bateau de marchandises durant quatre ans, comme vous le savez ! Alors, j'ai dû me débrouiller avec la vie, oui. J'ai fait des petits djobs ici et là... Ah, ça a été une période très dure, madame. Et puis le Bondieu nous a envoyé le général de Gaulle et il a mis de l'ordre dans tout ça. Aujourd'hui, je compte m'établir comme marchande de pistaches...

Florine était tout bonnement intarissable. Dame Békée l'écoutait bouche bée, à la fois incrédule et amusée. Avait-elle bien lu le montant du loyer mensuel ? Ne s'était-elle pas par hasard trompée, confondant 900 et 9 000 ? Comme devinant ses pensées, la cabresse enchaîna :

— Rassurez-vous, madame ! J'ai de quoi payer et largement en plus ! Je sais que ça va peut-être vous choquer puisque vous êtes religieuse mais...

— Ex-religieuse ! rectifia Louise-Julie, un brin agacée.

— Excusez-moi, c'est ce que j'ai entendu dire,

madame… donc j'ai un monsieur très bien, un monsieur de-ce-que-de, qui me porte dans son cœur et qui se chargera lui-même de vous régler mon loyer chaque premier du mois.

Louise-Julie ne put s'empêcher d'éclater de rire. Il y avait beau temps que cela ne lui était pas arrivé. Pendant toute la longue et sinistre époque de l'amiral Robert où ses sœurs et elle-même avaient vécu cloîtrées dans leur appartement du rez-de-chaussée, elles avaient dû supporter les chanters paillards des marins du *Jeanne d'Arc* et du *Barfleur*, les éructations salaces des ribaudes qui passaient, en plus, leur temps à se chamailler pour un rien, les bamboches que certains officiers de l'Amirauté y organisaient, bamboches au cours desquelles vins fins et whisky coulaient à flots et où des victuailles à foison étaient gaspillées alors même qu'un rationnement très strict était imposé à la population. À un moment, elle avait même envisagé de retourner vivre chez sa sœur, au Plateau Didier, fief de la caste békée, sur les hauteurs nord de l'En-Ville, mais à la seule perspective d'avoir à subir les moqueries permanentes (et parfois blessantes) de son beau-frère, Pierre-Marie de La Ramée, son cynisme, sa goujaterie, elle y avait renoncé.

— Et ce monsieur… enfin votre protecteur, je veux dire… je pourrais connaître son nom ? fit-elle en examinant la cabresse avec bienveillance.

Florine secoua négativement la tête. Elle se carra, remonta sa jupe à la façon des mâles-femmes de la campagne, lui lançant d'une voix empreinte de défi :

— L'argent vous arrivera par la poste à chaque fin de mois, madame. Je ne suis pas quelqu'un à raconter des couillonnades et d'ailleurs, si jamais c'était le cas, eh bien vous auriez toujours la possibilité de me mettre à la porte !

Le culot de la femme désarma Louise-Julie. Elle avait l'air honnête. Sincère en tout cas. Du coup, Florine fut la toute première personne payante de l'immeuble locatif qu'était devenu, en cet après-guerre incertain, l'Hôtel de la Charité Saint François de Sales. Il faut dire que Dame Békée, dès l'armistice, et donc la déroute des pétainistes coloniaux, avait fait enlever l'infamant panneau « Hôtel des Plaisirs » imposé par le lieutenant Bayle. Fort heureusement, au sein du bon peuple, la dénomination première n'avait jamais été effacée des mémoires. Hitler ou pas, amiral Robert ou non, les plus humbles avaient continué à le désigner par son petit nom : « La Charité ». À l'époque donc où Florine y emménagea, seuls les deux premiers étages, en ciment, avaient été achevés. Le troisième était encore en travaux et, de là, on distinguait le cimetière des riches ainsi qu'une portion du boulevard de la Levée. Les briques rouges de ses murs s'élançaient, insolites, à l'en-haut des Terres-Sainville. Louise-Julie avait des soucis avec cet étage : au matin, tout le travail accompli par les maçons était défait. L'enduit qui recouvrait les briques avait coulé et certaines de celles-ci semblaient même avoir été brisées à l'aide d'une masse alors même que la nuit avait été d'un calme parfait. À n'y rien comprendre !

Les gens du quartier mettaient ce phénomène sur le compte d'un zombie qui revenait hanter les lieux parce qu'un crime particulièrement horrible y avait été commis. Dans de tels cas, le décédé ne parvenait pas à trouver la paix dans l'au-delà. Chacun se remémorait alors tel bébé étouffé dans son berceau, telle jeune femme étranglée à l'aide d'une cravate en soie ou encore tel vieux-corps qui avait été lardé de vingt-sept coups de couteau. Ces faits remontaient pour certains à plus d'une trentaine d'années, voire davantage, mais ils avaient tellement frappé les esprits qu'ils s'y étaient inscrits de façon quasi indélébile. Or, à part l'exorciste de l'évêché, une seule et unique personne pouvait chasser cette âme-en-peine ou, plus exactement, lui faire perdre le chemin de l'Hôtel de la Charité, c'était Grand Z'Ongles, l'illustrissime quimboiseur des Terres-Sainville. Sa réputation avait dépassé l'archipel des Antilles et s'étendait jusqu'à Bénézuèle et en Guyane d'où l'on venait le consulter dans l'espoir de guérir un chagrin d'amour, clouer au lit un ennemi jusqu'à la fin de son séjour terrestre, guérir quelque mal réputé incurable par la médecine des Blancs ou encore porter chance à un concours administratif, chacun rêvant désormais de devenir fonctionnaire. Mais la très pieuse Louise-Julie avait été formelle :

— Pas question de faire entrer Satan dans ma maison !

Toutefois, le problème devenait du même coup insoluble puisqu'elle se refusait à faire appel à l'évêché avec lequel elle avait eu, avant-guerre, maille à partir. En fait, un lourd contentieux, pour parler franchement, les opposait. Dame Békée ne pardonnait pas au chef de l'Église de l'époque, Mgr Varin de la Brunelière, de n'avoir pas levé le petit doigt afin d'empêcher les soudards de l'amiral Robert de réquisitionner son établissement pour le transformer en boxon. Bien qu'un nouvel évêque eût été nommé après l'armistice, elle demeurait méfiante, ayant final de compte compris que la très sainte Église catholique, apostolique et romaine n'appréciait que très modérément le fait qu'elle ait non seulement quitté les ordres, mais aussi fondé une institution caritative d'allure ostensiblement religieuse. Tant d'indépendance d'esprit agaçait et si Louise-Julie n'avait pas été membre de la caste blanche, il ne fait aucun doute que son Hôtel de la Charité n'eût jamais pu ouvrir ses portes. Son beau-frère l'en avait pourtant avertie dès le départ :

— Louise-Julie, votre projet n'est pas vu d'un très bon œil par la hiérarchie catholique, croyez-m'en !

Elle n'en avait pourtant fait qu'à sa tête, s'empressant d'inaugurer en grande pompe l'établissement, l'ouvrant à la gueusaille autrement dit aux nègres, aux Indiens et aux indigents des Terres-Sainville, de Trénelle et du Pont-de- Chaînes, auxquels ses deux sœurs et elle distribuaient chaque soir une maigre pitance, soignant dans le même temps les malades, baillant des conseils d'hygiène aux femmes en couches, voire achetant livres et cahiers à chaque rentrée scolaire pour la marmaille nécessiteuse. Il fallut donc l'arrivée quasi miraculeuse d'un certain Beausivoir, se prétendant originaire du Carbet, pour la tirer d'affaire. L'homme se présenta à elle un beau matin, une besace poussiéreuse sur l'épaule, et lui déclara tout de go, arborant trois dents en or dans la rangée du haut :

— Je suis entrepreneur en travaux divers, on dit que vous auriez des difficultés pour achever le deuxième étage de votre immeuble, je suis votre homme !

Méfiante, la propriétaire de l'Hôtel de la Charité l'avait jaugé de la tête aux pieds et surtout fixé droit dans les yeux. À l'entendre, quel que soit l'individu, aussi roublard fût-il, son regard ne pouvait mentir. Elle découvrit en Beausivoir un bougre sérieux et lui fit confiance, ce en quoi elle eut raison car quatre mois plus tard, et bien que de temps à autre le zombie (ou l'incube, allez savoir !) continuât à faire des siennes, le second étage finit par être construit. Seul l'enduit extérieur qui recouvrait les briques ne tenait pas ! Il s'effritait inexorablement, si bien que, d'un commun accord, la békée et l'entrepreneur en travaux divers décidèrent de laisser les choses en l'état. Après tout, deux nouveaux appartements étaient fins prêts et c'est tout ce qui importait. Naturellement, Beausivoir accapara l'un d'eux, celui qui donnait sur le canal Levassor, et donc le soleil couchant, fixant lui-même son loyer à hauteur de la moitié de celui que payaient les locataires du premier étage. Louise-Julie ne put qu'acquiescer et le Michel Morin devint le second locataire payant de l'Hôtel de la Charité.

Dès que l'on sut qu'un appartement était disponible au deuxième étage, toutes qualités de gens firent le siège de Louise-Julie Vigier de Lamotte, désargentés pour beaucoup et semblant ignorer que l'établissement ne conservait plus de « la Charité » que le seul nom et qu'il avait été transformé en immeuble locatif. Avant-guerre, tout ce que l'En-Ville comptait de guenilleux y avait trouvé un accueil non pas vraiment chaleureux, mais compatissant. On savait que si l'on n'avait pas mangé de la journée, il y avait toujours un quignon de pain agrémenté de sardines à l'huile pour soulager son estomac chez les sœurs de Lamotte. Mais les temps avaient dramatiquement changé et c'est le visage désolé que l'aînée, Louise-Julie, leur indiquait l'affichette sur laquelle était inscrit le montant des différents loyers, ce qui contraignait la plupart à tourner les talons sans demander leur reste. Sauf qu'un matin, sur le coup de dix heures, alors qu'une chaleur sans-manman accablait les rues, un homme longiligne, vêtu de manière un peu excentrique, se planta devant l'entrée de l'immeuble et, extrayant une clarinette de la sacoche qu'il portait en bandoulière, se mit à jouer, le regard rempli d'exaltation. À jouer divinement. Les sœurs de Lamotte, ahuries, ouvrirent toute grande la fenêtre principale du rez-de-chaussée et observèrent l'étrange spectacle. Florine, qui grillait les pistaches qu'elle mettrait en cornets afin de les vendre, le soir, sur la place de l'Abbé-Grégoire, se mit à chanter, du haut de son premier étage, accompagnant le musicien. Il s'agissait d'une biguine endiablée qui avait connu un vif succès lors du carnaval quelques mois plus tôt, biguine dans laquelle il était question d'une femme qui jurait d'aller se noyer au-delà de la rade, deux grosses pierres amarrées au cou, si son amant persistait à lui bailler des cornes. Le chanter n'était point du tout vulgaire. Juste grivois. Inévitablement, une foison de désœuvrés se massa sur le trottoir de l'immeuble et celui d'en face, tandis que deux-trois automobiles ralentissaient, leurs conducteurs n'en croyant sans doute pas leurs yeux. Le concert de celui qu'on en viendrait à connaître sous le nom de Jean-André Laverrière, lequel déclara être originaire de Morne-des-Esses et ancien musicien vedette du bal nègre de la rue Blomet, à Paris, dura une bonne heure selon des témoins oculaires et toute la matinée selon Radio-bois-patate.

Louise-Julie fut bien obligée de lui accorder un rabais sur le loyer de l'autre appartement du deuxième étage !

*

(Journal de bord d'un naufragé qui n'a jamais pris la mer.

Je m'appelle donc Étienne Beauvallon. J'ignore à quoi est dû ce joli patronyme, par quel hasard les miens en ont hérité au sortir de l'esclavage, il y a à peine un siècle. D'ordinaire, dans ce pays fini avant d'avoir commencé, on a affublé les nègres de noms gréco-romains ou de patronymes glanés dans le calendrier. Ou encore dans les dictionnaires. Prenez ce Victorin Helvéticus avec sa diction d'instituteur de la IIIe République et ses costumes-cravate, sa foi dans « l'avancement progressif de la race noire » comme il dit pompeusement, ses conseils empreints de morale petite-bourgeoise, quel plus remarquable spécimen de ce que la colonisation française a produit de pire sous les tropiques ! Mais à quoi bon accabler ce pauvre hère ? Après tout, l'état civil martiniquais regorge aussi d'Ibère, de Romanicus, de Gracchus et autres Sylvanicus. Pays de nègres foutus, va !

Au fond, si l'on considère l'Hôtel du Bon Plaisir comme un bateau, un paquebot plutôt, un paquebot échoué, eh bien, mon naufrage n'est pas aussi absurde qu'il en a l'air. Dans cet immeuble bringuebalant se sont rassemblés, comme par un fait exprès, des destins brisés, des existences secrètement gardées, des rêves explosés ou tout simplement le plus terre à terre, le plus insignifiant des désarrois : celui de vivre sur une terre où rien ne sera jamais possible. Que pourrait-on faire, en effet, d'une île où à la sauvagerie de l'extermination des Amérindiens a succédé la barbarie de l'esclavage des nègres ? Deux tragédies fondatrices, pontifie un penseur local qui vient de recevoir un prix littéraire à Paris ! Tu parles de fondations ! Des fosses communes, oui. Ou plutôt des charniers à ciel ouvert. Du sang ! Du sang ! Voici les cent pur-sang du soleil parmi la stagnation !

Ah, je sais ! Ils me déclarent fou dans le mitan de la tête. Ils sont prêts à m'interner à l'hôpital de Colson, y compris ma pauvre mère qui ne s'est jamais remise de mon départ raté pour la France. J'ai ouï dire que depuis lors elle a cessé d'officier comme servante chez les békés du Plateau Didier et qu'elle vit cloîtrée dans le logement flambant neuf que les autorités préfectorales lui ont alloué au lendemain du jour où j'ai réussi haut la main à mon deuxième bachot. Tant mieux pour elle !

Ah, ces locataires de l'Hôtel de la Charité Saint François de Sales !

Man Florine, cette marchande de ragots, qui s'est soi-disant acheté une conduite à la fin de la période de l'amiral Robert alors que chacun sait que lorsqu'elle a atterri à l'Hôtel du Bon Plaisir, c'est le Chinois Huang-Ho qui lui a payé son loyer et cela des années durant. Madame était une femme entretenue qui n'hésitait pas à morguer l'épouse du boutiquier chaque beau matin en venant acheter son pain et pourtant voici qu'elle se permet de déblatérer sur mon compte !

J'aurais pu, voire dû, être plus compréhensif envers ce grand maître du barreau de Fort-de-France que fut Auguste Dorimont que d'aucuns assurent être désormais le vrai propriétaire de notre immeuble. N'a-t-il pas eu l'insigne bonté de faire cesser tout harcèlement à mon égard ?

Plus de visites intempestives des services d'urbanisme ni de descente (de montée ?) de police jusqu'à mon cinquième étage. Mais, je le concède, je n'ai guère la reconnaissance du ventre. J'estime que ce qu'obtiennent les gens de mon espèce n'est que la juste réparation de ce que nos ancêtres ont subi durant des siècles. Ni la compassion des sœurs de Lamotte ni la magnanimité du mulâtre Dorimont ne peuvent attendrir le nègre créole enragé que je suis. Créole n'est-il d'ailleurs pas l'anagramme de colère ?

Quant à cette caricature d'humanité de Victorin Helvéticus — mon souffre-douleur, je le concède ! — il fallait voir sa tête lorsqu'il m'a vu grimper quatre à quatre jusqu'à la terrasse du quatrième étage et m'y installer sous une bâche supportée par des poteaux de fortune ! Bien qu'il ait toute sa vie léché les bottes de l'administration coloniale, qu'il ait joué au parfait nègre civilisé, gréco-latin même, ne voilà-t-il pas que l'énergumène a fini par se retrouver dans exactement la même situation que moi, l'insoumis, le barbare ! Ha-ha-ha !… J'ignore quel forfait il a bien pu commettre pour tomber si bas et, de toute façon, cela ne m'intéresse pas, mais je sais que le jour où il crèvera, j'irai chier sur le ridicule paillasson en plastique jaune qu'il a placé sur le pas de sa porte. Helvète de mes fesses, oui !…

Mais soyons tout de même honnête, la seule personne réellement sympathique de cet immeuble pourri est Louise-Julie de Lamotte. Cette vieille fille, toute fripée et desséchée qu'elle puisse être, a toujours fait montre du plus grand respect à mon endroit. Elle a ainsi refusé de céder aux pressions répétées de cette vermine de Beausivoir, prétendu entrepreneur en travaux divers et vrai organisateur de magouilles en tout genre, qui voulait qu'elle fasse appel à la maréchaussée pour m'expulser. Je l'entendais brailler sans discontinuer :

— Madame de Lamotte, il faut nous débarrasser de ce doucineur ! Nous payons tous un loyer, que je sache, tandis que lui…

— Beausivoir, lui coupait la parole Dame Békée, vous êtes un homme sans cœur, mais là vous dépassez les bornes. Sachez pour votre gouverne que j'ai fondé cette institution justement pour venir en aide aux malheureux, aux sans-logis, à ceux que la vie a brisés !

De guerre lasse, cette brute a cherché à me mettre sur le dos le meurtre de l'année dernière, le deuxième en quelques mois, et je n'ai aucun doute sur le fait qu'il m'ait accablé auprès de ce Blanc-France de commissaire puisque chaque fois que le ci-devant Montargis débarque, je suis inévitablement le premier interrogé. Or, aucune preuve n'a pu être apportée contre moi. À part un livre ! L'abruti, va ! Un livre d'Aimé Césaire. Cahier d'un retour au pays natal. *Il l'a emporté comme s'il s'agissait d'une pièce à conviction, mais n'en a plus fait état depuis. Pas grave ! J'ai le texte gravé là, dans ma tête, et personne ne pourra jamais l'effacer. Il n'a pas touché par contre au dictionnaire Larousse qui, avec le* Cahier, *constitue ma seule bibliothèque. J'ai, en effet, cessé de lire du jour où j'ai refusé d'embarquer pour Là-bas, comme ils disent. Parfois, je l'avoue volontiers, l'envie me prend de me replonger dans* Le Banquet *ou dans Schopenhauer. J'aimais beaucoup la philosophie. C'est la seule chose qui nous manque dans ce fichu pays ! Nous disposons de tout : musique, contes, littérature, artisanat, peinture même, mais la philosophie nous fait terriblement défaut… Ah ! Je sais bien qu'on ne me laisserait pas pénétrer dans la bibliothèque Schœlcher. À cause de mes vêtements rapiécés et surtout le fait que j'aille désormais pieds nus quel que soit le temps qu'il fait. C'est que sentir terre, sol cimenté ou asphalte contre le plat de mes pieds me procure un bien-être intense.*

Il n'y a que Louise-Julie de Lamotte à ne pas me morguer à cause de mon accoutrement. Si je n'avais pas cessé d'être chrétien, je l'aurais considérée comme une sainte. Rien que son intonation témoigne de sa profonde compassion pour le genre humain.

Cette femme m'est une énigme...)

*

Pierre-Marie de La Ramée ne décolérait pas. Ses belles-sœurs, ces vieilles haridelles qui avaient passé leur vie à s'occuper gratuitement des nègres, venaient lui gâcher son anniversaire. Il avait toujours craint de ne pas atteindre l'année 1950, un peu par superstition pour ce chiffre puisqu'il désignait le mitan du siècle, un peu par crainte que son corps ne le lâchât avant tellement il menait une existence pour le moins galvaudière. En effet, depuis l'âge de vingt-six ans, il avait accumulé les nuits blanches, entre cigares et verres de rhum à 55°, parmi toutes espèces de bougresses de mauvaise vie, toutes de couleur, mettant un point d'honneur à être sur pied le matin à six heures tapantes pour pouvoir déposer ses fils au Séminaire-Collège avant de se rendre au Crédit martiniquais, puis à son magasin d'import-export du Bord de Mer. Un jour ou l'autre, il savait qu'il paierait, au prix fort, cette vie de bâton de chaise, selon l'expression favorite de son épouse. Il savait que le fil de son cœur se distendrait sans crier gare comme l'en menaçait Da Clairemise, la nounou qui l'avait élevé et qu'il gardait à son service bien qu'elle fût devenue presque impotente. Ou alors, pire, qu'une paralysie pouvait le clouer sur une chaise roulante. Il avait donc prévu d'inviter tout le ban et l'arrière-ban de la caste blanche, y compris ceux avec lesquels il était en bisbille, et même quelques mulâtres qui s'étaient imposés dans le négoce parce qu'il jugeait que final de compte il valait mieux les avoir avec soi que contre soi. Sa vieille idée d'étouffer dans l'œuf la montée de la classe des métis avait buté sur un imprévu, un sacré imprévu, cette fichue guerre qui venait de s'achever et qui avait vu les békés faire le mauvais choix. N'avaient-ils pas rejoint d'un seul élan le camp de l'amiral Robert et donc du maréchal Pétain ? N'avaient-ils pas apporté leur concours à l'ordre nouveau instauré par la Révolution nationale ? Et surtout ne s'étaient-ils pas précipités pour occuper les postes de maire que le régime leur avait offerts sur un plateau après avoir destitué leurs occupants de couleur légalement élus ? Dans le même temps, les mulâtres et les nègres, du moins certains d'entre eux, avaient préféré faire le choix inverse en se ralliant au général de Gaulle et en partant clandestinement en Europe pour participer à la libération de la France. Ces fameux dissidents, comme on les appelait, qui avaient bravé les foudres de la police politique de l'amiral Robert, paradaient à présent devant le monument aux morts de Fort-de-France à chaque cérémonie patriotique, la vareuse militaire bardée de médailles glanées en Italie ou en Provence. Pierre-Marie de La Ramée, qui, pendant toute la durée de la guerre, s'était montré un pétainiste zélé, savait que dorénavant il lui fallait, sa caste et lui, faire profil bas. Après tout, que trois-quatre mulâtres soient parvenus à s'enrichir presque à l'égal des békés ne représentait pas un danger tel qu'il faille continuer à les tenir à l'écart. Aussi Pierre-Marie, pour s'en convaincre, se répétait-il une phrase d'une banalité affligeante certes, mais pleine d'enthousiasme, que scandait chaque matin un speaker célèbre de Radio-Martinique :

— Le monde change et notre cher petit pays change avec lui…

Sauf qu'au moment où commencèrent à arriver ses premiers invités qui s'émerveillèrent tout de suite du somptueux banquet qui avait été dressé dans le parc de sa villa, à l'ombre d'un zamana aux ramures démesurées, sa femme accourut, très agitée, pour l'informer d'une communication téléphonique urgente. Cette dernière émanait du commissariat de police de Fort-de-France : de nouvelles bagarres entre ivrognes avaient éclaté à l'Hôtel de la Charité et cette fois-ci il y avait eu mort d'homme. Pour la énième fois, Pierre-Marie s'en voulut d'avoir obéi à la règle séculaire du milieu béké qui voulait que les hommes décident et commandent, qu'ils soient les seuls responsables, tandis que les femmes se contentaient d'assurer la descendance et de veiller à la bonne marche de la maison. En effet, il avait mis l'établissement de la rue de la Commune-de-Paris à son nom et pas à celui des trois sœurs de Lamotte, si bien qu'au regard de la loi il était seul à répondre de ce qui pouvait s'y passer. Il fut bien obligé de filer à l'anglaise, croisant à la porte de service de sa villa le pâtissier qui apportait son gâteau d'anniversaire sur lequel étaient déjà piquées quarante-sept bougies. La seule idée de ce chiffre l'ébranla. Il avait donc vécu quarante-sept longues années sans une maladie, sans jamais consulter le moindre médecin ni pharmacien, se contentant des thé-pays à base de citronnelle et de miel que lui préparait Da Clairemise chaque matin. Quarante-sept ans, c'est beaucoup et c'est très peu en même temps, se dit-il en embarquant à bord de sa Chevrolet toute neuve qui faisait des envieux parmi ses pairs.

La police avait dit vrai : un client du deuxième étage en avait poignardé un autre de l'étage du dessus pour des motifs obscurs au sein desquels se mêlaient dettes de jeu, rivalité amoureuse et bien sûr éthylisme au dernier degré. Pierre-Marie lança un regard furibard à sa belle-sœur Louise-Julie qui n'en menait pas large. Elle avait, en effet, perdu de sa superbe depuis qu'elle ne pouvait plus compter sur l'appui vigilant de ses deux sœurs. Sans compter qu'elle aussi subissait les atteintes de l'âge, d'autant qu'elle n'avait pas ménagé sa peine depuis une bonne vingtaine d'années pour tenir son établissement. Heureusement, l'inspecteur de police et son adjoint avaient fini de faire les formalités d'usage quand Pierre-Marie arriva. L'identité des deux loustics avait été vérifiée, puis confirmée, l'assassin avait été conduit sans tarder à la geôle du 118, rue Victor-Hugo, et sa victime attendait, sous une couverture blanche, qu'un corbillard vienne l'emporter. Un silence impressionnant régnait à l'Hôtel de la Charité. Tous les locataires s'étaient massés sur le palier du premier étage et observaient, muets et vaguement effrayés, les allées et venues des gendarmes-petits-bâtons comme ils les qualifiaient. Il y avait là des mères de ribambelles d'enfants aux yeux tirés, les cheveux attachés à l'aide de madras qui avaient perdu leurs couleurs, des vieux-corps hagards qui n'avaient pas trop l'air de comprendre ce qui se passait, beaucoup d'indigents aussi, reconnaissables à leur maigreur et à leurs vêtements en kaki chiffonnés. Pierre-Marie, qui ne venait à l'Hôtel de la Charité que de loin en loin (en fait, une ou deux fois l'an), en fut stupéfait. Une bonne quarantaine de gens logeaient dans ce bâtiment bancal qui ne pouvait, décemment, en abriter qu'une quinzaine, en dépit de ses quatre étages et de son extravagant galetas. Il avait désapprouvé l'idée de Louise-Julie d'ériger un deuxième, puis un troisième étage, considérant même que le quatrième relevait de la pure folie. Mais sa belle-sœur avait sa tête, et lui, il ne voulait pas trop s'embarrasser l'esprit de cette affaire. Quant au galetas, il n'y avait jamais jeté le moindre coup d'œil !

Après avoir signé des documents qu'il lut en diagonale, Pierre-Marie fut autorisé par l'inspecteur de police à s'en aller. Celui-ci remettrait son rapport dans quinze jours, mais, pour lui, l'affaire était entendue : il s'agissait d'une vulgaire bagarre entre ivrognes qui avait mal tourné. Elle aurait pu tout aussi bien s'être déroulée dans la rue. M. de La Ramée ne serait pas inutilement ennuyé avec ça et, de toute façon, l'assassin était bon pour la réclusion à perpétuité étant donné la sauvagerie (douze coups de couteau) de son geste. Le président du Crédit martiniquais regagna, soulagé, mais encore furieux contre Louise-Julie, son anniversaire, lequel fut un joli succès, M. le préfet s'étant déplacé en personne pour lui souhaiter longue et heureuse vie. Mais, dès le lendemain, Pierre-Marie chercha un acquéreur pour l'immeuble. Certes, les sœurs de Lamotte y conserveraient leur appartement, mais elles n'auraient plus la gestion de leur fichu

Hôtel de la Charité Saint François de Sale qu'il décida d'ailleurs de débaptiser dans un accès de rage enfantine. Rage motivée par le fait que Romule Casoar, dans *Le Rénovateur,* avait, avec son style fielleux habituel, relaté le fait divers, l'assaisonnant de détails de son cru et n'oubliant pas d'indiquer en toutes lettres qui était le propriétaire des lieux. Au « Cercle de l'Hermine », certains békés, qui ne portaient pas Pierre-Marie de La Ramée dans leur cœur à cause de rivalités commerciales, s'étaient mis à murmurer sur son passage ou à lui tendre une main fuyante. Il était cette fois décidé à trancher. Il tailla une bonne quinzaine de fois son crayon noir et griffonna sur pas moins de trois pages avant de trouver la nouvelle dénomination de l'établissement. Il s'arrêta sur « Hôtel Louxor » dans une volonté de gommer à jamais le souvenir des années et des années au cours desquelles les sœurs de Lamotte y déployèrent une charité que, pour sa part, il avait toujours jugée incongrue. Lui revint alors à l'esprit, sans qu'il sache trop pourquoi, cette appréciation que lui avait faite un secrétaire de préfecture, originaire de La Rochelle, à la fin de son séjour en Martinique :

— Peut-être, cher ami, que vos belles-sœurs essaient par tant de dévouement de… comment dire… de racheter, voilà, c'est ça ! de racheter les crimes commis par leurs ancêtres pendant la période esclavagiste…

Crétin de Blanc-France, va ! Ça ne connaît fichtre rien aux îles, et encore moins aux nègres, et ça vient vous donner des leçons de morale ! À cette seule idée, la colère rentrée qui l'habitait depuis le jour de son anniversaire explosa. Il appela sa secrétaire presque en hurlant, ce qui la fit sursauter, et lui demanda de prendre d'urgence l'attache d'un fabricant d'enseignes. Quand il lui expliqua l'affaire et lui tendit le papier sur lequel était inscrit en lettres capitales « HÔTEL LOUXOR », la jeune femme, une chabine ravissante, ne put retenir un sourire en coin. « Petite salope, se dit-il, je vais te gamahucher un de ces quatre, là, sur mon bureau, tu verras ! » Puis il décrocha son téléphone et fit le tour de ses connaissances mulâtres susceptibles de racheter l'établissement. Désormais, plus aucun patronyme béké n'y serait associé. Plus jamais. Jamais ! Jamais !

Dans le tiroir de son bureau, parmi les fiches bancaires des plus gros clients, fiches qu'il scrutait régulièrement afin d'être au courant des moindres mouvements de fonds et donc de la conclusion de telle ou telle affaire, il en avait classé quelques-unes à part qu'il avait attachées à l'aide d'un élastique : celles des plus riches entrepreneurs mulâtres de la Martinique et de quelques autres fortunes acquises grâce aux professions libérales que cette classe semblait s'être fait un devoir d'accaparer. Il parcourut du doigt la liste qu'il avait griffonnée en marge de la première fiche, tout en marmonnant :

— Hervé Laveau... non, ça n'ira pas... Clément Montier non plus... voyons voir... Jean-Christophe Albéric, quant à celui-là, hon ! Il se prend pour un prophète. Je crois à la banane, la canne est bel et bien morte !... Tu peux y croire, couillon que tu es, mais c'est pas ma banque qui t'avancera un sou pour développer cette culture stupide... Ah ! Maurice Bonnaventure ! Mon cher Maurice Bonnaventure ! Qu'est-ce qu'on a pu se payer du bon temps pendant le carnaval avant-guerre ! Non, il ne fera pas l'affaire non plus. Trop prudent. Et en plus, monsieur souffre d'arthrose… Voilà ! J'ai l'homme qui convient !

— Vous m'avez appelée, monsieur ?

— Pas du tout ! Et puis fermez correctement cette porte, mademoiselle !

Décidément, cette secrétaire chabine cherchait quelque chose. Jusqu'à tout récemment, il s'était toujours occupé personnellement de l'embauche à la banque, veillant à ce que les tâches décisionnelles soient dévolues à des Blancs créoles et celles d'exécution aux gens de couleur, mais, attention, toujours à des teints clairs. Mulâtres ou chabins. Aucune des guichetières, en tout cas à l'agence centrale de Fort-de-France, ne devait approcher la couleur du cacao. Pierre-Marie savait comment les amener à troquer le plus secret de leur intimité contre un travail final de compte assez bien rémunéré. Et puis, tout ça avait commencé à l'ennuyer et il s'était déchargé de ce qui avait fini par devenir une corvée sur son directeur adjoint. Aussi n'avait-il même pas prêté attention à cette jeune femme lorsqu'elle était venue remplacer sa chère vieille Denise, partie à la retraite après deux décennies de bons et loyaux services. Il s'était simplement fait la réflexion qu'une chabine remplaçait une Blanche créole à ce poste clé et que décidément le monde changeait. À présent, l'ennemi était dans la place et il devrait désormais se montrer doublement veillatif. Il alla vérifier que la secrétaire avait bien fermé la porte. Le cliquetis de sa machine à écrire le rassura. Il regagna son bureau à pas comptés, comme quelqu'un qui soudain se mettait à douter ou était envahi par le remords, puis il s'assit lourdement dans son fauteuil pivotant en cuir fatigué et décrocha le téléphone.

Il venait de trouver en Me Auguste Dorimont l'acquéreur idéal pour l'Hôtel Louxor…

*

Le balayeur municipal avance dans le petit matin radieux du carême, saison où les confins du ciel se parent de bleu tendre bien avant la montée du soleil. D'un geste machinal, il agite son long balai en fibres de coco, rassemblant bouteilles de bière vides ou cassées, paquets de cigarettes, pelures de mandarines et, parfois, pièces de monnaie qu'il enfourne prestement dans la poche de son pantalon en kaki quand il est bien sûr que le contremaître n'a pas l'œil sur lui. Il pense au congé exceptionnel que ce dernier lui a promis : dix jours au mois d'avril prochain. Dix jours amplement mérités après tant et tellement d'années pendant lesquelles il s'est dévoué corps et âme à la voirie municipale. Combien ? Il ne sait même plus. Il y a longtemps qu'il a renoncé à les compter. Une fois débarqué dans l'En-Ville, il avait laissé derrière son dos son monde d'avant, celui de Basse-Pointe, là-bas, tout au nord du pays, avec ses plantations de canne à sucre à perte de vue et sa mer rageuse. Il s'était inventé une nouvelle vie ici et c'est tout ce qui importait à ses yeux. Certes, au démarrage, chaque jour fut une épreuve car il devait supporter les quatorze injures que les créoles adressent à ceux qu'ils ne désignent jamais que sous l'appellation infamante de « Coulis ». Le chef des balayeurs, maître Mardayé, Indien lui-même, ne s'en offusquait pas lorsqu'il faisait sa tournée sous le coup de huit heures du matin bien qu'il y eût toujours un énergumène pour lui lancer :

— Hé, y a un Couli qui a oublié de ramasser des cartons devant chez moi. C'est pas normal, ça ! Je paie des impôts pour quoi, alors ?

Sans compter ceux qui, par exprès, attendaient le passage de la voirie pour sortir leur poubelle et avaient le culot de récriminer. Il existait des trajets moins désagréables que d'autres, maître Mardayé s'évertuant à ne jamais placer ses employés sur les mêmes de façon, affirmait-il, à éviter « l'habitude, mère de la paresse ». Il allait par les rues d'un pas nerveux en dépit de son âge avancé, répétant :

— *Fok an vil kléré kon an zaboka vet !* (Il faut que la ville brille comme un avocat encore vert !)

Le trajet le plus apprécié était celui qui partait du quartier indien d'Au Béraud, longeait la caserne Gallieni et le cimetière des riches avant d'emprunter la longue rue des Syriens jusqu'à la Pointe Simon, c'est-à-dire le bord de mer. On était sûr de n'y être presque jamais pris à partie. Le plus redouté, par contre, commençait place de l'Abbé-Grégoire, aux Terres-Sainville, remontait l'avenue Jean-Jaurès pour longer la mairie par la rue de la République. Rues que croisaient ses sœurs Lamartine, Victor-Hugo et autres noms d'hommes illustres où résidait la bourgeoisie mulâtre, celle qui affichait le mépris le plus souverain pour tout ce qui était nègre ou indien. Léon avait gardé en mémoire la toute première fois où il avait dû parcourir ce trajet. Son partenaire — le balayeur qui officiait sur l'autre trottoir — était un nègre rigolard qui, pour oublier la pénibilité de sa tâche, racontait des grivoiseries ou serinait des biguines paillardes d'une voix qui vous écorchait les oreilles. Alphonse, dit Fonfonse, avait prévenu le jeune Léon :

— Couli, amarre tes reins et serre les dents, compère ! Ce qui t'attend, sans doute n'as-tu jamais rien subi de tel dans la campagne d'où tu sors. Moi-même, je suis vacciné. Ha-ha-ha !

Et, pour de vrai, à l'avenue Jean-Jaurès, les riverains les plus matinaux se postaient à leur balcon et surveillaient d'un air inquisiteur le ramassage des ordures. De temps à autre, on entendait l'un d'eux s'écrier :

— Hé, toi là-bas, t'as oublié une boîte de lait Nestlé dans le caniveau ! Fais marche arrière, allez, dépêche !

Ou bien un autre lançait un sachet rempli de pelures ou de fruits avariés juste aux pieds de Fonfonse ou de Léon en gueulant :

— *Mi !* (Attrape !)

Plus souvent que rarement, le sachet explosait, libérant un contenu si nauséabond que l'Indien en avait un haut-le-cœur, sans compter qu'il se répandait parfois sur ses jambes et ses bras qu'il n'avait aucun moyen de nettoyer. Il fallait continuer à avancer vaille que vaille car un camion à ordures les suivait, chargé de ramasser les lots que les balayeurs constituaient à l'angle des rues. « Le temps n'attend pas, foutre ! » lui lançait son partenaire de l'autre côté de la rue, craignant qu'il ne prenne du retard. Mais le pire était à venir. Le pire c'était, une fois le boulevard de la Levée enjambé, quand ils atteignaient le centre-ville, fief des gens de haut parage ou qui s'imaginaient tels. La toute première fois donc, Léon fut victime d'une manière d'attentat. En effet, alors qu'il avait subi sans broncher les railleries de quelques mulâtres qui prenaient le frais devant leur immeuble, il entendit une voix doucereuse lui lancer depuis un balcon en fer forgé, une voix féminine, plutôt jeune :

— Monsieur le Couli, regardez-moi, s'il vous plaît ! J'ai quelque chose pour vous. Un petit cadeau…

Pour son malheur, il se redressa et leva les yeux pour recevoir en pleine figure un pot de chambre rempli de pissat encore tiède. Dans un grand éclat de rire, son agresseur referma sa fenêtre sans oublier d'ajouter que les Coulis n'étaient que des mangeurs de chien. Fonfonse péta de rire et dandina comme un cabri.

— *Mi ou batizé atjèman ! Ha-ha-ha ! Ou sé moun lavil kon sa yé a.* (Te voici baptisé maintenant ! Ha-ha-ha ! Tu es un citadin désormais.)

Au bout de quelques semaines d'avanies du même genre, Léon finit par se forger une carapace. Il ne servait à rien qu'il se mît à bouillir de colère ou qu'il tentât de riposter. Il savait que le contremaître lui baillerait toujours tort quelles que soient les circonstances. Un balayeur de rue ne pouvait jamais avoir raison devant un négociant ou un avocat, répétait souvent maître Mardayé. « Nous sommes la dernière des races après les crapauds ladres ! » Ce qui contribua à sauver Léon de la désespérance, ce furent les divinités de l'Inde de ses ancêtres et notamment Mariemen, la déesse qu'il avait vénérée là-haut, à Basse-Pointe, en tant qu'officiant ou sacrificateur, dans les cérémonies à elle dédiées. C'était aussi Devi, sa jeune épouse si peu désauvagée qu'elle osait à peine se dénuder devant lui. Deux femmes protégeaient donc sa vie et cela lui permettait d'empoigner son balai chaque matin et d'arpenter les rues sans défaillir.

Un jour, le « poussari », ce qui veut dire le prêtre hindou, du quartier Au Béraud vint le solliciter. Cet homme sage et cultivé était l'un des derniers en Martinique à pouvoir s'exprimer couramment en tamoul. Il souhaitait organiser une grande cérémonie en l'honneur de Maldévilin, le dieu à cheval, car, à l'entendre, c'était le seul capable de sortir la race indienne de la géhenne dans laquelle d'ignobles trafiquants d'êtres humains l'avaient jetée depuis presque un siècle.

— Je m'adresse à toi, fit-il à Léon d'un ton solennel, parce que toi seul as eu le courage de frapper le béké.

— Ce n'était pas moi, réagit vivement le balayeur municipal.

— Ne prends pas mes paroles en mal ! Et sache que ce n'était pas non plus de l'ironie. J'ai l'âge d'être ton père et j'ai mesuré le calvaire que vous, les seize de Basse-Pointe, avez enduré. Quelle que soit la main qui a pu tenir le coutelas qui a tranché la tête du maître blanc, ceux qui étaient avec lui étaient de vaillants bougres.

Léon n'osa lui avouer que si avant cet événement, que même la presse soviétique avait relaté selon le Parti communiste martiniquais, il avait été effectivement un sacrificateur hors pair, depuis lors, il avait perdu la main. Sa capture dans les bois de Basse-Pointe par des gendarmes métropolitains ivres de rage, son transfert vers la prison de Fort-de-

France, attachés, ses compagnons et lui, au fond d'une fourgonnette comme du bétail, les insultes et les coups de crosse qu'ils avaient reçus, les crachats à la figure, l'annonce qu'ils étaient bons pour la guillotine, leur condamnation quelques mois plus tard à la peine capitale, cela sans avoir pu rencontrer un seul d'entre leurs proches, et même leur retentissant procès devant le tribunal de Bordeaux où ils avaient été rejugés et, final de compte, acquittés, tout cela l'avait brisé. Brisé davantage intérieurement que physiquement car il était capable de balayer les rues six heures d'affilée, de ramasser des poubelles qui débordaient, des cartons, des caisses vides aux abords des boutiques, sans faiblir d'une maille. Certes, il ne manquait aucune des cérémonies du quartier Au Béraud, mais se tenait discrètement dans l'assistance, se contentant de formuler des vœux modestes en son for intérieur. Que Devi et leurs enfants puissent conserver la santé ou qu'il ne soit pas renvoyé de son djob par exemple. Mais chaque fois qu'il en revenait, son épouse se mettait à le houspiller, elle qui, tout en ayant bénéficié son enfance durant de bains à l'eau du Gange, n'était habitée que par la seule obsession de se fondre dans la masse. De devenir une créole à part entière. Quelqu'un que l'on ne remarquait pas et à qui on ne ferait aucune observation désobligeante. Elle fréquentait assidûment l'église des Terres-Sainville où elle emmenait leur marmaille à la grande satisfaction des sœurs de Lamotte, mais sans pour autant convaincre le moins du monde sa voisine d'étage, Justina Beausoleil, la vindicative chabine, qui, le dimanche matin, lorsque Devi s'était attifée pour assister à la messe de neuf heures, coiffée d'un chapeau et arborant une mantille, lançait en entendant ses pas dans l'escalier :

— *Wol sa ka fè! Pa ni pli visiez ki sé kalté model fanm-tala!* (Elle fait semblant ! Y a pas plus vicieuse que ce genre de bonne femme !)

Léon n'avait pu se soustraire à la demande du poussari d'Au Béraud. Ce dernier, pour s'assurer qu'il ne changerait pas d'idée, avait poussé d'autres habitants du quartier à le solliciter à nouveau. Il se trouvait donc cerné et réfléchit dès lors au jeûne très sévère qu'imposait toute cérémonie visant à célébrer Maldévilin. Non seulement il se devait d'éviter l'alcool, le tabac et la viande, mais aussi tout commerce charnel. Sans compter qu'il ne serait plus autorisé à élever la voix, ni à émettre des propos malsains ou injurieux. Au bout de quatre jours, il devint impossible à Léon de dissimuler à son épouse qu'il se préparait à officier en tant que sacrificateur. Devi entra dans une colère folle. Tapa du pied. Cassa un lot d'assiettes. Menaça de le quitter et de repartir vivre chez ses parents dans le nord.

— *Bagay djab ki la! Bagay djab!* (Tout ça, c'est des choses diaboliques ! Oui, diaboliques !) écuma-t-elle durant une journée entière.

Léon ne se rendit pas à son travail et envoya l'un de ses fils avertir le contremaître Mardayé qu'il était souffrant. À son grand étonnement, il vit ce dernier débarquer chez lui, fort inquiet.

— Nous comptons tous sur toi. Maldévilin t'espère… fit-il à Léon qui comprit que désormais, aux yeux de son supérieur hiérarchique, il avait changé de statut.

Il n'était plus la créature craintive, d'allure famélique, qui baissait les yeux lorsqu'on lui infligeait une remontrance ou s'exécutait dès qu'il recevait un ordre, mais un sacrificateur. Celui dont la dextérité était indispensable aux sacrifices de volaille et de moutons qui seraient offerts aux divinités. Celui dont le poignet ne devait jamais trembler car les dieux exigeaient que la tête des animaux fût tranchée d'un seul coup. S'y reprendre à deux fois équivalait, en effet, à gâcher définitivement la cérémonie — à la « gâter » plutôt comme l'on disait en créole — et à plonger dans la tristesse et le désarroi ceux qui avaient dépensé tant d'efforts et d'argent pour l'organiser.

Trois semaines durant, Léon s'imposa, au grand dam de Devi, le jeûne le plus strict. M. Mardayé lui avait d'ailleurs accordé son congé annuel et il ne mettait plus les pieds dehors, du quatrième étage de l'Hôtel du Bon Plaisir donc, afin d'éviter toute tentation. Au matin du jour dit, avant le lever du soleil, il se baigna avec du lait de vache de la tête aux pieds, prenant soin d'enduire la moindre parcelle de son épiderme, sans oublier ses cheveux. Sa femme et ses enfants dormaient encore lorsqu'il enveloppa le coutelas trente-six pouces de Saint-Domingue, acheté expressément pour l'occasion, dans du papier journal et sortit sur la pointe des pieds. Sur le palier, il appuya sans conviction sur l'interrupteur que Syrien, le syndic, avait promis de faire réparer la semaine d'avant. Les escaliers, évidemment, demeurèrent dans le noir. Léon se sentait léger et même gai, chose qui ne lui était pas arrivée depuis qu'il s'était installé dans l'En-Ville. À l'instant où il s'apprêtait à descendre l'escalier, la porte d'en face s'entrouvrit et une Justina

Beausoleil en chemise de nuit transparente lui fit face, une lampe torche à la main.

— On est bien matinal, monsieur Léon ! Où vas-tu comme ça, si c'est pas indiscret ? chuchota-t-elle d'une voix aguicheuse.

Le balayeur, interloqué, balbutia quelque chose sans pouvoir continuer à avancer. Ses yeux étaient rivés sur la formidable poitrine de la chabine qui débordait de son vêtement. Justina, devinant le trouble qui l'agitait, dégrafa l'en-haut de sa chemise d'un geste sensuel et s'approcha de lui, faisant très attention à ne pas faire craquer le plancher. Léon sentit la suavité de son corps, ses jambes qui se frottaient voluptueusement aux siennes et les mots osés qu'elle lui susurrait à l'oreille, tout en lui léchant le cou de temps à autre, provoquèrent chez lui une bandaison du tonnerre de Brest. Il voulut réagir, la repousser, plonger-descendre dans l'escalier, hurler afin qu'elle le laisse en paix, mais sentit tout son être se figer sur place. Lentement, très lentement, la chabine le déshabilla, se débarrassa à son tour de sa chemise de nuit avant de le plaquer contre la rampe d'escalier. Léon sombra alors dans un océan de volupté, volupté d'autant plus intense qu'elle se devait d'être muette. L'affaire dura une bonne quinzaine de minutes. Puis, aussi brusquement qu'elle était apparue, Justina se détacha de lui et regagna son chez-elle sur la pointe des pieds, sans jamais avoir lâché sa lampe torche, non sans lui lancer à voix basse :

— Maintenant, je sais que ce que l'on raconte sur le braquemart des Indiens n'est pas vrai. Je voulais juste faire une petite vérification. Ha-ha-ha !...

COMÉDIE CRÉOLE ACTE IV

La fuite des jours angoisse nos nuits. À cause, sans doute, du silence et de ces âmes, grimées en lucioles, qui virevoltent dans les frondaisons des arbres anciens. Nous ne savons plus leur parler.

Nous avons perdu l'en-allée du langage vrai.

Nos jours sont criards. Pleins de frénésie. Ils nous épuisent à la longue car nous ne voyons pas le bout du tunnel et d'aucuns crient, s'époumonant parfois, qu'il n'y a même pas de tunnel.

Seul le vide, telle une sidération, au-devant de nos corps…

[Le zombie — car plus personne dans l'immeuble ne doutait de son existence — se terrait quelque part entre le deuxième et le troisième étage, quoique parfois il lui arrivât de mener des incursions plus haut ou plus bas. Romuald Beausivoir, l'homme au sourire aurifère, l'entrepreneur en travaux divers, avait d'abord fanfaronné, déclarant à qui voulait l'entendre que toute cette histoire n'était qu'un lot de billevesées tout droit jailli de l'imagination de Justina Beausoleil, la chabine, jusqu'au soir où, rentrant sur le coup de minuit, il fut happé dans l'escalier par une force inconnue qui l'envoya valdinguer cinq mètres plus bas, manquant de lui fracasser le crâne. Ses hurlements réveillèrent les locataires dont aucun n'osa sortir de chez lui, même pas Victorin Helvéticus, le vieil instituteur qui pourtant, en bon laïc, ne croyait ni en dieu ni aux forces du mal. Mais les gémissements de Beausivoir étaient si persistants qu'il fallut bien lui venir en aide. Chacun s'avança prudemment sur son palier. Alignant un pas après l'autre. Tenta d'allumer la lumière de l'escalier pour se rendre compte qu'elle ne fonctionnait pas. Man Florine, la vendeuse de pistaches grillées, fut la première à se pencher sur le corps de l'entrepreneur. Elle constata qu'il était agité par une tremblade irrépressible et que ses yeux étaient exorbités. Elle le secoua :

— *Ou ka tann mwen ? Réponn si ou wè ou ka tann mwen !* (Tu m'entends ? Réponds si tu m'entends !)

Louise-Julie, habillée en mère supérieure, se précipita, une bouteille d'eau bénite dans une main, un chapelet dans l'autre, s'agenouilla devant Beausivoir et tout en marmonnant des prières lui aspergea la figure. L'homme brailla si-tellement fort que les Andrassamy remontèrent jusqu'à leur quatrième étage au pas de course tandis que Jean-André, le clarinettiste, planté sur le pas de sa porte, mi-indécis mi-paniqué, bégayait :

— Il... il est revenu, ce... ce salopard de zombie...

Mais, à la stupéfaction générale, Beausivoir finit par se redresser. Il observa les autres en souriant, puis repliant ses jambes contre son ventre, il posa la tête sur ses genoux et, presque tout de suite, se mit à ronfler. Il semblait désormais si tranquille, si paisible, que chacun décida de regagner ses pénates. De toute façon, il n'y avait rien d'autre à faire qu'à attendre le devant-jour.

— Cette fois, soliloqua Man Florine, nous devrons coûte que coûte faire appel à l'évêché. Cette situation ne peut plus durer. La vie devient infernale à l'Hôtel du Bon Plaisir qui ne mérite plus son nom. Tout ça, c'est peut-être de ma faute ! Dame Békée n'aimait pas cette histoire d'« Hôtel Louxor » imposé par son beau-frère et c'est moi, oui, moi, Florine Jolème, qui lui ai suggéré de reprendre le nom que l'amiral Robert et ses soudards lui avaient baillé, mais en le détournant. Leur « Hôtel des Plaisirs » deviendrait ainsi l'« Hôtel du Bon Plaisir ». Mon idée laissa perplexe Dame Békée que le mot « plaisir » insupportait jusqu'à ce qu'elle finisse par admettre que l'adjectif « bon » changeait les choses du tout au tout. Quoi qu'il en soit, je suis déterminée à faire prendre son envol à ce zombie quelle que soit la personne qui se cache derrière lui.

On l'écouta en silence. Presque respectueusement. Même Louise-Julie de Lamotte, la vieille békée, ne pipa mot. Elle était si troublée que son teint ordinairement cireux avait viré au cadavérique.]

Me Auguste Dorimont fut passablement surpris lorsque le directeur du Crédit martiniquais lui téléphona pour lui proposer de racheter ce qu'il présenta comme « l'affaire de sa vie ». Il avait, comme tout un chacun, connaissance de l'existence de ce curieux Hôtel de la Charité Saint François de Sales, qui changeait sans cesse de dénomination, tenu par trois vieilles Blanches créoles dont il savait vaguement qu'elles étaient apparentées à son interlocuteur. Il avait également entendu, sur Radio-Martinique, la nouvelle des deux meurtres qui y avaient été commis et parcouru les comptes rendus de cet illuminé de Romule Casoar dans *Le Rénovateur*, mais en tant qu'avocat, tout cela ne représentait pour lui que la banalité des choses. Certes, parmi ses clients, il y avait davantage de voleurs à la tire, de maris cocus qui s'étaient fait justice eux-mêmes en tabassant leur rival, de personnes en divorce ou en litige pour des questions de patrimoine foncier que d'assassins, mais, de temps à autre, il lui arrivait de plaider aux assises. L'avocat était donc étonné de cette offre parce qu'il était de notoriété publique qu'il n'était pas homme à thésauriser ni à amasser des biens. Déjà, dans sa jeunesse, il s'était montré tellement dépensier et avait accumulé tant de dettes de jeu, que son beau-père lui avait charitablement conseillé de s'exiler quelque temps loin de la Martinique. Il avait hésité entre Cuba où l'attirait la musique et Miami où il pensait pouvoir se refaire facilement pour, final de compte, poser ses pénates à La Nouvelle-Orléans à cause de sa touche française. À son retour à la Martinique, un bon paquet d'années plus tard, il avait eu l'immense surprise de constater que son épouse l'avait sagement attendu et qu'elle s'était occupée à merveille des deux orphelins que le couple avait adoptés. Leur maison bourgeoise de la rue Victor-Hugo avait été ravalée et un beau prunier du Chili en décorait le petit jardin. Quand, après moult hésitations, il décida de réapparaître au tribunal de Fort-de-France, il n'en revint pas de l'accueil chaleureux que lui réservèrent ses confrères. On aurait juré qu'il ne s'était absenté qu'un petit mois ! Peu à peu, son ancienne clientèle se reconstitua, mais elle comprit vite qu'elle avait désormais affaire à un nouveau Me Dorimont : il n'acceptait plus d'être payé en nature. Quelle que soit la nature de cette nature d'ailleurs, fruits et légumes, volailles ou commerce charnel. Dans les couloirs du palais de justice, chacun allait disant, un peu incrédule tout de même :

— Me Dorimont s'est acheté une conduite, oui…

Il n'y eut que le « Cercle martiniquais » pour refuser sa réintégration. Il avait eu beau sonner et resonner à la porte du bâtiment blanc qui se trouvait face au Bord de Mer, l'œilleton de la porte avait bien coulissé, mais cette dernière était demeurée close. Il fallut l'intervention de sa loge maçonnique, « Droit et Justice », pour que l'affaire soit débloquée, mais jusqu'à tout récemment, il était tenu en suspicion par les membres les plus éminents du cercle mulâtre. À la vérité, grâce à son séjour louisianais, Auguste Dorimont avait pris ses distances avec le petit monde colonial de la bourgeoisie de couleur de la Martinique, avec son étiquette ridicule, son parler suranné, ses manières vieille France et sa respectabilité souvent mensongère. Il y avait repris ses habitudes, pour donner à son retour un aspect normal, presque banal, chose qu'il savait rassurer sa femme, mais au plus profond de lui, il se sentait détaché de la réalité environnante. Il avait même l'impression, certaines fois, de flotter telle une bulle et entendait comme de très loin les conversations qui se déroulaient autour de lui. À tel point que, lorsqu'il devait plaider, il ingurgitait force cafés noirs tôt le matin pour que sa vigilance ne soit pas prise en défaut comme ce fut le cas un jour qu'il défendait un agriculteur qui avait corrigé sa femme volage avec le plat de son coutelas. Auguste ne parvenait pas à se souvenir du nom de son client et, régulièrement, le président du tribunal devait le lui rappeler ! Jamais il n'avait fait l'expérience d'un tel sentiment de honte de toute sa vie, même quand, des années auparavant, il avait dû demander pardon à sa femme et ses enfants devant son beau-père et avait accepté de s'exiler, de s'enfuir comme un malpropre plus exactement.

— C'est que… comment dire ? Une telle acquisition est hors de portée de mes modestes moyens, répondit-il à Pierre-Marie de La Ramée.

— Comment pouvez-vous le savoir puisque je ne vous en ai pas encore annoncé le prix ?

La réponse du béké avait fusé. Comme s'il était à la fois pressé et déterminé à se débarrasser de cet immeuble. Il annonça à l'avocat un montant tellement dérisoire que ce dernier ne put s'empêcher de s'esclaffer. De La Ramée voulait sans doute plaisanter. Un long silence au bout du fil lui fit comprendre qu'il n'en était rien. Le béké était tout ce qu'il y avait de plus sérieux et d'ailleurs répéta son offre en détachant chaque syllabe.

— Naturellement, rien ne vous oblige à vous décider tout de suite. Je vous laisse deux semaines, disons trois. Mais c'est vraiment parce que c'est vous, mon cher Dorimont, parce que j'ai de l'estime pour votre personne, ajouta-t-il. À ce prix-là, n'importe qui sauterait sur l'affaire.

La vie et ses soubresauts étant les choses les plus étranges qui existent sur terre, il se trouva que quelques jours avant la fin de ce délai, l'épouse de l'avocat emporta meubles, argenterie, bijoux et robes, laissant à moitié vide leur belle résidence de la rue Victor-Hugo, cela sans le moindre mot d'explication. Au retour d'une harassante plaidoirie, il trouva leur servante éplorée, assise sur le rebord du petit bassin duquel s'élevait un jet d'eau, au mitan de la cour intérieure, à l'ombre du fameux prunier du Chili. Impossible de lui arracher un traître mot ! Elle grommelait, la voix entrecoupée de hoquets et les yeux exorbités :

— *Madanm chayé tout bagay-li !* (Madame a emporté toutes ses affaires !)

Même les deux tableaux qui ornaient le salon et les photos dans leurs cadres en argent placées sur la commode de leur chambre à coucher avaient disparu. Armoires, penderies et tiroirs largement ouverts ne contenaient plus que ce qui lui appartenait en propre. Perplexe, mais point du tout accablé, l'avocat s'affala dans un fauteuil et alluma la radio par réflexe. Une voix monocorde donnait des nouvelles de la révolte qui venait d'éclater en Algérie. Elle expliquait que la situation était beaucoup plus grave que les autorités ne l'avaient d'abord imaginé et que, très probablement, il serait fait appel à des réservistes afin d'aider les jeunes appelés par trop inexpérimentés. Me Dorimont songea qu'il avait passé toute la période de la Seconde

Guerre mondiale en Louisiane et qu'en aucune façon il ne serait concerné. Un drôle de sentiment de soulagement l'envahissait peu à peu. Il se surprit même à sourire.

[RETOUR DE L'INVISIBLE...

L'incube s'était mis à sévir quasiment toutes les nuits, chose qui obligea les créatures féminines de l'immeuble à se barricader dès la tombée du jour et à prendre les précautions d'usage afin de repousser l'ennemi. Justina Beausoleil et ses filles utilisèrent la demi-calebasse remplie de sable que, par tradition, l'on posait à la fois devant la porte d'entrée et au pied de chacun des lits. Si l'on ne disposait pas de sable, le riz pouvait faire aussi bien l'affaire, mais il était réputé moins efficace puisqu'il est plus facile d'en compter les grains. En effet, ce protègement contre les assauts du Malin consistait à l'obliger à compter le contenu de chacune des demi-calebasses, cela grain après grain, chose difficile à accomplir avant la venue du devant-jour, moment où il devait absolument quitter les lieux sous peine de redevenir visible et donc de reprendre forme humaine.

Victorin Helvéticus, en bon cuistre qu'il était, avait cru devoir expliquer au commissaire Montargis l'étymologie du mot créole « dorlis » par lequel on désignait les incubes, affirmant qu'il fallait y voir la créolisation de l'expression anglaise « doorless », ce qui signifie « sans porte ». Et de fait, le dorlis se jouait qui des portes qui des fenêtres qui des lucarnes qui des serrures et autres fentes que le climat tropical creusait dans l'armature en bois du quatrième étage de l'Hôtel du Bon Plaisir. C'est qu'au départ Justina, en bonne chabine, avait fanfaronné :

— Je suis une bonne chrétienne, moi, même si je ne suis jamais montée jusqu'à l'autel au bras d'un homme et ce n'est pas un scélérat de dorlis qui me fera utiliser des méthodes maléfiques !

Du même coup, elle était dans l'obligation, chaque soir, de chambouler l'appartement avec l'aide de ses filles que cette tâche supplémentaire exaspérait. Buffets, tables, chaises et commodes étaient poussés contre la moindre ouverture de façon à la boucher le plus hermétiquement possible. Cela n'empêcha pas les cuisses d'Armande d'être régulièrement couvertes de griffures et le cou de Laetitia de suçons violacés. De guerre lasse, Justina dut se résoudre à aller chercher, à trois heures du matin, du sable sur la plage de la Française, traversant tout l'En-Ville qui, à cette heure, était livré aux vagabonds, aux âmes-en-peine et surtout aux meutes de chiens errants parmi lesquelles celle de La-Peau-d'oignon était la plus redoutée. Le molosse qui, effectivement, ressemblait vaguement à l'empereur corse, conduisait pas moins d'une vingtaine de chiens faméliques qui renversaient les poubelles sur leur passage et s'attaquaient aux humains. Justina cacha un petit missel entre ses seins et, serrant les dents, partit à la recherche de sable pur, celui qu'aucun pied n'aurait encore foulé. Apparemment, l'opération fut un succès puisque l'incube reporta ses désirs charnels sur Man Andrassamy, l'Indienne-Coulie, voisine de palier de Justina. Jusque-là, chacun pensait que sa religion la protégeait, que la sorcellerie hindoue était aussi puissante, voire plus puissante que la nègre, mais il n'en était, de toute évidence, rien. Une nuit, un hurlement terrifiant secoua l'immeuble. Un coup de crier comme nul n'en avait jamais entendu. À la fois guttural et désespéré. Profond et lancinant. Une sorte de vagissement mêlé au braillement d'une bête blessée à mort.

— *Anmwé! Anmwé!* (Au secours! Au secours!) cria-t-on à tous les étages par réflexe puisque personne ne savait encore ce qui se passait.

Beausivoir sortit son fusil à deux gueules et grimpa quatre à quatre les marches branlantes de l'escalier. Son voisin, le clarinettiste, était d'avis d'appeler la police tandis que Man Florine, la marchande de pistaches grillées, les cheveux en bataille, la robe de nuit chiffonnée, se lamentait :

— Mais qu'est-ce qu'on a fait au Bondieu dans cet immeuble? Tout ça c'est la faute de ce chien-fer d'amiral Robert qui a transformé l'Hôtel de la Charité Saint François de Sales en boxon! Toutes les cochonneries qui se sont déroulées ici durant la guerre nous portent malheur à présent. Ah, Vierge Marie, aide-nous !

On retrouva Mme Andrassamy recroquevillée au pied de son lit, grelottant et claquant des dents, les vêtements complètement lacérés et le corps peinturé de marques bizarres. Son mari, le taciturne Léon, semblait désemparé. Il chercha à tâtons des sièges pour ses voisins, lesquels en profitaient pour pénétrer sans vergogne dans son intimité, cette effrontée de Nini Jolicœur jetant des regards furtifs à droite et à gauche afin de remplir sa besace de maquerellages et autres médisances. Chacun remarqua, en tout cas, qu'il y avait des images colorées de divinités hindoues accrochées un peu partout ainsi que deux statuettes dont l'une, représentant un homme à cheval fonçant sabre au clair, peinte en jaune criard.

— *Man... man wè'y chapé...* (Je... je l'ai vu s'échapper...) finit par lâcher Léon.

On l'observa non sans stupéfaction. Un incube n'était-il pas invisible ? N'était-ce pas cela justement qui lui procurait une manière d'invulnérabilité ?

— *Ki manniè i té yé ?* (Il était comment?) demanda Man Florine en écarquillant les yeux de dix-sept largeurs.

— Il avait... il avait les yeux... bleus, lâcha l'Indien accablé. C'est tout ce que j'ai vu.

Victorin Helvéticus, qui avait revêtu une ridicule robe de chambre de couleur pourpre et s'était chaussé de pantoufles trop larges, commença à expliquer, de sa voix légèrement nasillarde, qu'il n'y avait rien d'étrange à cela. L'incube, à l'entendre, n'était rien d'autre, pendant la période esclavagiste, que la manifestation du maître blanc qui s'en venait nuitamment violenter les négresses dans les cases à esclaves. Comme à l'époque l'électricité n'avait pas encore été découverte, continua-t-il d'un ton docte, il était fort difficile de distinguer êtres et choses dans l'obscurité profonde des plantations du fin fond de nos campagnes, cela en dépit des flambeaux. La seule chose discernable était donc les yeux couleur azur du maître !

On regarda le vieil instituteur bouche bée, comme chaque fois qu'il se croyait obligé de bailler une explication savante à un mot ou à un événement, et puis Beausivoir lui ferma sa caquetoire :

— Helvéticus, le temps de l'esclavage et des plantations est fini et bel et bien fini ! Fini depuis le temps du marquis d'Antin si tu veux le savoir ! Nous vivons au beau mitan du XXe siècle, non ? En plus, ici, on se trouve en ville, compère, à Fort-de-France, donc tes histoires à dormir debout, tu peux les garder pour toi !

Le laïc ne se vexait jamais quand il se faisait rembarrer par l'un ou l'autre des locataires. Il savait que son heure arriverait tôt ou tard, qu'il aurait sa revanche et qu'elle ne serait rien de moins qu'éclatante. Et de fait, trois jours seulement après l'agression de Man Andrassamy, l'incube jeta son dévolu cette fois sur le premier étage. C'est-à-dire sur Man Florine en personne ! L'âme, le pilier, de l'immeuble. Sa mémoire, comme disait admiratif Me Dorimont, l'avocat mulâtre.

— Vous êtes une véritable institution, ma bonne dame, avait-il coutume de lancer à la cantonade.

Elle était aussi, avec le clarinettiste, le réveille-matin de l'Hôtel du Bon Plaisir. Dès les premières lueurs du devant-jour, elle se mettait à entonner des chansons canailles du Saint-Pierre d'avant l'éruption de la montagne Pelée, chansons dans lesquelles il était question de belles femmes-matador qui profitaient du carnaval pour mener la vie ou de l'absence de leur homme pour l'encornailler à tout-va. Une à une, les fenêtres s'entrouvraient et quelqu'un s'exclamait en créole :

— *Fout ou djé jòdi-a, makoumè!* (Qu'est-ce que tu es gaie ce matin, très chère !)

Ou alors en français :

— La vie roule à l'aise pour toi à ce que je vois !

Or, plusieurs jours d'affilée, la voix de la marchande de pistaches grillées n'enchanta plus le réveil des résidents de l'Hôtel du Bon Plaisir. Ses fenêtres demeurèrent obstinément fermées et on eut beau frapper à sa porte, personne ne répondit. Au moment où Beausivoir et Laverrière s'apprêtaient à défoncer celle-ci, une Man Florine hagarde en détacha le loquet et apparut sur le seuil. Titubant et n'arrivant pas à coller deux mots entre eux, elle désigna ses bras, son cou et le bas de ses jambes.

Ils étaient couverts de vilaines meurtrissures ! L'incube était de retour ! Louise-Julie Vigier de Lamotte, avertie du phénomène, proposa, sans grande conviction dans la voix, de faire venir l'exorciste de l'évêché. C'est qu'en bonne Blanche créole qu'elle était, elle ne croyait guère à ce qu'elle appelait « les simagrées et autres démonstrations des nègres ». Ces histoires d'incube la laissaient de marbre car elle ne voyait pas pourquoi une créature qui avait sévi au Moyen Âge, en Europe, avant de disparaître complètement, entreprenait tout soudain de refaire des siennes par-delà l'Atlantique et cela plusieurs siècles plus tard. En grande liseuse qu'elle était devenue au fil des ans, passant allègrement de saint Augustin à Zola ou de Descartes à Paul Morand, elle avait acquis une certaine forme de scepticisme face à l'existence. Il lui arrivait même de s'interroger sur la réalité de sa foi chrétienne, elle qui continuait à accompagner ses deux sœurs, devenues à moitié débiles, au premier office du matin à l'église des Terres-Sainville. Quand elle sondait son âme, dans la solitude de sa chambre, devant le prie-Dieu qu'elle désertait de plus en plus souvent, il lui arrivait de ne plus croire ni au Bondieu ni au Diable. Alors, ces raconteries d'homme invisible ou d'incube la touchaient fort peu d'autant que son beau-frère, Pierre-Marie de La Ramée, ce goujat, cette brute épaisse, avait vendu l'immeuble à ce drôle d'avocat mulâtre, Me Dorimont, sur le dos duquel couraient toutes qualités de bruits peu flatteurs. Mais, par affection pour ce bâtiment dont elle avait tellement rêvé pendant son bref passage au couvent, qu'elle avait conçu, construit pratiquement de ses mains, en qui elle avait placé toute sa compassion pour le genre humain (et non pour la seule négraille comme l'en accusait la caste blanche), elle continuait à veiller à ce que les choses se passent le moins mal possible entre les différents locataires en dépit des jalousies et des haines recuites qui les opposaient. Mais lorsqu'elle tenta d'imposer sa solution pour chasser l'incube, à la stupéfaction de tous, Victorin Helvéticus, qui s'était toujours montré jusque-là d'une politesse proche de l'obséquiosité avec elle, s'insurgea :

— Ah non, chère dame ! Pour une fois, souffrez que je vous demande de bien vouloir vous occuper de ce qui vous regarde ! Les incubes ne se sont jamais attaqués aux femmes blanches créoles, que je sache. Vous n'avez donc pas votre mot à dire dans cette affaire.

Et le laïc, s'éclaircissant la gorge et prenant le ton vainglorieux qu'il affectionnait en de telles occasions, d'expliquer que dès le début de la colonisation des isles d'Amérique, au XVIIe siècle, la femme blanche avait été l'élément le plus protégé de la nouvelle société qui se mettait en place et en viendrait à prendre l'appellation de « créole ».

À l'époque, pérorait-il, sous le regard perplexe des autres locataires encore sous le coup de l'émotion et de toute façon peu disposés à subir une leçon d'histoire, les voyages étaient longs et difficultueux. Un mois et demi, parfois deux si les vents avaient tardé à se manifester. Sans compter les tempêtes et autres cyclones, pour ne rien dire des boucaniers, flibustiers, corsaires et autres pirates. Seuls les cadets de famille, individus sans perspective de recevoir un quelconque héritage donc, les ruffians des villes et les paysans mal dégrossis des campagnes profondes de Vendée, du Poitou, de Normandie et de Bretagne acceptaient de s'embarquer dans ce qui était une véritable galère, au sens propre comme au figuré. La seconde catégorie de colons était considérablement plus nombreuse que la première contrairement à ce que cherchent à nous faire accroire les Blancs créoles d'aujourd'hui.

— Monsieur Helvéticus, je vous en prie, lui coupa la parole Louise-Julie de Lamotte, je ne suis pas sûre que tout cet étalage de science nous soit d'un bien grand secours en la circonstance et…

— Ah non, non et encore non, chère dame ! Souffrez d'entendre au moins une fois dans votre vie la véritable histoire de vos ancêtres !… Je disais donc que tout au long de ce fameux XVIIe siècle les femmes blanches firent cruellement défaut à nos vaillants conquistadors et qu'ils assaillaient de missives ce pauvre cardinal de Richelieu, le pressant de leur en expédier sans quoi ce serait la fin du rêve de fondation d'un empire français dans le Nouveau Monde. Alors, bon, Richelieu dut se résoudre à embaucher, si je puis m'exprimer ainsi, des péripatéticiennes qui officiaient sur les quais de Nantes, La Rochelle ou Bordeaux. Et lorsque sa maréchaussée n'en ramassait pas suffisamment, elle n'hésitait pas à se servir dans les orphelinats, y choisissant sans état d'âme des fillettes de treize ou quatorze ans. Mais — et c'est là que l'affaire devient intéressante — ces ribaudes et ces orphelines, une fois qu'elles avaient posé le pied aux isles d'Amérique, ne devenaient rien de moins que des reines. Oui, de véritables reines ! Les colons se les disputaient, ne prêtant aucune attention à leurs défauts physiques ou aux maladies dont beaucoup étaient porteuses. Une fois que la canne à sucre eut enrichi ces messieurs, ils installèrent leurs dulcinées dans de somptueuses villas entourées de parcs fleuris et leur interdirent toute forme de travail manuel. Une femme de béké n'avait pas le droit ne serait-ce que de recoudre un bouton ! Quant à laver, repasser, cuisiner, langer leurs nourrissons, voire les allaiter, tout cela reposait sur les épaules de la négresse et parfois de la mulâtresse. Trois siècles que ça a duré, mes bons amis ! La putain européenne s'était donc muée en sultane des tropiques et il suffisait qu'un esclave nègre ose lever les yeux sur elle pour qu'il soit châtié sur-le-champ.

La marchande de pistaches grillées, entre-temps, avait fini par retrouver ses esprits. Elle semblait pressée de voir ses voisins évacuer son appartement, redoutant leur curiosité malsaine, et, se saisissant d'un balai rangé derrière une porte, elle se mit à nettoyer le sol avec énergie. Chacun comprit le message et l'on se retira, de mauvais gré, tout en continuant à l'abreuver de paroles de réconfort. Beausivoir promit de fendre le foie de l'incube si jamais il réapparaissait, brandissant son fusil à deux gueules tel un matamore. Jean-André, le clarinettiste, assura qu'il connaissait un morceau de jazz si frénétique que la créature battrait en retraite dès les premières notes.

— N'oubliez pas qu'au bal nègre de la rue Blomet, à Paris, j'ai joué avec les plus grands jazzmen noirs américains ! se rengorgea-t-il.

Justina Beausoleil, quant à elle, promit de rapporter une fiole d'eau bénite par Monseigneur en personne.

Sur le palier, Louise-Julie prit l'instituteur retraité à part :

— Helvéticus, ne me dites pas que c'est vous qui vous livrez à ce genre de manigances !

— Moi ! Ha-ha-ha-ha !... Je suis un agnostique, chère dame, et je ne crois pas du tout à l'existence de créatures surnaturelles...]

Ce que Nini Jolicœur cachait avec soin à ses colocataires de l'Hôtel du Bon Plaisir, c'est qu'elle avait fait partie du premier contingent de bonnes antillaises qui s'en étaient allées, à compter des années 1930, enchanter les cuisines des demeures bourgeoises du XVIe arrondissement de Paris. La mode en avait été lancée par d'anciens coloniaux qui vantaient la succulence des plats créoles et la serviabilité extrême de celles qui les préparaient. Sans compter, ajoutaient certains d'un ton égrillard, que ces jeunes femmes sont autrement plus affriolantes que leurs consœurs bretonnes. Son départ pour « Là-bas », comme on désignait la France en ce temps-là, fut le résultat d'un concours de circonstances pour le moins extraordinaires, de celles qui obligent à croire qu'il existe soit un bon Dieu tout-puissant qui régit l'existence humaine soit une destinée déjà écrite dans un livre caché. En effet, Nini venait de quitter l'école, qu'elle avait suivie jusqu'à l'âge de neuf ans, ce qui était rare, mais qui s'expliquait par le fait qu'elle était la petite dernière, l'enfant chérie de son conteur de père, et surtout qu'on n'avait pas besoin de ses bras sur la parcelle de morne que celui-ci avait défrichée illégalement sur les terres domaniales. Nini avait pas moins de onze frères et sœurs. Quinze si la coqueluche n'était pas venue faire des ravages dans la commune du Lorrain, y compris dans les hauteurs du Morne Capot où vivaient les Jolicœur.

— Ma fille apprendra la couture, avait décidé le père de Nini qui l'envoya chez une sienne connaissance qui tenait magasin au bourg.

Deux inusables machines à coudre Singer y fonctionnaient nuit et jour et ce n'est pas pour employer une expression toute faite : Man Alphonsine, la patronne, était infatigable. Acceptant plus de commandes que ne lui permettait son personnel (deux jeunes femmes revêches), elle se trouvait souventes fois contrainte de pédaler jusqu'au plus noir de la nuit alors que les honnêtes citoyens s'étaient barricadés depuis longtemps dans leur chambre afin d'éviter tout le lot de malfaisances qui s'abattait sur le bourg : chevaux-à-trois-pattes, antéchrist, cercueils volants, incubes assoiffés d'hymen et consorts tiraient parti du fait que les lieux n'étaient éclairés en tout et pour tout que par quatre poteaux électriques disposés le long de son artère principale dite la Rue-Devant. Toutes les autres étaient plongées dans un faire-noir inquiétant où seuls osaient s'aventurer ceux qui avaient les mains sales ou qui travaillaient de la main gauche, manière de dire que ces gens-là fricotaient avec les forces du Mal. Bien qu'habitant la Rue-Derrière, Man Alphonsine ne les craignait aucunement.

— *Man pa jenmen dérespekté Djab, man pa ka wè poutji Djab ké vini terbolizé mwen !* (J'ai jamais manqué de respect au Diable, je vois pas pourquoi il viendrait m'embêter !) assénait-elle à ceux d'entre ses voisins ou ses clients qui s'inquiétaient de son audace.

Elle accepta donc de prendre la petite Nini sous son aile, en remerciement des trois soirées au cours desquelles son père, le conteur Jolicœur, avait accepté d'officier à la mort de la mère de la couturière, cela au moment où un cyclone méchant avait ravagé le pays, abattant les arbres et coupant les routes, chose qui interdisait toute veillée digne de ce nom. Alors que les voisins n'avaient fait qu'acte de présence, trop occupés qu'ils étaient à rafistoler leurs cases ou à mettre leur bétail à l'abri, maître Jolicœur, stoïque, avait tenu à dérouler son chapelet de contes jusqu'à ce que le temps se calme et que les chemins redeviennent praticables, ce qui lui valut une reconnaissance éternelle de la fille de la défunte. De loin en loin, elle lui taillait gratuitement une chemise-veste ou un pantalon. L'accueillait à déjeuner les rares fois où il descendait au bourg.

Le premier soir où Nini prit possession de la chambrette du premier étage qu'elle avait mise à sa disposition, Man Alphonsine lui lança :

— Tu es une chair fraîche, mets-moi cette culotte noire à l'envers avant de te coucher, s'il te plaît !

De ce fait, aucun des gandins qui se mirent subitement à rôdailler autour du magasin de couture ne put forcer l'intimité de la jeune fille, ni avec l'aide du Diable ni avec les paroles avec lesquelles ils lui sucraient les oreilles. Jusqu'au jour où un marin blanc retraité s'installa dans le bourg avec sa femme négresse. Un homme bourru, toujours vêtu de son uniforme, qui améliora son créole en six-quatre-deux grâce aux parties de dominos qu'il disputait dans les cases à rhum et qui devint l'attraction du bourg. L'après-midi, il passait de maison en maison, faisant la causette avec les femmes ou rigolant grassement avec les hommes, racontant ses tournées-virées dans des pays aux noms extraordinaires tels que Java ou Tahiti. Il devint le bon ami de Man Alphonsine qui chaque fois qu'elle voyait approcher son ombre lançait à la cantonade :

— Ah, merci au ciel de m'avoir attribué un désennuyeur ! La vie est tellement monotone par ici...

L'ancien marin se faisait un grand plaisir de couvrir de sa voix de stentor le bruit des pédales des machines Singer, cela sans que ni la couturière ni ses deux employées ne l'interrompent jamais. Il avait fallu l'arrivée de la petite Nini pour qu'une telle chose se produise et l'homme, un peu interloqué, avait lancé à Man Alphonsine :

— Mais cette enfant a de la jugeote, ma bonne dame ! Il ne faut pas la laisser ici. Vous n'avez personne chez qui la mettre en pension en ville ?

— Nini est une fouineuse, oui ! Elle n'a pas à se mêler des paroles des grandes personnes, tonnerre de Brest !

— Laissez-moi en discuter avec ses parents, je vous en prie ! insista le marin.

— Inutile de perdre votre temps ! Cette fillette sera couturière, point à la ligne. D'ailleurs, elle a déjà quitté l'école depuis deux ans. C'est bien ça, Nini ?... Et puis, en ville, c'est plein de tentations, de mauvaises genses. Ici, elle est dans de bonnes mains !

Comment le vieux Blanc parvint-il à trouver le père de Nini ? De quelle façon réussit-il à le convaincre de s'occuper personnellement de son éducation ? Nul ne le sut jamais dans ce bourg du

Lorrain où le seul moyen de ne pas périr d'ennui était soit de brocanter des ragots soit de s'assembler face à l'église pour espionner mariages ou enterrements. On vit la fillette déménager de la Rue-Derrière au Bord de Mer où vivait le couple de retraités, cela du jour au lendemain. Bientôt, Nini se mit à parler presque exclusivement le français et, comble du comble, avec un accent-France qui jurait, maugréait-on, avec son teint couleur de chocolat brûlé. Sans compter qu'elle écalait les lèvres au moment de vous répondre ! Elle accompagnait fièrement la femme du vieux marin à la messe du dimanche matin, celle-là s'appuyant sur son bras parce qu'elle souffrait de rhumatismes. Nini était en passe de devenir une jeune fille de bonne famille. La retraite du couple lui assurait un train de vie bien supérieur à la moyenne des Lorrinois et ils ne regardaient pas à la dépense s'agissant de leur protégée. D'aucuns prédisaient à Nini un avenir de princesse. Un beau mariage avec un homme blanc aux yeux bleus et aux cheveux jaune mangue-zéphirine comme ces acteurs de cinéma devant lesquels on écarquillait les yeux à la salle paroissiale. Un Johnny Weissmuller, quoi ! Le rêve de toute jeune négresse ou mulâtresse ! De fait, un beau jour, plus de Nini. Envolée. Disparue même ! Les langues s'en baillèrent à cœur joie, mais la clé du mystère ou plutôt le comment du pourquoi ne fut trouvé que deux mois plus tard, lorsque maître Jolicœur s'en vint conter au domicile de sa vieille amie la couturière qu'une congestion avait terrassée alors qu'elle s'échinait sur sa Singer depuis des jours et des jours afin de satisfaire une grosse commande. Avant de prendre la parole au sein des veilleurs, le père de Nini fit la déclaration solennelle suivante :

— Pour que cessent les racontages sans queue ni tête, je tiens à vous annoncer que Nini est partie pour la France. Elle s'est vu offrir un bon travail et, croyez-moi, ce n'est pas de sitôt qu'on la reverra par ici !

En réalité, sa petite fille adorée avait été recrutée comme servante-cuisinière-repasseuse-femme de chambre chez les Maubert, famille bourgeoise qui possédait un vignoble en Aquitaine et deux hôtels particuliers à Paris.

*

La vie est une drôle de gredinerie ! Vous vous appelez Victorin Helvéticus, vous êtes un homme issu du peuple qui a réussi à la force du poignet, ou plutôt de son intelligence, à entrer brillamment dans la carrière d'instituteur et vous obtenez les palmes académiques au terme de seulement quinze années d'exercice, vous êtes sollicité pour des mandats électifs, vous présidez des bals de pompiers et des fêtes patronales, tout le monde vous salue bien bas dans la rue et puis, un beau jour, patatras ! Tout cela s'effondre d'un seul coup. Certes, d'aucuns peuvent me reprocher mon côté volage et le fait que j'ai dû convoler pas moins de quatre fois en justes noces. J'admets pleinement mes torts s'agissant de mes deux premières épouses qui, tout comme moi, avaient dédié leur vie à l'éducation du peuple et qui, de ce fait, ne transigeaient pas sur la morale. Firmine, la première d'entre elles, n'avait cesse de seriner à mes oreilles, en fin de journée, lorsqu'elle me voyait décrocher mon chapeau et m'apprêter à sortir :

— Victorin, comment peux-tu continuer à enseigner les principes moraux à tes élèves ? Bel exemple que tu donnes !

Je n'avais cure de ses admonestations. Le rendez-vous que j'avais obtenu d'une belle, laquelle m'avait fait languir parfois des années durant, était ma seule et unique préoccupation. En dépit de l'attitude réprobatrice de mon fils aîné, je gagnais le garage où se tenait, impeccablement astiquée, ma botte secrète : une superbe Fiat vert bouteille avec des sièges de couleur crème. Il n'en existait que trois à la Martinique à l'époque et, sur mon passage, je sentais bien le regard admiratif des femmes et envieux des hommes. En fait, j'avais toujours, en matière de relations amoureuses, plusieurs fers au feu. À force d'entendre mon collègue Lavelle, qui était membre du Parti communiste et qui s'employait en vain à m'y faire adhérer, user, dans ses interminables plaidoiries, de la formule « plan quinquennal », je l'avais reprise à mon compte (en mon for intérieur, évidemment). C'est que, pour dire la franche vérité, je n'étais pas un bougre pressé. Je savais attendre. Six mois, deux ans, cinq ans si nécessaire. L'essentiel était que le poisson fût dûment ferré. Le ramener à terre ou à bord au plus vite n'était pas ma préoccupation première. Les choses viendraient en leur temps, me répétais-je, et de fait mes plans quinquennaux finissaient presque tous par aboutir.

Quand je vivais encore avec ma première épouse, je fréquentais ainsi une chabine solaire, flamboyante, du Morne Pitault, une jeune négresse un peu taciturne de Rivière-Salée et une Coulie-Indienne à la chevelure interminable qui résidait au quartier du Mouillage, dans la ville martyre de Saint-Pierre. Cet éclectisme en matière de fréquentations féminines n'était pas un choix, mais le simple fait du hasard. En effet, je ne m'étais imposé qu'une seule règle : ne jamais fricoter avec une institutrice. C'était là, à mon sens, un moyen de limiter les possibilités d'être découvert, pas seulement par ma tendre moitié qui n'était d'ailleurs pas d'un naturel très fouineur, mais par tout ce lot de gens, de faux amis plus exactement, qui feignaient de me taper dans le dos ou de me donner l'accolade, mais qui nourrissaient une jalousie féroce à mon endroit.

À leurs yeux, il n'était pas normal que quelqu'un d'aussi foncé de peau que moi eût tant de succès auprès de l'autre sexe. C'étaient les mêmes qui se gaussaient du mot « négritude » que le poète Aimé Césaire avait inventé au moment où le deuxième conflit mondial avait éclaté en Europe et dont on découvrait à peine l'existence en ces années 1950 au cours desquelles l'avenir semblait à tous enfin radieux. Ces personnes, au teint clair donc, allaient partout disant que la poésie de Césaire était incompréhensible, une sorte de charabia qui ne pouvait plaire qu'aux cuistres et aux bourgeois assoiffés d'exotisme du Quartier latin mais qui, ici, aux Antilles, n'avait aucune pertinence. Il est vrai que, pour ma part, j'avais été dérouté par le *Cahier d'un retour au pays natal.* La toute première lecture que j'en avais faite fut laborieuse, pénible même, mais je devinais qu'il y avait, cachés derrière ces phrases insolites, un élan, une force qui parfois me bouleversaient. Mon éducation m'avait prédisposé à goûter Verlaine, Lamartine et Hugo qu'il m'arrivait de réciter lors des réceptions familiales, et Césaire bousculait sans ménagement mes certitudes.

Si ma première épouse était indifférente à mes lectures, la deuxième passait le plus clair de son temps à farfouiller dans mon bureau, persuadée qu'entre les pages de mes livres elle finirait par tomber sur quelque preuve de mon infidélité : lettre d'amour, numéro de téléphone ou note de restaurant. Curieusement, je me sentais plus vigoureux que jamais, la quarantaine venue, en matière d'accointances sexuelles. Je ne craignais plus de perdre mes moyens au dernier moment ou d'être rebuté par ces petits détails — odeur particulière ou coupe de cheveux — qui avaient le don, autrefois, de me les ôter sur-le-champ. En fait, j'étais peut-être devenu moins exigeant. Plus jeune, j'étais irrésistiblement attiré par le bombé d'un arrière-train ou l'arrogance d'une paire de seins. Désormais, j'étais devenu plus sensible à la voix des femmes, à leur rire, voire à leur façon de marcher. C'est pourquoi une certaine Héloïse de la commune des Trois-Îlets me fit chavirer le cœur en pleine rue, sans crier gare en quelque sorte. Je revenais d'une partie de cartes chez un collègue de l'endroit, un samedi en fin d'après-midi, et m'apprêtais à regagner ma Fiat, qui était toujours entourée d'une grappe d'admirateurs, lorsque j'entendis une voix. Je m'arrêtai brusquement sur le trottoir. Celle-ci provenait de la cour intérieure d'une maison aux magnifiques tuiles rouges, protégée par un mur d'enceinte. Je ne pouvais donc apercevoir la personne qui possédait ce timbre si étonnant. Cette voix, à n'en pas douter, était créole, mais elle différait totalement de toutes celles que j'avais entendues jusque-là. Elle n'était ni traînante ni canaille. Ni mièvre non plus. Elle était singulière, voilà ! Ne sachant que faire, je m'approchai, à pas comptés, de la maison, trente-douze mille pensées se bousculant dans ma tête. Au moment où j'allais sonner, au prétexte fallacieux de demander une bonbonne d'eau afin de remplir le radiateur de ma voiture, la voix me cloua littéralement sur place :

— Le beau jeune monsieur est en quête d'aventure ?

Une fenêtre s'entrebâilla et un visage, ni beau ni laid, apparut : celui d'une femme d'âge indéfinissable, arborant un sourire à la fois avenant et moqueur.

— Vous cherchez quelqu'un sans doute ? ajouta-t-elle. Allez, entrez donc ! Ma porte est largement ouverte dès qu'il s'agit de gens de bien !

Je pénétrai, tel un automate, dans un salon plutôt petit mais surchargé de statuettes, de reproductions de tableaux d'inspiration religieuse, d'encyclopédies qui n'avaient probablement jamais été consultées, et de babioles diverses. Pourtant, l'endroit n'avait aucunement l'air d'un bric-à-brac. On sentait qu'un ordre secret régulait l'ordonnancement des différents objets et qu'il eût suffi d'en déplacer un seul pour qu'il s'écroule. Deux vastes fauteuils étaient revêtus de coussins blancs brodés. Au mur, dans des cadres impeccablement lustrés, se détachaient deux visages austères, ceux des parents d'Héloïse de toute évidence.

— Vous… vous n'êtes pas inspecteur des contributions, j'espère ? fit-elle, soudain inquiète, et cela sans que le mélodieux de sa voix en fût le moins du monde affecté.

— Aucunement... Je suis instituteur à l'école primaire des Terres-Sainville.

— Ah, me voilà rassurée ! Ces bougres-là sont de vrais chiens-fer. Quand ils vous tombent dessus, ils sont prêts à tout chambouler juste pour trouver de quoi vous infliger un redressement.

J'étais complètement sous le charme d'Héloïse qui faisait bien son âge (elle avoua sans façons avoir quarante-trois ans) et qui n'était pas belle, mais qui, outre sa voix, était dotée d'une présence tout à fait étonnante. Elle se déplaçait avec agilité dans son salon, sans rien renverser, alors que je dus m'y reprendre à deux fois avant d'atteindre le fauteuil qu'elle me désigna. Nous bavardâmes jusqu'à onze heures du soir. Je n'avais pas vu le temps passer. Or, j'avais promis à ma deuxième femme de l'emmener au cinéma « Bataclan » pour voir le dernier péplum à la mode, *Ben Hur*. La séance commençait à dix-neuf heures ! Inutile de dire que je tombai en amour pour Héloïse, un amour déborné, dont les péripéties sont si rocambolesques que j'ai quelque peine à me les remémorer toutes, et qu'à dater de cet instant-là les jours de mon mariage furent comptés.

Une voix, un timbre de voix, m'avait séduit. Subjugué même...

*

(Journal d'un nègre réprouvé.

On jurerait que certains mots ont été inventés pour caractériser certaines races. Prenez le mot « hilare », par exemple ! Ne convient-il pas à merveille aux nègres ? Un nègre hilare, ça sonne bien, ça résonne juste. Bref, ça coule de source, n'est-ce pas ? Et qu'on ne vienne pas me dire qu'il s'agit d'une expression passe-partout ou d'un cliché raciste ! À l'Hôtel du Bon Plaisir, il n'y a que des nègres hilares, même quand ils font leur mauvaise tête comme c'est le cas de Justina Beausoleil ou qu'ils prennent un air socratique comme ce vieil instituteur hypocrite qu'est Victorin Helvéticus. Même quand le nègre est renfrogné ou qu'il se prend au sérieux, il n'en demeure pas moins hilare. Comique et laid, écrivait Césaire. C'est à n'en pas douter une marque génétique que cet imbécile de Gobineau n'a même pas su repérer.

Exercice philosophique : s'employer à ne plus être un nègre hilare. Car la philosophie ne consiste pas seulement à bâtir d'ingénieux systèmes de pensée, elle doit pouvoir nous apprendre à vivre au jour le jour. Mes maîtres sont Sénèque, Kierkegaard et Schopenhauer. Bouddha aussi. Cela depuis que j'ai découvert M. Chine, le boutiquier de notre rue, absorbé derrière son comptoir, entre deux clients, par un livre mystérieux qui semble lui donner la force de supporter leurs remarques acerbes, critiques et autres injures en plein visage sans en être le moins du monde affecté. Il se contente de leur sourire. Grâce à Confucius. De fait, un Chinois n'est jamais hilare.

Passage à la pratique : il ne s'agit pas non plus pour moi de jouer au nègre sérieux. Ce pays a déjà un trop-plein de gréco-latins basanés, de philosophes-à-bretelles et de républicains coloniaux. Non seulement ça s'écoute parler, mais surtout ça écoute le français parler dans sa tête et les voilà qui tombent en pamoison devant leur propre image ! Je veux, de plus en plus, habiter le créole, ce prétendu patois que leur école a cru m'interdire à tout jamais. Ce créole que ma mère parlait, faute d'autre chose, mais qu'elle avait banni de ma bouche. Ou kay palé bagay sal tala déwò, si ou lé, pa lakay-mwen, ou tann! *(Tu vas parler cette chose sale dehors, si tu veux, pas chez moi, tu m'entends!), me répétait-elle sans arrêt.*

Comment, en effet, peut-on s'imaginer pouvoir se déprendre de l'Autre quand à longueur de temps sa langue campe dans notre esprit ? J'aime le néologisme fabriqué par Boisrond-Tonnerre, le secrétaire particulier de Jean-Jacques Dessalines, fondateur de la République d'Haïti : le mot français « lugubre » dans nos consciences. Lugubrer, c'est exactement le terme qui convient ! Ce mot qui charrie tout à la fois stridence, lancinance, ombre, douleur, mystère. Il évoque mieux que tout autre ce qui vient me hanter parfois la nuit. Stupeur de l'esclave enchaîné à fond de cale au moment où une terrible tempête frappe le bateau négrier. Je me réveille alors en sursaut, le corps baigné de sueur, le cœur chamadant à tout-va, et je suis pris d'un besoin irrépressible de courir.

C'est donc dans le langage bricolé de mes ancêtres que je prends plaisir à échanger avec le chef de la meute de chiens sans maître qui, à la nuit close, investit Fort-de-France. Des esprits bornés prétendent qu'il s'agit d'un humain qui se métamorphose en chien pour accomplir des malveillances. Ils s'appuient sur le fait que les autres molosses semblent lui obéir au doigt et à l'œil, si l'on peut dire. Pour ma part, je n'ai point ce genre de préventions. La-Peau-d'Oignon est une créature plus avisée et mille fois plus sociable que la plupart des soi-disant êtres humains que je connais.

Courir-courir-courir ! Droit devant moi...)

*

Il faisait si chaud en début d'après-midi dans son bureau du commissariat, pourtant situé au troisième étage du bâtiment, qu'il avait fait installer deux ventilateurs plafonniers en plus du petit qui était posé en face de lui sur une pile de dossiers. Néanmoins, une sueur irritante s'entêtait à lui couvrir le front qu'il essuyait d'un geste machinal, essayant de bouger le moins possible, avachi qu'il était sur son fauteuil en faux cuir. Émile Montargis, huit mois après son arrivée à la Martinique, se demandait encore quelle faute grave il avait bien pu commettre pour qu'on l'ait muté, quasiment du jour au lendemain, de son cher Poitou natal jusqu'à cet autre côté de l'Atlantique où certes flottait le drapeau français, mais où tout, ou presque tout, différait de la métropole. La couleur de peau, la cuisine, la musique, la langue. Enfin, la langue, la langue, c'est beaucoup dire ! Disons cet idiome que les natifs appellent le créole et qui a, par moments, des airs de patois poitevin. Natif de Tiffauges, Montargis était un pur produit de l'école républicaine. Grâce à elle, il avait pu échapper à la glèbe, cette terre lourde et noire à laquelle pas moins de six générations de ses ancêtres avaient été attachées, ancêtres qui justement baragouinaient plus le français qu'ils ne le parlaient. D'où son étonnement, à sa débarquée à la Martinique, de constater que l'école, bien que relativement développée pour un pays si lointain et si exotique, n'avait pu éradiquer l'idiome local. Étonnement redoublé face à la qualité du français qu'aimaient à exhiber les élites chaque fois que l'occasion se présentait. Bref, le commissaire de Fort-de-France n'était toujours pas parvenu à se faire à sa nouvelle affectation. À s'acclimater. Ici, jamais de vraies enquêtes à mener. Jamais de suspect ou de coupable à rechercher. Les crimes et délits étaient d'une limpidité stupéfiante. Qui frappait, volait ou tuait le faisait en toute connaissance de cause et sans aucune velléité de se cacher, certains se montrant presque soulagés de se rendre aux forces de l'ordre !

— Expliquez-moi ce fichu pays ! avait-il demandé à maintes reprises à un professeur de lettres du lycée Schœlcher, originaire de Nantes, avec lequel il s'était lié d'amitié au cours d'un cocktail organisé par la préfecture.

— Il n'y a rien à comprendre, mon cher… lui avait glissé l'homme qui était marié à une Martiniquaise et qui semblait évoluer comme un poisson dans l'eau dans tous les milieux de la société insulaire. Ou plutôt si ! ajouta-t-il, un brin ironique. Il y a tout à comprendre, mais je doute fort que vous disposiez du temps nécessaire pour cela. À moi, il a fallu pas moins d'une décennie pour commencer à pénétrer la mentalité créole et au terme de ma seizième année dans ce pays, bien que j'y aie fait deux enfants, j'avoue qu'il y a encore certaines choses qui m'échappent. Tenez, leur susceptibilité exacerbée ! Vous ne pouvez pas ne pas l'avoir remarquée. Et encore, quand je dis exacerbée, je suis gentil. Je devrais plutôt dire maladive. À quoi est-ce dû ? Aux séquelles de l'esclavage ? À la persistance du préjugé de couleur ? C'est l'explication généralement admise, mais elle me semble un peu courte. Cette abominable institution a été abolie il y a maintenant un siècle et d'ailleurs certaines familles mulâtres — et c'est surtout dans cette classe que la susceptibilité est grande ! — ont acquis leur liberté un demi-siècle au moins avant 1848.

— 1848 ? fit Montargis, perplexe.

— Ha-ha-ha !... Renseignez-vous, mon cher. Ce pays, aussi petit soit-il, aussi éloigné de notre bonne vieille Europe qu'il se trouve être, possède quand même une histoire, figurez-vous. 1848 est la date de l'abolition de l'esclavage. Vous ne le saviez pas ?

— Non... avoua piteusement le commissaire.

— Enfin de l'abolition définitive, je veux dire, puisque la Révolution française l'avait déjà fait une première fois.

Dès lors, Montargis commença à fréquenter la bibliothèque Schœlcher où il se mit à lire au hasard tous les livres traitant de la Martinique qui lui tombaient entre les mains, empruntant les plus intéressants. Par les après-midi de grande chaleur, lorsque le commissariat était calme, qu'au guichet du rez-de-chaussée aucun plaignant ne venait brailler, que dans la courette intérieure les policiers de garde jouaient aux dominos, il se tassait sur son fauteuil, s'appliquant à ne pas bouger d'un millimètre, et se renseignait sur les mœurs et coutumes du pays. Les ouvrages traitant du quimbois, cette sorcellerie créole, l'intéressaient tout particulièrement. Mais il prenait aussi plaisir à lire les chroniqueurs du XVIIe siècle, en particulier cet étonnant Père Labat et son non moins étonnant *Nouveau voyage aux isles de l'Amérique*, les biographies ou autobiographies de planteurs blancs créoles du siècle suivant, celui au cours duquel le sucre de canne enrichit fabuleusement les Antilles, et même quelques poètes mulâtres de la toute fin du XIXe siècle tels qu'Osman Duquesnay ou Daniel Thaly. Au fil des mois, le commissaire Montargis devint un véritable connaisseur en matière d'histoire et de culture locales, mais s'appliqua à n'en rien laisser paraître. Il préférait jouer au métropolitain ahuri que les créoles pensaient pouvoir couillonner à leur guise, posant des questions faussement naïves ou tirant des conclusions qui leur arrachaient des sourires ironiques. Mais le hiatus existant entre sa connaissance livresque du pays et la vie réelle de ses habitants, celle de tous les jours, ne manquait pas de le laisser perplexe.

— Ça te sert à quoi d'ingurgiter tous ces bouquins, si ça ne t'aide pas à faire avancer plus vite tes enquêtes ? lui avait lancé un jour sa femme, excédée.

Pour sa part, elle ne s'embarrassait pas de considérations intellectuelles. Elle s'était plongée dans le milieu ambiant sans réfléchir et maniait déjà le créole grâce à sa petite bonne et aux vendeuses de légumes du Grand Marché qui s'extasiaient sur sa blondeur. Aussi ne comprit-elle pas l'attitude de son mari lorsque celui-ci se mit en tête d'élucider le premier meurtre qui s'était produit dans ce curieux établissement des Terres-Sainville appelé l'Hôtel du Bon Plaisir qu'elle n'avait fait qu'apercevoir de loin une ou deux fois. En effet, non seulement celui-ci s'était produit une bonne année avant qu'il ne soit muté à la Martinique, mais en plus voici qu'un second lui tombait dessus ! Et celui-là semblait autrement plus grave puisqu'il ne résultait pas d'une bagarre entre ivrognes, mais d'un crime crapuleux avec une mise en scène

« quasi vaudoue », comme l'avait relaté *La Paix*, l'hebdomadaire de l'Église catholique.

— Je suis sûr et certain qu'il y a un lien entre ces deux meurtres… bougonnait souvent Émile Montargis quand il s'attablait pour le dîner.

Son épouse et son fils faisaient mine de ne pas avoir entendu et se racontaient leur journée. Le gamin s'était très vite fait des amis et avait intégré l'équipe des minimes du Club Colonial qui s'entraînait sur la place de la Savane deux après-midi par semaine. Au sortir du collège Perrinon, à seize heures, il se précipitait à la Jetée et, du haut du quai qui jouxtait la plage de la Française, rivalisait de plongeons acrobatiques avec les garnements noirs des quartiers populaires. Lui aussi s'était adapté sans difficulté au pays. Tout cela agaçait prodigieusement le commissaire même s'il n'en laissait rien paraître. Il se disait qu'au fond il était confronté aux mauvais côtés de la vie locale alors que sa femme et son fils avaient droit aux meilleurs. Pas une semaine, en effet, sans qu'un concubin jaloux ne corrige sa compagne à coups de coutelas, qu'une bande ne dévalise une villa ou ne viole une pauvre fille sans défense ! Et les deux inspecteurs et les cinq policiers qu'il avait sous ses ordres étaient trop peu nombreux pour pouvoir s'occuper de toutes ces affaires. D'ailleurs, ils donnaient l'impression d'être devenus blasés. À moins qu'ils ne le fussent de naissance, songea par-devers lui Émile Montargis qu'un tel comportement ulcérait. Lui, il avait fait le choix de la police en toute connaissance de cause. Il aurait fort bien pu devenir instituteur, greffier ou fonctionnaire municipal. Défendre la loi et l'ordre, protéger la veuve et l'orphelin lui avaient paru un destin bien plus exaltant. Aussi ne supportait-il pas ceux qui avaient fini par endosser l'uniforme soit parce qu'ils avaient échoué partout ailleurs soit parce qu'ils s'imaginaient avoir là une manière de sinécure. En clair, le commissaire n'appréciait pas du tout ses adjoints !

— Votre enquête, elle en est où ? lançait-il dès son arrivée le matin aux deux inspecteurs, résigné à l'idée qu'ils lui sortent leurs habituelles banalités.

Or, cette fois, grande fut sa surprise de les voir se réveiller de leur léthargie. Le meurtre de l'Hôtel du Bon Plaisir, le deuxième, semblait les passionner. Sans doute parce que la sorcellerie y était mêlée, pensa-t-il.

COMÉDIE CRÉOLE ACTE V

À force-à force, comme nous disons en notre langage qui aime à répéter (sans doute parce que nous avons dû le forger à la va-vite, dans l'affolement des cales du bateau négrier et la frénésie de la roulaison, moment où se récolte la canne à sucre), à force-à force, nous nous résignons à l'innommable que d'ailleurs nul ne voit plus comme tel.

Telle est la mesure de nos vies.

L'errance bavarde, la folie douce, l'entêtement dans le désespoir ou le déni de soi, la joie sauvage du carnaval ou le sérieux comme tête de pain rassis, le coup de canif ou de coutelas qui conduit l'autre en Galilée, le recours au dieu imposé et aux divinités barbares tout à la fois, l'éructation ou l'envolée lyrique.

La haïssance débornée et l'heureuseté si-tellement désirée…

Tu as beau déployer la plus grande des maestrias dans l'art de jouer à la clarinette, imprimer un rythme endiablé aux soirées du « Petit Balcon », faire tourner la tête à plus d'une madame bourgeoise ou jeune fille de bonne famille, lorsque le bal est fini, les violons rentrent dans leur sac. Le proverbe créole ne ment pas sur la vérité. Tu ne t'étais jamais intéressé auparavant à ces courtes phrases sentencieuses que dans ta lointaine campagne de Morne-des-Esses, du temps de ton enfance, ta mère et tes tantes aimaient à se servir pour philosopher sur la vie ou conjurer le destin. Tu savais déjà ta vie à toi toute tracée : tu deviendrais musicien et rien d'autre quoi qu'il pût t'en coûter. Coupeur de canne, ce n'était pas pour toi. Ni muletier ni ouvrier de distillerie. Non pas que tu eusses du mépris pour ces professions, mais parce que tu savais au plus profond de toi que si tu ne parvenais à vivre de la musique, tu en serais malheureux toute ta vie. Sans doute ta mère eut-elle la même prescience car dès que le conseiller municipal de Morne-des-Esses la mit en rapport avec le professeur de musique de La Trinité, elle t'y conduisit sans délai.

L'homme, un célibataire endurci, évoluait dans un monde à part. Bien que sa maison donnât sur la baie, il ne s'aventurait que le soir venu sur son balcon, quand il était sûr que les rues et surtout la grand-place s'étaient vidées. À l'époque, tu ignorais que cette maladie avait pour nom « agoraphobie ». Les voisins du maître de musique aussi, sans doute, qui l'appelaient tantôt « le vieux garçon » tantôt « l'homme-tonnerre » parce que les rares fois où il était contraint de sortir de chez lui en plein jour, par exemple pour se rendre à la pharmacie, il apparaissait tout soudain, comme s'il avait été jusque-là invisible, faisant sursauter les gens.

Il considéra ta mère avec la plus grande circonspection, lui faisant répéter par trois fois le nom de celui qui l'avait recommandé, feignant de ne pas le connaître, avant de vous faire asseoir dans la cuisine où officiait une vieille servante sourde à qui il demanda, par gestes, de vous préparer une tisane. Il avait plu ce jour-là et vous étiez tous les deux, ta mère et toi, trempés. Il vous observa d'un air perplexe pendant de longues minutes avant de déclarer que ses leçons étaient payables d'avance. Ta mère déposa une bourse sur la table d'un geste maladroit, gardant les yeux baissés.

— Vous souhaiteriez que je le prenne en pension peut-être ? fit-il.

— C'est… c'est ça, monsieur…

— Fort bien, mais à ce compte-là, vous devrez en plus m'approvisionner en fruits, légumes et volailles chaque semaine.

— Ce sera fait, monsieur… merci du fond du cœur ! Le bon Dieu vous bénira.

Ta mère était agitée par une légère tremblade.

On devinait qu'elle était tiraillée par l'idée de retirer ses pieds vitement-pressé de cet univers sinistre où elle semblait regretter à présent de devoir t'abandonner. Tu étais, quant à toi, à mille lieues de telles craintes car la seule vue du violon et de la clarinette accrochés au mur t'avait tout simplement transporté d'enthousiasme. Il y avait un peu partout des instruments de musique : une guitare espagnole, deux trombones, une flûte traversière et, dans une petite pièce adjacente, un piano. Et aussi nombre de pupitres sur lesquels étaient ouvertes des partitions. Un monde nouveau s'ouvrait à toi, celui de la vraie musique, loin des quelques notes un peu monotones que tu tirais de la flûte en bambou héritée de ton ex-beau-père. Un monde où la musique s'écrivait et donc pouvait se transmettre. Et de fait, tout au long des cinq années que tu passas chez ton professeur, dans la ville de La Trinité, tu eus le sentiment de flotter sur une mer de félicité. Car, sentenciait-il :

— Pour devenir un bon musicien, il faut savoir écouter. Il faut tendre l'oreille, jeune homme.

Tôt le matin, très tôt puisque le ciel commençait à peine à rosir, il te convoquait dans sa chambre, te faisant asseoir sur le bord de son lit, et, religieusement, allumait un poste de radio aux dimensions, à tes yeux, démesurées, qui, tel un objet rare, était posé sur un guéridon. Le maître ne changeait jamais de station. Radio-Martinique diffusait, assurait-il, la seule musique qui vaille, à savoir la classique. Bach, Beethoven, Tchaïkovski et d'autres noms difficiles à retenir. Il fermait alors les yeux, allongé de tout son long, son peignoir violet lui baillant l'air d'un spectre, et, de l'index de sa main gauche, il battait la mesure. Cela durait jusqu'aux environs de sept heures qu'égrenait une imposante horloge de parquet en bois d'acajou, moment où, sans frapper, sa servante irruptionnait dans la chambre, un plateau à la main. Chocolat à la cannelle pour le maître, bouillie de toloman pour toi comme si tu étais encore un bébé dans ses langes. Tu n'osais te révolter contre l'attitude qu'avait d'emblée adoptée Da Ismène à ton égard. Le soir, elle t'empoignait sans crier gare et t'entraînait sous une douche extérieure, située dans un minuscule patio où elle te savonnait énergiquement en marmonnant :

— *Ti neg, fok yo benyen bien pwop, fout !* (Les petits nègres doivent se laver très proprement.)

D'autorité, elle te choisissait un short et un tricot dans le trousseau qu'avait apporté ta mère et elle te vêtait elle-même, toujours en parlant dans sa barbe, sans te demander ton avis. Le matin, tu allais seul à la toilette, Da Ismène s'employant, chaque jour que Dieu faisait, à récurer les quatre pièces de la maison de fond en comble, exigence du maître de musique qui t'attendait dans celle qui était réservée aux leçons (il recevait une dizaine d'élèves, tous de bonne famille) et, bras croisés, te jaugeait avant de t'indiquer une chaise, jamais la même.

— Pas d'habitude chez moi ! t'avait-il prévenu. Rien de pire pour un musicien.

Les autres élèves entraient sans te saluer et se tenaient sagement à leur place, un cahier sur les genoux. C'est qu'avant d'en venir au solfège, le maître tenait à vous enseigner l'histoire de la musique, laquelle histoire se cantonnait à celle de l'Europe. Il abhorrait les rythmes des îles hispanophones voisines que Radio-Martinique passait parfois et fermait d'un geste énervé le poste de radio lorsque quelques notes de cha-cha-cha ou de rumba avaient eu le malheur de s'en échapper. Il tolérait cependant les airs créoles à condition qu'ils s'en tiennent à la biguine ou à la mazurka. Sa phobie était le tambour qui — très rarement, il faut dire — se faisait entendre grâce au bel-air, sur les hauteurs de la ville.

— Musique de vieux nègres ! s'était-il exclamé un jour que tu avais voulu exprimer ton étonnement. Une musique qui ne s'écrit pas n'en est pas une. C'est comme le créole, d'ailleurs...

Tu passas d'austères années à étudier le solfège à ses côtés. Il t'enseigna le piano, beaucoup le piano, et un peu la flûte traversière. La clarinette, qui te tentait tellement, accrochée au salon, était purement décorative. Il se méfiait de cet instrument qui permettait de jouer des airs frivoles, disait-il. Cinq longues années durant ta mère fit le trajet de Morne-des-Esses jusqu'à La Trinité pour lui apporter de quoi t'entretenir. Tu attendais ce moment-là avec une impatience quasi incontrôlable. Mais ta mère, qui avait beaucoup vieilli à cause de la misère, n'extériorisait guère ses sentiments. Elle se contentait de te serrer longuement dans ses bras et de te poser un baiser furtif sur le front. Comme elle réglait tes leçons à la date fixée par le maître de musique, contrairement à certains parents d'autres élèves, pourtant bourgeois, il se montra au fil du temps presque amical avec elle.

— Ce garçon devrait aller étudier au Conservatoire à Paris ! lui répétait-il. Hélas, ça coûte les yeux de la tête, ma bonne dame.

Comme il te faisait travailler aussi le français, la

géographie et l'arithmétique, tu réussis au certificat d'études et au brevet d'études du premier cycle sans jamais mettre les pieds à l'école. Ta mère était très fière de ces parchemins qu'elle avait fait encadrer et disposés sur le buffet de la salle étroite qui servait tout à la fois de séjour et de salle à manger. Dès que tu venais passer les vacances à Morne-des-Esses, elle rameutait le voisinage pour leur montrer son petit prodige et la négraille de s'extasier sur tes manières qui, à les entendre, étaient devenues mulâtres. Entre-temps, le conseiller municipal du quartier avait changé, l'ancien ayant succombé à une crise de mal caduc. Le nouvel élu était plus jeune et moins roublard, en tout cas il s'efforçait d'aider ses concitoyens dans la mesure de ses moyens. Ce qui fait qu'un jour le destin frappa à nouveau à ta porte. En visite à Morne-des-Esses, le maire, Joseph Lagrosillière, ou plutôt Papa Lagros comme on le surnommait affectueusement, fut conduit au domicile de ta mère par le nouveau conseiller du quartier à la veille des fêtes de Pâques. Ce dernier te demanda de jouer un morceau. Tu fis merveille au violon, puis à la clarinette. Le premier édile en fut estomaqué.

— Votre rejeton est incroyablement doué ! J'en fais mon affaire, décréta-t-il.

Deux mois plus tard, une bourse spéciale du Conseil général de la Martinique t'était accordée afin de poursuivre ta formation au Conservatoire de Paris. Ta mère en resta sans voix des semaines durant...

*

Chaque nuit, depuis presque quarante-cinq ans, Léon Andrassamy repartait en Inde, pays de ses ancêtres. En rêve bien sûr. Et c'est pourquoi il adorait le voile d'obscurité dont elle drapait le monde et accueillait sa venue, très précoce à la saison de l'hivernage, avec une sorte d'exaltation qui étonnait toujours son entourage, à commencer par son épouse. Devi, ravissante créature, avait une douzaine d'années de moins que lui. Si elle gardait les cheveux longs, très longs, elle s'employait dans le même temps à dissimuler ou à effacer tout ce qui pouvait rappeler de près ou de loin son appartenance à la race indienne. Elle cherchait à se fondre dans la masse des créoles, refusant de participer aux cérémonies en l'honneur de la déesse Mariemen qui se déroulaient au quartier Au Béraud tout proche. À l'Hôtel du Bon Plaisir, elle évitait d'ajouter du curry ou du mandja à sa cuisine afin de ne pas importuner les autres locataires, surtout Man Florine qui avait l'odorat particulièrement fin. Il en résultait d'incessantes disputailleries au sein du couple, lequel s'était formé par pur hasard, là-haut, à Basse-Pointe, tout au nord du pays, lorsqu'une énième grève des coupeurs de canne s'était terminée de manière tragique. Le propriétaire d'une plantation, au demeurant l'un des moins scélérats d'entre les Blancs créoles, s'était fait décapiter alors qu'il tentait de parlementer avec un petit groupe de nègres et d'Indiens excédés. Comme il n'avait fallu qu'un seul et unique coup de coutelas pour le faire passer de vie à trépas, tout le monde en déduisit que celui qui avait tenu l'arme ne pouvait être qu'indien, ou, plus exactement, l'un de ces sacrificateurs qui, au cours des cérémonies en l'honneur de Mariemen, tranchaient avec maestria les têtes des moutons offerts à la déesse.

— Un nègre s'y serait pris à deux ou trois fois, supputa-t-on dans le bourg qu'une horde de gendarmes européens avait pris d'assaut.

Léon Andrassamy, sacrificateur de renom, se crut tout désigné et s'enfuit dans les hauts bois avec quelques camarades, endroit où il était impossible de survivre très longtemps faute de nourriture. À l'époque, Devi, qui n'était qu'une fillette timide, fut chargée de ravitailler clandestinement les rebelles, tâche dont elle s'acquitta avec un aplomb qui les stupéfia. Aucun d'eux ne savait qu'elle était protégée. À commencer par Léon, célibataire par manque de femmes de sa race, qui tremblait pour elle chaque fois qu'après leur avoir livré du fruit à pain cuit avec des tranches de morue séchée, elle redescendait en chantonnant jusqu'à la route coloniale aux abords de laquelle campaient des gendarmes montés tout spécialement de Fort-de-France. Pourtant, jamais Devi ne fut inquiétée car, avant d'entreprendre son périple à travers bois, son père lui faisait faire ses ablutions à l'aide d'une eau sacrée qu'il conservait précieusement dans une dame-jeanne cachée à l'en-bas de son lit. Il l'avait héritée de son père à lui qui avait fait partie des derniers convois d'immigrants, arrivés aux Antilles à l'extrême fin du XIXe siècle, et qui avait eu la chance inouïe de se voir rapatrier en Inde, quoique sans ses enfants, à la fin de son contrat.

— Enfin, quand on dit chance, soliloquait parfois Léon, il faudrait plutôt parler de destinée. Le grand-père de Devi se trouvait à Saint-Pierre au moment même où un brick anglais y faisait escale, un brick transportant des immigrants de la Guyane britannique qui rentraient au pays… Il accompagnait son patron, un béké du nom de Galion de Montaubert, pour y acheter des outils, des houes, des fourches, des choses comme ça. Personne ne sait comment il a réussi à convaincre le béké de lui signer son bon de rapatriement… Toujours est-il qu'à son retour à Basse-Pointe, de Montaubert est venu directement dans la case de la grand-mère de Devi pour lui annoncer la mauvaise nouvelle. À partir de ce jour-là, il en a fait sa femme-dehors. Voilà !

Mais celui qui avait lâchement abandonné sa famille leur avait laissé un bien précieux, plus que précieux même : une dame-jeanne remplie d'eau du Gange. En effet, pour convaincre les désœuvrés de Pondichéry, Karikal ou Yanaon de signer un contrat d'engagement pour les Amériques, certains capitaines de bateaux faisaient monter à bord des bacs d'eau censée provenir du fleuve sacré, eau qui était distribuée aux malades et avec laquelle on lavait ceux qui décédaient en haute mer. À l'arrivée, après la difficultueuse traversée de deux océans, chaque immigrant se voyait remettre une bouteille ou, plus rarement, une dame-jeanne contenant le précieux liquide. Ainsi le cordon ombilical n'était pas tout à fait coupé avec la terre natale, ce qui leur permettait de garder espoir, de tenir bon durant les cinq terribles années au cours desquelles ils n'auraient point à étendre du sucre au soleil, selon le mensonge éhonté que leur avaient servi les recruteurs, mais à couper la canne à sucre du devant-jour à la fin de l'après-midi sous l'œil féroce de commandeurs dont la bouche était prompte à l'insulte et au crachat.

En fait, les Indiens étaient sans autre forme de procès assignés à résidence sur la plantation d'où ils ne pouvaient sortir sans l'autorisation du béké. Si d'aventure l'un d'entre eux osait gagner le bourg de Basse-Pointe sans le sésame, il risquait de se faire arrêter et emprisonner pour vagabondage. Ainsi, les Andrassamy, les Velayoudon, les Péroumal et tout un paquet de familles indiennes se trouvaient casées qui à l'Habitation Gradis qui à l'Habitation Leiritz, les deux plus prospères de la région. Paternaliste à souhait, le maître de la première allait disant :

— Mes Indiens à moi... mes chers Coulis... Ah, de vaillants travailleurs, oui! Rien à voir avec ces feignants de nègres.

De là, la mésentente qui régnait entre ces deux races de couleur alors qu'elles ployaient journellement dans les mêmes champs de canne à sucre et recevaient la même monnaie de corde, appellation teintée d'ironie amère que le parler créole avait attribuée aux quelques sous que, le samedi midi venu, les économes leur baillaient en guise de salaire. Quoique Léon Andrassamy appartînt à la troisième génération, qu'il fût donc né à la Martinique, ses camarades nègres n'en continuaient pas moins à le considérer comme une sorte d'étranger. Qu'un certain activiste du nom de Govindin se fût battu corps et âme pour que le gouvernement octroyât aux Indiens la nationalité française, cela à l'orée du siècle, importait peu. Que désormais leurs enfants fussent acceptés à l'école n'améliora pas les choses, bien au contraire ! Léon n'avait rien oublié, trois décennies plus tard, des insultes et des chiquenaudes dont l'accablaient certains négrillons lorsqu'ils l'apercevaient, accompagné de ses petits frères, en train de descendre la route coloniale, sans chaussures, un cahier moult fois détrempé par la pluie sous le bras.

— *Ti Kouli, ou ka sanm an baton-balé. Tansion pa chalviré-tonbé, ou ké kasé an dé. Ha-ha-ha !* (Petit Couli, tu ressembles à un bâton de balai. Fais attention à ne pas tomber, tu risques de te casser en deux. Ha-ha-ha !)

Léon ne réagissait pas. Il continuait à avancer, les yeux rivés sur les roches du chemin. Stoïque ou résigné, cela dépendait des jours. À l'entrée de l'école communale, dès qu'ils l'apercevaient, des gamins farceurs l'entouraient et se mettaient à sarabander autour de lui en hurlant :

— *Kouli ka manjé chen, woy manman ! Kouli ka santi pisa, woy papa !* (Les Coulis bouffent du chien, oh là là ! Les Coulis puent le pissat, ho là là !)

Il fallait l'intervention, presque musclée, de leur maîtresse d'école pour mettre fin à son supplice, mais elle le faisait davantage pour ramener le calme que par compassion pour l'insignifiante personne de Léon. Mme Anna, une mulâtresse, ne cachait pas son mépris pour ses élèves, qu'ils fussent noirs ou indiens. Elle avait la peau claire et des reflets verts dans les yeux, ce dont elle semblait très fière. Dans sa classe régnait un ordre quasi militaire. Interdiction de gigoter sur son siège. Défense de parler créole. Et même de bavarder en français ! Une fois ses lunettes ajustées, sur un nez si pincé qu'on se demandait comment elle parvenait à respirer, la classe assise et la porte fermée, elle se saisissait d'une règle en plastique et passait dans les rangées, scrutant chaque élève d'un air inquisiteur. Mme Anna avait le don de repérer les oreilles mal nettoyées, les orteils maculés de poussière ou de boue, le bouton manquant ou le porte-plume abîmé. Elle entrait tout soudain en fureur, s'arrêtant à hauteur du fautif du jour :

— Toi, tu ne comprendras jamais rien ! Les leçons de morale que je m'épuise à vous faire chaque matin, ça vous rentre par une oreille et ça ressort par l'autre, hein ? Tu as encore du rhume au nez ! Il n'est pas assez épaté comme ça, il faut encore que tu le donnes en spectacle !

Terrorisé, le gamin se cintrait sur son banc, n'osant pas s'essuyer le visage. Mais la maîtresse était déjà passée à quelqu'un d'autre, la chevelure crépue des fillettes l'insupportant au plus haut point :

— Ta mère n'a pas honte de t'envoyer à l'école avec ce fil de fer que tu exhibes sur la tête ? Les peignes, elle ne connaît pas ? Elle s'imagine que des papillotes peuvent cacher ce spectacle !

Avec les enfants indiens, peu nombreux, elle semblait perplexe. De temps à autre, elle leur caressait machinalement les cheveux ; d'autres fois, elle les scrutait telles des bêtes curieuses. Hélas, sa magnanimité ne durait guère. Les quatre kilomètres séparant les plantations du bourg, par des chemins crevassés, poussiéreux à la saison du carême et boueux à la saison d'hivernage, avaient raison de leurs vêtements.

— Andra… Andrassa… Qu'est-ce que c'est difficile à prononcer, mon Dieu ! Andrassamy, voilà ! Tu es sale comme un petit cochon une fois de plus.

Dehors ! Allez, ouste !… La fontaine t'attend. Je ne commencerai pas la leçon tant que je n'aurai pas des élèves propres en face de moi.

Penaud, Léon se levait sous les ricanements de ses camarades et filait dans la cour. Plusieurs fois, il eut la tentation de s'enfuir. D'enjamber prestement la porte grillagée de l'établissement pour ne plus jamais y revenir, mais la seule idée de la roustance que lui infligerait son père l'en dissuadait. Ce dernier avait une manière d'antienne :

— Nous, les Indiens, on a payé notre dû ! Nous avons suppléé les créoles dans les champs, nous avons sauvé la Martinique de la ruine, eh ben il est grand temps pour nous de vivre à l'aise comme tout le monde.

Il répétait à qui voulait l'entendre que personne dans sa progéniture ne finirait dans la canne à sucre. Qu'il était désormais indispensable que les Indiens aillent à l'école, apprennent le français et un métier qui ne soit ni éreintant ni salissant. À cet effet, il se privait afin de leur acheter des livres, lesquels demeuraient intouchés, ces garnements préférant de loin drivailler à travers bois dès qu'ils en avaient la possibilité. La mère de Léon lui répétait d'une voix posée, mais ferme :

— Mon homme, tu rêves debout, oui ! Jamais le béké ne va permettre à nos enfants de quitter Gradis.

— On est devenus libres, me semble-t-il, s'encolérait celui qui était par ailleurs un vatialou, c'est-à-dire un interprète, très recherché pour les cérémonies hindoues. On n'appartient plus à personne, que je sache !

Sans doute savait-il au plus profond de lui-même

que ces paroles relevaient de la pure forfanterie car le jour où le maître de la plantation débarqua dans le hameau et s'arrêta sur le seuil de sa case, en fait la case qu'il lui louait, il ne broncha pas.

— Victor, tu sais que nous manquons de bras, mon cher, fit le Blanc créole d'un ton exagérément amical. La récolte a pris un sacré retard cette année et le commandeur Sylvestre a beau chercher ici, à Basse-Pointe, et ailleurs, au Lorrain ou à l'Ajoupa-Bouillon et même du côté du Morne-Rouge, il ne trouve personne qui accepte de nous bailler un coup de main. Donc, à toi de voir ce que tu fais ! Bonne journée...

Le béké n'avait nul besoin de se montrer plus explicite, la même scène se déroulant à intervalles réguliers devant les cahutes du hameau qu'occupait la race indienne. Le message était clair : il lui fallait retirer ses trois garçons de l'école pour les diriger vers l'embauchée du matin, dans la cour de la Grand-Case, demeure blanche à colonnes dont le perron monumental pouvait être distingué à cinq lieues à la ronde. Léon, qui allait sur ses quinze ans, pouvait déjà tenir un coutelas et deviendrait donc coupeur de canne. Les deux autres s'occuperaient comme « petites-bandes », ce qui veut dire qu'ils passeraient juste après les amarreuses pour dénicher les tronçons oubliés. Travail peu difficile, qui amusait négrillons et petits Coulis trop heureux de n'avoir plus à subir les remontrances d'un maître d'école, mais qui conduisait inéluctablement en enfer. C'était là le nom que l'on baillait, bouche cachée sous le bras, aux champs de canne à sucre qui escaladaient les contreforts de la montagne Pelée. Coupeur de canne, arrimeur, muletier y étaient les principaux métiers, quoique pour les plus chanceux ou les plus doués existassent ceux d'ajusteur, cuiseur ou mécanicien à la principale distillerie de la commune. Le poste le plus recherché, le plus enviable, était celui d'ouvrier de l'usine sucrière de Basse-Pointe. Il y avait, en effet, un monde entre les simples coupeurs qui s'éreintaient sous l'effroyable chaleur de mai au mitan de ces hordes chevelues à quoi ressemblaient les champs de canne et ces personnages un peu hautains, vêtus en toile-kaki flambant neuve qui faisaient la queue le matin à l'entrée de l'usine, une cigarette Mélia au bec. La paye de ces derniers pouvait être le double, voire le triple, de celle des premiers, or les créoles avaient accaparé depuis longtemps ces djobs prestigieux si bien que Victor Andrassamy savait pertinemment qu'aucun de ses enfants n'avait la moindre chance d'en obtenir un.

Moins de deux semaines après le passage du maître de l'Habitation Gradis, Léon fut retiré de l'école sans que nul ne songeât à lui fournir la moindre explication. Son père se contenta de lui demander de l'accompagner à l'économat où un mulâtre au visage sévère, plongé dans une énorme pile de registres, prit tout son temps avant de les recevoir.

— *Sé'y ?* (C'est lui ?) fit-il d'un ton peu amène.

— *Wi, misié... Léwon ki non'y...* (Oui, patron... Il s'appelle Léon...)

— *Nou ka mété'y koté ?* (On le place où ?)

— *Pies-Zabriko... man simié i koumansé koté-taa, i jenn toujou...* (À Pièce-Abricots... Je préfère qu'il débute là, il est encore jeune...)

— *Ki laj-li ?* (Il a quel âge ?)

— *Tjenz an é dimi, misié...* (Quinze ans et demi, patron...)

L'économe, sans se départir de son air bougon, jeta un bref coup d'œil au garçonnet et déclara qu'on avait davantage besoin de bras à Pièce-Aroman et à Pièce-l'Étang. Il s'agissait des plus redoutées de la plantation car non seulement elles s'étendaient sur un terrain très pentu, mais surtout elles étaient infestées de serpents fer-de-lance. D'ordinaire, les commandeurs y plaçaient des coupeurs aguerris, sauf que depuis quelques années la main-d'œuvre se raréfiait à Basse-Pointe et dans la région. Le nègre préférait s'échapper vers l'En-Ville dans l'espoir de dénicher une situation qui fût meilleure et surtout qui ne le plaçât plus sous le joug des békés. Ce que ceux-ci résumaient de la sorte, un brin fatalistes :

— Au jour d'aujourd'hui, hélas, le nègre a un poil dans la main...

Léon Andrassamy passa donc onze années de sa jeune vie à s'escrimer contre les feuilles de canne coupantes comme des rasoirs et qui baillent la grattelle, contre la chaleur, la sueur qui fait frissonner dans la raie du dos, les fourmis rouges, et deux-trois bêtes-longues (comme on qualifiait en créole les serpents, persuadé qu'on était que si on les désignait par leur nom propre, ils pouvaient surgir droit devant vous) jusqu'au jour où éclata la terrible grève qui mit fin à la vie, par décapitation, du béké de Fabrique...

Léon supporta arrestation, incarcération à Fort-de-France et déportation à Bordeaux grâce aux voyages en rêve qu'il effectuait dans la terre natale de ses ancêtres, le pays tamoul...

*

Une fois l'acte de vente de l'Hôtel de la Charité en passe d'être signé entre Me Dorimont et Pierre-Marie de La Ramée, le premier se posa la question de savoir ce qu'il ferait de cet établissement qu'il avait visité une seule fois, quinze jours plus tôt, et qui, c'est le moins qu'on puisse dire, ne lui avait pas fait bonne impression. Non seulement son lieu d'implantation, le quartier populaire des Terres-Sainville, laissait à désirer, mais sa construction elle-même, qui avait été, de toute évidence, erratique, le plongea dans une perplexité sans nom. Les sœurs de Lamotte ne semblaient pas remises du double crime qui s'y était déroulé. Elles avaient vu vingt-cinq années de dévouement s'effondrer d'un seul coup. Entre les innombrables perquisitions des policiers, l'enquête des services d'urbanisme de la mairie de Fort-de-France et les fouineries permanentes du soi-disant journaliste Romule Casoar, elles n'avaient pas eu une minute de répit depuis des mois. L'unique directeur de publication, rédacteur en chef et pisse-copie du *Rénovateur* avait littéralement harcelé les locataires, voulant à tout prix leur faire avouer que les vieilles filles békées avaient partie liée avec ces horribles événements, tout cela parce qu'à la même époque il s'était fait jeter comme un malpropre de la villa d'un riche négociant du Plateau Didier après s'être introduit subrepticement dans le parc, lors d'un dîner au cours duquel il s'était posté sous les fenêtres pour espionner les conversations.

Me Dorimont eut l'impression que l'aînée des sœurs de Lamotte accueillait la vente de leur maison de charité avec soulagement. Elle s'empressa de lui faire visiter les quatre étages, affirmant que l'immeuble ferait un très bel hôtel après quelques réparations minimes. L'avocat se demanda si son beau-frère et elle s'étaient donné le mot car ils semblaient ne concevoir d'autre utilisation des lieux qu'hôtelière alors même que le quartier était parfaitement impropre à une telle activité.

— Et puis, l'appartement du premier qui donne sur la caserne Gallieni est libre depuis peu, glissa Louise-Julie qui avait probablement eu vent des déboires conjugaux du ténor du barreau de Fort-de-France.

Me Dorimont sourit. S'arrêtant devant la porte sur laquelle une affichette indiquait que l'endroit était placé sous scellés, il demanda, du ton le plus neutre qu'il put :

— Est-ce bien ici que le fameux Nostre Homme a été égorgé ?

— Oui-oui... fit Dame Békée, quelque peu gênée, qui ajouta que dès que l'enquête serait achevée — chose qui ne saurait tarder, le commissaire Montargis lui ayant donné sa parole — elle se proposait de faire remettre les lieux à neuf.

L'avocat ne réagit point. Il semblait avoir tout son temps ou, en tout cas, n'être pas très pressé de prendre une décision.

— Notre occupant du deuxième étage se trouve être entrepreneur en travaux divers, ajouta-t-elle. M. Romuald Beausivoir... C'est d'ailleurs grâce à lui que les deux premiers étages ont pu être terminés...

À chaque palier, l'étonnement de l'homme de loi allait grandissant. Au deuxième justement, un bougre longiligne, au visage blême comme une christophine, assis à califourchon sur une chaise et vêtu d'un tricot isotherme, jouait tranquillement de la clarinette. Il était si absorbé qu'il n'entendit pas lorsqu'elle le présenta à Me Dorimont.

— Un artiste très connu… chuchota-t-elle. Il a joué au fameux bal de la rue Blomet, à Paris, avant-guerre, et maintenant il exerce au « Petit Balcon », un maître de la biguine à ce qu'il paraît.

Il était arrivé à l'avocat, à l'époque où tout semblait lui réussir, de conduire sa femme dans ce casino, notamment à la période du carnaval. Bien que passablement aigrie parce qu'elle était bréhaigne, elle adorait la danse. Excellant à la valse créole et à la mazurka, elle se plaignait auprès de ses amies de la bonne société foyalaise que son mari lui cognât les genoux tellement il se montrait emprunté sur une piste de danse. Une nostalgie menaça d'envahir Auguste Dorimont. Il avait aimé, vraiment aimé, Dorise. À la vérité, elle avait été son seul amour et ce qu'il avait pu éprouver pour Fifi-Grandes-Cuisses et quelques autres femmes-matador relevait de la pure attraction charnelle. Il s'en voulait d'avoir cédé aux tentations que son meilleur ami de l'époque, le Syrien Benalil, propriétaire du magasin de toilerie le plus achalandé de la rue François-Arago, « Les Nuits de Damas », avait fort habilement agitées sous son nez. Au début, Auguste avait bel et bien résisté. Invité à des parties de cartes entre Levantins et mulâtres fortunés, qui se déroulaient dans un appartement aux fenêtres toujours closes du centre-ville, il avait observé, des semaines durant, cette fièvre étrange qui s'empare d'individus par ailleurs tout à fait sains d'esprit dès l'instant où ils s'installent autour d'une table et que l'un d'eux entreprend de battre les cartes. Chacun se refermait soudain sur lui-même, insensible à la touffeur des lieux qu'un ventilateur ne parvenait pas à adoucir, et n'avait plus d'yeux que pour le tapis vert. Benalil y gagnait et perdait des sommes équivalentes à trois ou quatre fois le revenu mensuel de l'avocat. Il était un as au poker et assura à Auguste qu'il lui enseignerait les ficelles de ce jeu dans lequel, à l'entendre, la chance comptait beaucoup moins que le flair et le culot. Les préventions de l'avocat finirent par tomber. Pour son plus grand malheur.

— Au quatrième, nous avons deux familles fort honnêtes, lui fit Louise-Julie de Lamotte. Des Coulis originaires de Basse-Pointe. Des gens très sérieux qui ne font pas de bacchanale et qui règlent leur loyer au jour dit. Mis à part leur religion du Diable, je n'ai rien à redire d'eux… De l'autre côté, c'est plus compliqué. Mme Justina Beausoleil n'est pas très regardante sur qui sera le père de son prochain enfant et elle en possède déjà un bon paquet, mais à part cela, elle aussi se montre très correcte… En fait, il n'y a guère que le clarinettiste et l'instituteur retraité à nous causer parfois quelques petits soucis. Le premier se plaint d'être toujours débanqué. Monsieur aurait des courants d'air dans les poches à cause des femmes, dit-on ! Quant au second, je suis persuadée qu'il fait exprès de payer son loyer en retard juste pour enquiquiner la vieille békée que je suis… Mais entre hommes, je ne doute pas que vous trouverez un terrain d'entente et que vous saurez imposer une conduite à messieurs Laverrière et Helvéticus...

Louise-Julie Vigier de Lamotte se montra intarissable. Visiblement, elle souhaitait obtenir un accord le plus vite possible. Pourquoi pas ce jour-là ? Elle ne pouvait ignorer, pensa Me Dorimont, le prix dérisoire que son beau-frère, Pierre-Marie de La Ramée, lui avait indiqué. Il aurait fallu être fou pour refuser une telle offre, surtout à un moment où les distilleries et les usines fermaient à tour de bras dans l'intérieur du pays et où des hordes de campagnards débarquaient dans l'En-Ville à la recherche d'une autre existence et d'abord d'un logement. L'avocat était fortement tenté, mais s'efforçait de le dissimuler, décidé à obtenir tout de même un petit rabais. Il avait, en effet, le pressentiment que c'en était fini pour de bon cette fois de sa carrière au barreau de Fort-de-France et qu'il devrait chercher à subvenir autrement à ses besoins. Son meilleur ami et collègue l'en avait d'ailleurs averti :

— Auguste, on t'a donné ta chance une première fois. La profession a passé l'éponge sur tes frasques, sur tes parties de poker clandestines et tes gueuses entretenues, mais là, mon vieux, tu es cuit ! Ta femme qui te largue comme une vieille chaussette et dont plus personne n'a de nouvelles depuis, ça a fait très mauvais effet. Très-très mauvais effet, je t'assure.

Où Dorise s'en était-elle allée ? Me Dorimont n'en avait aucune idée. Ce qui était sûr, c'est qu'elle ne se trouvait plus à la Martinique, sauf si elle avait demandé à être admise dans quelque couvent. Il avait bien sollicité l'aide de ses beaux-parents mais ceux-ci, qui lui en voulaient encore d'avoir laissé leur fille seule durant son long exil louisianais, déclarèrent que cette affaire ne les concernait pas. Que Dorise était une adulte depuis fort longtemps et que, par conséquent, elle agissait comme elle l'entendait. Ils mentaient puisqu'il apprit plus tard qu'ils avaient recueilli leurs deux enfants adoptifs. Auguste s'était alors rapproché de la Compagnie générale transatlantique afin de vérifier si son épouse n'avait pas embarqué pour la France à bord du paquebot *Colombie* ou *Antilles*, mais son nom ne figurait sur aucune liste de passagers. Volatilisée ! Évanouie dans la nature.

— Il y a juste… comment dire ?… un petit problème, fit Louise-Julie lorsqu'ils débouchèrent sur la terrasse du quatrième étage et que l'étrange cahute, faite de bouts de planche et de cartons recouverts par un prélart, où vivait Étienne Beauvallon, leur sauta aux yeux.

Interloqué, l'avocat la désigna du doigt, mais nulle parole ne sortit de sa bouche. Il avait plu toute la nuit et des feuilles de cocotier sèches flottaient sur des flaques d'eau dans lesquelles coassaient des grenouilles. De cet endroit, la vue était imprenable, au nord sur le canal Levassor que remontaient, majestueux, des gommiers aux couleurs violentes, à l'ouest sur la caserne Gallieni et ses arbres centenaires, et, plus loin, le cimetière des riches et le boulevard de la Levée. Dans les autres directions, on distinguait le cafouillis de cases, maisonnettes en bois et demeures en dur qui constituaient le quartier, en pleine expansion, des Terres-Sainville ainsi que l'abrupt morne de Trénelle en proie à une squattérisation galopante, à l'en-bas du fort Desaix.

— Celui-là, on le fera déguerpir d'une manière ou d'une autre, fit la békée d'un ton peu convaincant.

— De qui parlez-vous ?

— Un jeune homme qui a pris ses quartiers ici... Vous avez peut-être entendu parler de son cas. C'est ce bachelier pour lequel la préfecture avait organisé un départ en grande pompe pour la France. Sa servante de mère... le voyait déjà brillant médecin...

— Philosophe, madame, brailla une voix à l'intérieur de la cahute, pas médicastre ! Ah ça, non !

Étienne Beauvallon émergea de ce qui avait plus l'air de décombres que d'un abri et, pataugeant dans l'eau croupie, s'approcha de Me Dorimont auquel il tendit très cérémonieusement la main.

— Le plus jeune bachelier de la colonie, pour vous servir !... Qu'est-ce que je raconte ? Du département, je veux dire. Au fait, j'ai ouï dire de vos exploits au barreau, mon cher maître, en tant qu'amoureux de la belle langue, nous ne pourrons que nous entendre, n'est-ce-pas ? Je présume que vous êtes le nouveau locataire du premier. Est-ce bien cela ?... Ah ! Ce pauvre Nostre Homme, il n'a vraiment pas eu de chance. Se faire trancher la gorge, les dix doigts, les dix orteils, les deux oreilles et les deux génitoires, tout cela dans le même élan, si je puis dire, ce n'est pas du jeu ! L'imbécile de commissaire Montargis a voulu me coller l'affaire sur le dos, figurez-vous ! Moi qui n'ai jamais fait de mal à une mouche. N'est-ce pas, madame Vigier de Lamotte ?

— Étienne, cette fois, il faudra que tu t'en ailles… commença cette dernière en se ressaisissant. Me Dorimont va très certainement faire l'acquisition de l'immeuble et tu n'auras plus le droit de rester ici. Tu comprends ?

L'avocat se surprit à n'éprouver aucune répulsion envers le jeune nègre hirsute et visiblement dérangé d'esprit. Mieux : il décida, à cet instant-là, d'acheter l'Hôtel du Bon Plaisir. Après tout, le prêt sur vingt ans que lui proposait le Crédit martiniquais était tout à fait convenable et, grâce à ses futurs loyers, il pouvait non seulement espérer faire face aux traites bimestrielles (autre facilité qu'on lui accordait), mais aussi se faire aménager un logement plus que confortable au premier étage. C'est que la maison de la rue Victor-Hugo avait été mise au nom de sa femme pendant son séjour à La Nouvelle-Orléans et il se savait en sursis. Un jour ou l'autre, un huissier, à l'instigation de ses beaux-parents sans doute, lui demanderait de débarrasser le plancher. Désormais, il n'avait plus de métier ni de chez-lui. L'Hôtel du Bon Plaisir devenait son nouveau havre.

— Ce garçon ne me dérange aucunement, fit-il à Louise-Julie qui coquilla les yeux. Il peut rester ici tant qu'il lui plaira. Simplement, je m'arrangerai pour qu'il ait un toit digne de ce nom.

Et, se tournant vers Beauvallon :

— Ça vous va, cher monsieur ?

— Et comment ! Topez là !…

*

La scène était particulièrement horrible. Insupportable en tout cas au commissaire Montargis qui n'en avait jamais vu de pareille dans l'Hexagone.

Ses deux adjoints, par contre, semblaient plus effrayés que réellement étonnés. Le plus âgé, qui portait le patronyme comique de Gulliver, avait même hésité à pénétrer dans l'appartement. Il était resté cloué sur le seuil un long moment, les yeux mi-clos, comme un noyé qui cherche à reprendre son souffle. L'autre, Louis-Magdeleine dit Jilo, avait suivi Montargis à l'intérieur, mais se tenait très près de lui à la manière d'une petite marmaille désemparée. Sa légère bedondaine, alors même qu'il venait à peine de dépasser la trentaine, était agitée par un tressautement nerveux.

Nostre Homme était étendu, les bras en croix, dans son salon où les meubles avaient été poussés contre les murs. Des bougies colorées, dont certaines étaient encore allumées, avaient été disposées de part et d'autre du cadavre et placées au mitan de dessins géométriques et de signes cabalistiques tracés à l'aide de poudre blanche. Mais le plus interloquant de ce spectacle était que diverses parties du corps avaient été sectionnées et empilées sur le ventre : les oreilles, les mains, les génitoires et les orteils. L'assassin avait opéré de façon quasi chirurgicale à ce que nota d'emblée le commissaire Montargis. Il n'avait pas agi à l'aveuglette ni ne s'était bagarré avec sa victime. L'appartement était d'ailleurs bien rangé.

— Il habitait ici depuis quand? s'enquit le commissaire auprès d'une Louise-Julie de Lamotte qui avait perdu son flegme légendaire.

— Depuis… que je dise pas de bêtise… depuis trois ans. Il avait emménagé juste après le carnaval.

— Des problèmes avec lui ?

La vieille békée secoua négativement la tête. L'inspecteur Gulliver avait fini par surmonter sa peur et était entré à son tour, le visage démangé par un mélange de peur panique et d'incompréhension.

— Il… il travaillait de la main gauche ? réussit-il à articuler.

— Gulliver, ah non, pas ça ! s'énerva Montargis. Parle français, s'il te plaît !

— Pas du tout, fit Louise-Julie qui semblait se reprendre. Quimbois, magie, sorcellerie et tout ça, Nostre Homme n'était pas dedans.

— Oui, mais alors ce simulacre signifie quoi ? fit le commissaire.

Louise-Julie ne répondit rien. S'approchant plus près du cadavre, il s'accroupit à hauteur du visage.

— Il était borgne ?

— Pas… pas que je sache… répondit la propriétaire de l'Hôtel du Bon Plaisir qui venait de se rendre compte que l'œil droit de Nostre Homme était crevé.

En fait, « crevé » n'était pas le mot exact : l'assassin l'avait carrément enlevé, toujours très proprement, laissant à sa place un trou noir qu'escaladait une colonie de fourmis. Le commissaire glissa quelque chose à l'oreille de l'inspecteur Gulliver qui se mit à faire des photos, puis il prit Louise-Julie à part. Il éprouvait une gêne insurmontable face aux Blancs martiniquais. Leur accent traînant, leurs manières créoles, jusqu'à leur démarche, tout différait en eux de l'Européen. Aussi ne savait-il pas trop comment se comporter avec eux. Il gardait en mémoire cet anniversaire pénible où l'avaient entraîné sa femme et son fils, celui d'un condisciple de ce dernier au Séminaire-Collège. C'était la toute première fois qu'il pénétrait dans l'une de ces somptueuses villas entourées de parcs ombragés où vivaient ceux que le journal du Parti communiste, *Justice*, qualifiait, à longueur de colonnes, de descendants d'esclavagistes. Seuls des Blancs avaient été invités à la réception, Blancs-pays et Blancs-France, les seconds se comptant tout de même sur les doigts de la main. Sur la véranda qui faisait le pourtour de la villa, des victuailles et des boissons, en quantité que Montargis jugea déraisonnable, avaient été disposées sur des tables à tréteaux auprès desquelles veillait une nuée de servantes de couleur en costume local. Montargis se sentit tout de suite étranger à cet univers où hommes et femmes discutaient et plaisantaient à part et où le créole prenait le plus souvent le pas sur le français. À la vérité, seul le maître de maison fit cas de sa personne, l'accueillant avec obséquiosité et l'introduisant auprès de quelques gros distillateurs de rhum et négociants du Bord de Mer qui le saluèrent froidement ou lui tendirent une main molle. Deux heures durant, il fit le pied de grue près d'un arbre gigantesque qui ombroyait le parc de la villa sans que personne ne s'avise de lui faire la conversation. Son fils et sa femme, comme à l'ordinaire, s'étaient très vite acclimatés à ce milieu qui lui sembla, pour sa part, terriblement suranné. Il s'était alors juré de ne plus avoir affaire aux békés, sauf en cas de nécessité absolue, comme présentement.

— Il vivait de quoi ? fit-il à Louise-Julie de Lamotte. Payait-il au moins son loyer ?

— Nostre Homme allait et venait... je sais qu'il a travaillé un temps chez un orfèvre de la rue Lamartine...

— Il conservait des bijoux chez lui ?

— Pas que je sache… non, je ne crois pas… il était plutôt quelqu'un de discret, vous voyez.

Entre-temps, le médecin légiste arriva, l'air très pressé. Il salua tout le monde de la tête, marmonnant quelque chose au commissaire Montargis. Après avoir examiné le cadavre sous toutes les coutures, il s'apprêtait à ranger ses instruments lorsque, pris d'une inspiration subite, il ouvrit la bouche de l'infortuné Nostre Homme. Un « Oooh ! » d'horreur s'échappa de la bouche des deux inspecteurs et de Louise-Julie. La moitié de la langue avait été coupée ! Une feuille de papier, pliée en quatre, remplaçait la partie manquante. Le médecin-légiste remit ses gants, ouvrit largement la bouche du cadavre et retira le papier avec moult précautions. Il semblait stupéfait.

— C'est pour vous ! fit-il au commissaire Montargis en lui tendant la feuille.

Perplexe, ce dernier déplia la feuille pour se rendre compte qu'elle avait été arrachée sans doute à un livre de grammaire française. Il s'agissait d'un texte expliquant les différents usages du subjonctif à ce qu'indiquait l'en-haut de la page ! Louise-Julie s'empressa de déclarer qu'elle ignorait la signification de cette mise en scène, ajoutant que si le vaudou avait bien existé à la Martinique au tout début de la colonisation, au XVIIe siècle donc, il avait été éradiqué au fil du temps.

— Le quimboiseur travaille à distance, monsieur le commissaire, fit-elle sur le ton de l'évidence. Je veux dire qu'il fait du mal de loin. Il lance des sorts, il vend des talismans ou des philtres… mais de là à trucider quelqu'un de cette façon, sincèrement, ce n'est pas dans nos mœurs créoles…

*

Étienne Beauvallon, après l'esclandre auquel il s'était livré sur le port de Fort-de-France alors que les plus hautes autorités de la Martinique étaient venues spécialement lui rendre hommage et lui souhaiter une bonne traversée de l'Atlantique, se mit à driver dans l'En-Ville comme une âme en peine. Il ne regagna pas la case de sa mère, laquelle vécut l'affaire comme une tragédie et s'abîma dans le désespoir tel qu'on dut la faire interner et que ses enfants furent remis à l'assistance publique. Étienne n'en eut cure. Il semblait, lui aussi, avoir définitivement perdu la raison. Les supputations allaient bon train quant à l'origine de son mal. La plus répandue avait trait à l'abus de livres savants dont certains, les « mauvais livres » comme l'on disait, pouvaient tourner la tête à la personne la plus équilibrée.

— *Twop liv pa bon pou Neg!* (Trop de livres n'est pas bon pour les nègres!) proclamaient, péremptoires, ceux qui n'avaient jamais posé une seule de leurs pommes de fesses sur un banc d'école.

D'autres, plus charitables, surtout les vieilles femmes, s'exclamaient :

— *Pow ti doudou-chè, man ka prédié Bondié ba'y chak bomaten légliz.* (Pauvre enfant, je prie le Bondieu pour lui à l'église chaque matin.)

Si le jeune et brillant bachelier vivait désormais dans un recoin du marché aux légumes ou, d'autres fois, dans l'entrée des latrines du pont Démosthène, s'il ne se lavait plus guère (sauf les fois où on le voyait multiplier, à l'arrivée des bateaux de croisière, les plongeons périlleux sur le petit quai adjacent à la plage de la Française, au pied du fort Saint-Louis), s'il n'acceptait aucune aide de quiconque et ne mendiannait jamais, bref si son esprit était « parti », selon l'expression consacrée, son intelligence, par contre, était demeurée intacte. On raconte ainsi comment il lui arrivait de se poster à la gare des taxis-pays de la Croix-Mission, narguant les chauffeurs qui s'escrimaient avec des pinces et des tournevis dans les moteurs de leurs véhicules, qui juraient et pestaient contre Dodge ou Chevrolet, damaient la chaussée de coups de pied rageurs, invoquaient l'aide du ciel, pendant que leurs passagers, pressés de regagner leurs campagnes, leur passaient une bonne qualité d'engueulades. Étienne s'avançait alors, d'un pas sûr, se saisissait de l'outil que le chauffeur avait en main, farfouillait cinq minutes entre le carburateur, les gicleurs et les bougies, puis enfonçait la manivelle, à l'en-bas du moteur, qu'il tournait d'un geste sec. Le taxi-pays se mettait aussitôt à ronronner à la grande joie des passagers et à la stupéfaction du chauffeur qui fouillait au fond de ses poches à la recherche de menue monnaie, mais le bachelier avait déjà tourné le dos et longeait la caserne Gallieni ou pénétrait dans le cimetière des riches où il avait ses habitudes. En fait, la tombe monumentale d'un riche Blanc créole lui servait aussi de refuge nocturne. Toute en marbre, elle comportait une sorte de pièce à laquelle on accédait par un grillage et dans laquelle étaient posés des cierges en argent, des portraits de défunts encadrés dans du grès, des ex-voto, des images pieuses en plastique. Tout au fond se trouvait le caveau proprement dit, recouvert par une dalle elle aussi monumentale. Le jeune homme l'avait découverte par pur hasard, un jour qu'une pluie sans-manman s'était abattue sur l'En-Ville et qu'il était entré s'abriter dans le cimetière. Aucune des tombes ne lui avait permis de se garder au sec jusqu'à ce que courant à travers les allées il tombe sur celle des Louvier de Lagarrande. Ce nom était inscrit en lettres dorées au fronton du caveau. Très vite, Étienne s'accoutuma à y converser avec Michel Louvier de Lagarrande décédé — c'était inscrit sous son portrait — le 12 janvier 1904 et sans doute son frère ou bien son cousin, Jean-François Louvier de La Garrande, parti, lui, dans l'autre monde un certain 23 juillet de l'année suivante. Étienne calcula qu'ils étaient morts dans la cinquantaine et se prit alors de sympathie pour eux bien qu'ils fussent békés et qu'il éprouvât une vive antipathie à l'endroit de cette caste.

Classé désormais dans la catégorie des dérangés mentaux, quoiqu'on reconnût qu'il avait gardé intacte sa haute intelligence, Étienne Beauvallon ne subissait pourtant aucun ostracisme. Cette magnanimité reposait sur une condition : qu'il ne s'approchât d'aucune case, maison, villa ou immeuble de bureaux. Car sa folie à lui n'était pas ordinaire. Elle n'était pas de celles — dues au rhum à 55° ou à quelque chagrin d'amour — auxquelles tout un chacun était habitué ici-là. Le brillant bachelier avait été victime d'un mauvais sort et traînait après lui un voile de malchance qui pouvait être contagieux. Dès lors, on lui modifia son surnom. De « Grand-Grec nègre », il devint du jour au lendemain « Bougre Fou » et les gamins prirent un malin plaisir à le pourchasser à coups de roches ou d'arbalète. Même les hordes de chiens sans maître, qui s'emparaient des rues de l'En-Ville à la nuit close, ne pouvaient supporter son odeur. Le chef de la meute, le célébrissime La-Peau-d'Oignon, se mettait subitement à couiner. Ce qui explique qu'au lieu de foncer sur lui, comme ils le faisaient pour les noctambules ordinaires, ils gémissaient et s'escampaient la queue basse dans un sacré modèle de désordre qui renversait boîtes à ordures et pots de chambre, chose qui provoquait l'ire aussi bien des éboueurs que des ramasseurs de tinette. Encore que des couche-tard aient affirmé avoir aperçu le jeune homme en train de blaguer avec le molosse !

Sans doute Étienne comprit-il que cette existence de paria ne pouvait pas durer. Un après-midi de forte chaleur, il fit son apparition à la porte de l'Hôtel du Bon Plaisir, la figure ruisselante de sueur, un paquet de livres (ses seuls biens) sous le bras, et sans demander d'autorisation aux sœurs de Lamotte grimpa quatre à quatre les escaliers pour s'installer sur le toit du bâtiment. Celui du quatrième étage donc. Étage complètement en bois. Étage qui jurait avec le rez-de-chaussée et le premier qui étaient en béton, le deuxième en brique et le troisième en fibrociment. Cette invasion fut facilitée par le fait qu'à l'époque les architectes, ayant accompli leurs études en France, dessinaient des toits plats, quel que fût le matériau utilisé, et ceci alors même qu'à la Martinique il pleut au bas mot deux cent quarante jours par an. On y voyait un signe de modernité par rapport aux toits pentus des grandes villas de Blancs créoles ou des cases à nègres couvertes de tôle ondulée. Les « maisons-France » avaient la cote, y compris chez les maçons ou ceux qui, sans expérience aucune, construisaient leurs maisons à coups de main.

Bougre Fou ne mit pas beaucoup de temps à se constituer un abri. Au grand dam de Louise-Julie de Lamotte qui fit appel à la municipalité, aux services sociaux, à la police, à la gendarmerie, sans aucun résultat tangible. Des soi-disant responsables venaient constater l'invasion, prenaient des notes, évitant de trop s'approcher de l'intrus et se gardant bien de lui poser la moindre question, puis déclaraient qu'ils feraient « un rapport à l'autorité compétente ». Cette dernière ne se manifesta jamais et Étienne finit par ériger un véritable camp retranché avec des matériaux hétéroclites : bâches de camion usagées, caisses de morue séchée, restes de barriques de viande de cochon salé, cordes de marine dérobées sur le port, cartons de toutes couleurs. L'ensemble tenait à la fois, avec son gaillard d'avant et ses mâchicoulis, du bateau de corsaire et du château médiéval en ruines.

L'Hôtel du Bon Plaisir se vit désormais exhaussé d'un moignon de cinquième étage.

*

MARIVAUDAGE AU BALCON

Helvéticus : Mes hommages, madame ! Votre beauté flamboie au moment même où le soleil se met à décliner. Quel…

Justina : Justement, j'avais besoin de te causer deux mots.

Helvéticus : Je suis tout ouïe, chabine de mon cœur. Ah, dommage que le poids des ans m'interdise d'avancer au-delà du banal causer sucré avec vous !

Justina : Il faut vous méfier, maître Helvéticus, mes voisins d'en face te font de grands sourires, mais ce sont, comme tous les Coulis, des hypocrites. Attention à ce qu'ils ne te fassent pas du mal !

Helvéticus : Chère dame, permettez-moi de vous dire pour la énième fois que je ne partage point vos préjugés à l'endroit de la race indienne, car, je vous le répète, « Coulis » est un terme éminemment péjoratif. Les Andrassamy proviennent du sud de l'Inde, du pays tamoul plus précisément, où s'épanouit des siècles durant une civilisation raffinée et je ne...

Justina : Raffinés, ces gens-là ? Ha-ha-ha !... On voit que tu ne vis pas au même étage qu'eux et que tu n'as pas à supporter les odeurs qui se dégagent de leur trou à rats !

Helvéticus : Dois-je vous rappeler, très chère Justina, que les Blancs font le même reproche aux nègres ? Chaque race juge que l'autre a une odeur désagréable. Pourtant notre bon Descartes prétendait que la raison est la chose au monde la mieux partagée.

Justina : Chu-u-u-ut ! J'entends des pas dans l'escalier...

Helvéticus : S'il s'agit de notre ami Beausivoir... il a le pas bien lourd. Pourtant, nous n'avons même pas entamé le milieu de l'après-midi. Ah, ce rhum, quelle plaie ! quelle plaie !

Justina : Chu-u-ut ! Il peut se montrer violent des fois… Ah ! Je crois qu'il est entré chez lui. C'est bon… Je te disais donc que l'homme Andrassamy, monsieur fait des simagrées coulies…

Helvéticus : … se livre à des pratiques hindouistes, je préfère…

Justina : Comme tu veux ! Se livre donc à des pratiques machins. Certaines nuits, je l'entends marmonner des choses et il brûle de l'encens sans arrêt. J'ai déjà averti plusieurs fois Mme de Lamotte… En plus, je me suis renseignée sur eux. Figure-toi que quand ils prétendent être descendus en ville parce qu'il avait trouvé un djob à la mairie, c'est faux !

Helvéticus : Ah bon ? Mais notre homme est bien employé au service de voirie que je sache !

Justina : Oui, mais au départ, les Andrassamy sont arrivés ici sans rien, sans connaître personne, je te dis. En fait, ils ont été obligés de fuir Basse-Pointe. Tu as entendu parler de l'affaire des seize bonshommes qui avaient décapité un béké dans cette commune ? C'étaient des ouvriers agricoles…

Helvéticus : Et comment ! En 1948, j'étais encore en poste. Directeur de l'école primaire de Rive-Droite Levassor.

Justina : Eh bien, ces Coulis… enfin, ces Indiens, je veux dire, ont débarqué à Fort-de-France en décembre de la même année. Je suis formelle ! Le frère de ce monsieur Léon Andrassamy était impliqué dans l'affaire à ce qu'il paraît.

Il a même fait partie des condamnés à mort. À moins que ce ne soit Léon lui-même, qui sait ?

Helvéticus : Les accusés ont été blanchis, je vous le rappelle, par le tribunal de Bordeaux et, de plus, s'il existe bien le dicton « tel père, tel fils », je n'en connais pas qui dise « tel frère, tel frère », ha-ha-ha…

Justina : C'est ça, rigole ! Le jour où ils te lanceront dessus leur quimbois couli, ne viens pas te plaindre !

Helvéticus : Allez, chère dame, au plaisir ! Il faut que je retourne à mes occupations lecturières. Je vous souhaite une excellente soirée. Mais avant cela, permettez-moi, en hommage à votre beauté, de vous réciter ces quelques vers de notre chantre local, je veux parler d'Albert Adréa. Vous devriez lire ses Bluets d'avril, *c'est du grand art ! Voilà :*
« Vous le savez très bien, vous le savez madame,
Vous savez que vos yeux sont de puissants attraits,
Mais vous savez aussi que tels de méchants traits
Ils peuvent bien blesser, vos yeux, vos yeux de flam me ! »

*

La première chose que fit Haroun El-Hamdi lorsque Me Dorimont lui confia la gérance de l'Hôtel de la Charité (en l'an 1952 donc) fut d'en changer l'enseigne. Dans son pays, là-bas, en Syrie, il avait durant sa prime jeunesse fréquenté moult maisons de tolérance et il trouvait que cet immeuble, aussi peu agréable à l'œil fût-il, conviendrait à merveille à cette activité. Il fit donc fabriquer une enseigne rouge vif qui indiquait : HÔTEL DU BON PLAISIR.

Cette appellation ambiguë (que Man Florine se vantait pourtant d'avoir imposée à Dame Békée), qui pouvait fort bien suggérer qu'on y servait une cuisine de qualité, y organisait des concerts ou y pratiquait le jeu de dés, le poker et les paris clandestins, n'alerta point, dans un premier temps, les autorités civiles ni le clergé. Il est vrai que celui que tout le monde n'appelait que « Syrien » ou « La Syrie » veilla à ce que toutes ces activités fussent désormais pratiquées au quatrième étage de l'établissement qui disposait d'une sorte de terrasse utilisée comme buanderie par les Andrassamy et les Beausoleil. Arrivé à la Martinique à la veille de l'éruption de la montagne Pelée, en 1901 donc, il avait fait très rapidement fortune dans le commerce de tissus bon marché et avait eu la présence d'esprit de quitter Saint-Pierre quelques mois avant la date fatidique, non parce qu'il possédait quelque don de prescience mais parce que les pluies de cendre incessantes qui s'abattaient sur la ville le faisaient tousser comme un tuberculeux. Un beau jour, il se mit à cracher du sang et, sans en référer au compatriote avec lequel il était associé, vendit sa part de leur magasin à un autre Levantin et embarqua à bord de la pétrolette *Topaze* qui reliait le Petit Paris des Antilles à la capitale de la Martinique, Fort-de-France. Syrien était intarissable sur sa vie à Saint-Pierre lorsqu'il avait bu, lui qui était d'un naturel plutôt taciturne. Trois ou quatre fois dans l'année, il lui arrivait de s'attabler au « Rendez-vous des amis » et ceux qui aimaient douciner leurs oreilles de raconteries fantastiques savaient quelle quantité exacte d'alcool de canne à sucre il fallait lui faire ingurgiter pour le faire sortir de son quant-à-soi.

Waterloo Gros-Lolo et Fils-du-Diable-en-personne, les fiers-à-bras respectivement du Bord de Canal et des Terres-Sainville lui vouaient une amicalité débordante. Ils adoraient son accent rocailleux, ses « r » interminables quand il s'exprimait en créole, et parfois l'incitaient à prononcer quelques phrases en arabe, langue qui leur arrachait des cris d'extase :

— Ha, les hommes, ça c'est une langue de bougres qui ont deux graines bien pendues entre les jambes ! Une langue de vaillants combattants ! lançait Waterloo. C'est pas comme notre créole qui roucoule comme une femmelette !

— Ni comme cette langue de gens qui veulent péter plus haut que leur cul ! renchérissait Fils-du-Diable-en-personne, faisant allusion à la langue de Molière qu'il avait prise en grippe pour des motifs obscurs.

Mais ce qui impressionnait le plus les Sainvilliens, c'était le véritable périple que le Levantin avait accompli depuis sa ville natale de Tyr, dans le sud du Liban, jusqu'à la Martinique. Il s'était d'abord embarqué, à l'âge de dix-sept ans, sur un cargo chypriote comme mousse et avait caboté à travers la mer Égée et les côtes de Turquie. Il connaissait les Dardanelles, ce fameux tombeau de maints combattants antillais de la Première Guerre mondiale, et Mano, le propriétaire du « Rendez-vous des amis », dont le père avait péri là-bas, le pressait de lui décrire les lieux, même si cela lui arrachait toujours quelques larmes. Puis, Syrien avait profité d'une escale imprévue à Malte pour rester à terre, en clandestin, dans cette île encore britannique à l'époque où tout étranger était immédiatement soupçonné d'espionnage. Au bout de trois mois, il avait embarqué, tout aussi clandestinement, à bord d'un navire français qui reliait les ports du Bosphore à Marseille et s'était fait attraper après quatre jours de navigation. Il finit donc le trajet dans la prison de bord où il dut se contenter d'une platée de lentilles mal cuites une fois par jour. Beausivoir, qui connaissait Marseille, où son régiment avait été stationné au moment de la reconquête de l'Hexagone par les troupes franco-anglaises venues d'Afrique du Nord, l'arrêtait net dans son récit et tous deux se mettaient à vanter le charme des jeunes beautés provençales, peu farouches, qui arpentaient la Canebière ou le goût d'un pastis dans un caboulot du Vieux-Port en fin d'après-midi. Si le mari de Nini Jolicœur était présent, il sortait pour une fois de son mutisme, lui, le natif de la cité phocéenne, et mettait son grain de sel dans la conversation. Employé à la Société générale d'électricité et réparateur bénévole de toutes les pannes de courant domestique dans le quartier, son tempérament méridional était bridé par sa méconnaissance du créole qu'il essayait d'apprendre sans grand succès. Pour lui faire plaisir, Syrien avait tendance à s'attarder sur son escale marseillaise.

— Et comment tu as fini par débarquer ici ? faisait au bout d'un moment un client du « Rendez-vous des amis » que cette complicité agaçait inévitablement.

— Ça, c'est un secret ! Oui, un secret ! beuglait soudain le Levantin.

En réalité, le débarquement d'El-Hamdi à la Martinique n'avait rien eu de particulièrement mystérieux, mis à part le fait qu'il résultait de son éternelle étourderie. Après avoir, en effet, travaillé deux mois et demi comme docker sur le port de Marseille, il avait finalement réussi à rassembler la somme nécessaire à l'achat d'un billet transatlantique. Il avait porté son choix sur un bateau de marchandises en partance pour New York. Le seul nom d'Amérique, là-bas, dans son village, transportait les gens dans un rêve. Ils voyaient cette terre comme celle de l'absolue félicité et surtout comme un endroit où régnait la paix. Un endroit où les guerres de clans et de religion n'avaient point cours et où, pour peu qu'on fût dur à la tâche, on pouvait espérer s'enrichir en un laps de temps raisonnable. Au Liban, il fallait s'esquinter l'entier d'une vie, et donc avoir les cheveux neigeux, pour pouvoir espérer jouir d'une aisance au demeurant toute relative car à la merci de l'éternelle mésentente entre musulmans, chrétiens et druzes ainsi que les multiples factions que comporte chacun de ces cultes.

Or donc, le gros défaut d'El-Hamdi était sa propension à tout oublier. Dans son enfance, on l'avait, dans sa famille, surnommé « Le Distrait », chose qui lui valait des taloches régulières de son père et de ses innombrables oncles. Si bien qu'il était inévitable qu'il se trompât quant au jour de départ et arrivât sur le quai d'embarquement le surlendemain. Sans doute ne se rendit-il même pas compte tout de suite qu'il était monté à bord d'un navire en partance pour Carthagène des Indes, à Bénézuèle. Il se rassura en se disant qu'après tout ce pays espagnol ne devait pas être bien éloigné des États-Unis. Il est vrai qu'à l'époque ses connaissances en matière de géographie étaient des plus sommaires. Ce qu'il ne savait pas, par contre, c'est que le *San Pedro* devait faire une escale de trois jours à l'île de la Martinique. Il fut tout heureux de pouvoir toucher la terre ferme et de respirer enfin un air qui n'était pas chargé de sel marin, chose qui l'insupportait davantage que le roulis. La modeste bourgade qu'était Fort-de-France l'enchanta de prime abord. Il fut ensuite ravi d'y rencontrer des compatriotes qui y tenaient des magasins de toilerie et de quincaille, bien qu'ils ne lui fissent pas un accueil très chaleureux, devinant qu'il n'était point, comme la plupart d'entre eux, maronite. Il parvint cependant à sympathiser avec un certain Benalil, qui venait d'ouvrir un superbe établissement, « Les Nuits de Damas », dans une rue qui était occupée presque exclusivement par des commerçants levantins. Le vieux adorait jouer aux cartes, mais, étant donné son âge avancé et ses manies, ne trouvait guère de partenaires. Il fut ravi qu'El-Hamdi acceptât de disputer des parties avec lui, cela des après-midi entiers, dans l'appartement sombre où il vivait confiné, ne descendant au magasin que pour la fermeture. Souvent, des désaccords éclataient avec son fils aîné sur le montant de la recette du jour, désaccords au cours desquels le vieux avait rarement le dessus. Son fils nourrissait une sourde hostilité envers El-Hamdi qui ne tenait pas seulement à leur différence de religion. En fait, les Levantins de la Martinique avaient pour habitude de faire venir du pays des parents ou des amis proches (et bien souvent de futures épouses) et l'arrivée d'un parfait inconnu les dérangeait. Toujours est-il que Syrien, enfoncé jusqu'au cou dans ses parties de cartes, en oublia à nouveau la date de départ de son navire. Il se retrouva donc bloqué à la Martinique. Le premier soir, il en fut si désolé qu'il dormit à la belle étoile sur les quais. Au matin, une charbonnière l'aperçut, allongé de tout son long entre des piles de caisses, et crut avoir affaire à un cadavre. Son hurlement réveilla net El-Hamdi qui lui balbutia les quelques bribes de français qu'il baragouinait.

— *Ou... ou té ka dòmi!* (Tu... tu dormais!) fit la charbonnière soulagée, la main sur le cœur.

Sans bien comprendre ses propos, le Levantin s'approcha d'elle et esquissa un geste, à ses yeux banal, mais qui eut le don de la plonger dans une extase sans nom : il lui posa délicatement les mains sur les cheveux bien qu'ils fussent attachés à l'aide d'un madras couvert de suie et lui sourit. Jamais un homme n'avait fait montre de tendresse à son égard. Quoiqu'il fût bizarrement accoutré et qu'aucun échange réel ne fût possible entre eux, elle lui expliqua par signes qu'elle était prête à l'héberger. Après s'être fait enregistrer auprès du contremaître, la charbonnière lui fit signe de la suivre. El-Hamdi empoigna sa valise de carton et lui emboîta le pas sans hésitation. Lui aussi avait été surpris par l'attitude de la jeune femme et il se demandait ce que pouvait bien cacher tant de générosité.

Celle qui déclara s'appeler Finotte, se frappant la poitrine plusieurs fois pour qu'il comprenne qu'il s'agissait de son nom, le conduisit vers une petite éminence boisée qui surplombait le port. On y accédait par un escalier de pierre en colimaçon, comportant quarante-quatre marches. El-Hamdi les compta machinalement. Un peu abasourdi, vaguement inquiet. Prêt à toute éventualité et déterminé à défendre chèrement sa peau en cas d'agression. Finotte avançait sans se retourner et El-Hamdi ne put s'empêcher de saliver sur la cambrure de ses reins, lui qui n'avait pas eu de commerce charnel depuis des mois et des mois. Elle s'était légèrement dénudé les épaules, sans doute à cause de la chaleur, et sa peau couleur de caramel était irisée par des gouttelettes de sueur qui la rendaient si-tellement attirante qu'El-Hamdi dut se retenir pour ne pas l'étreindre à la taille au moment où elle s'arrêta sans crier gare.

— Je suis sur la trente-deuxième marche, lui annonça-t-elle. La suivante, la trente-troisième, est celle de la mort subite dans la fleur de l'âge. Tu veilleras à ne pas y poser le pied, d'accord ?

Le Levantin ne comprit mot à son charabia, mais l'imita lorsque, soulevant le bas de sa robe, elle enjamba avec précaution ladite marche. Ils parvinrent à un petit plateau boueux où quelques cochons au poil ras se pavanaient en toute tranquillité tandis que des gamins noirs, à moitié dévêtus, s'amusaient à leur lancer des pierres. Une femme, en soutien-gorge, lavait du linge dans un fût rempli d'eau de pluie. Lorsqu'elle aperçut Finotte, elle lui sourit avant de lancer à la cantonade :

— Hé, les amies, voici qu'on nous amène un monsieur qui m'a tout l'air d'avoir perdu son chemin !

— Il ne s'est pas égaré, rétorqua la charbonnière, les poings posés sur les hanches comme pour la défier. C'est mon homme à moi, alors respectez-le, s'il vous plaît !

Un petit groupe de femmes, jaillies des cases qui ceinturaient le plateau, s'approcha du couple et examina El-Hamdi avec curiosité.

— Et il s'appelle comment, ton homme ? fit l'une d'entre elles en ricanant.

Finotte en demeura interloquée mais, miracle d'entre les miracles, le Levantin répondit :

— Moi El-Hamdi ! Moi El-Hamdi !

Son accent provoqua un éclat de rire général et, de ce jour, chacun accepta celui qu'elles décidèrent de rebaptiser « Syrien » comme le concubin officiel de Finotte. Cette dernière l'hébergea durant six mois puis, s'étant lassée de sa personne, lui suggéra de s'installer en la ville de Saint-Pierre où les opportunités ne manquaient pas. Ce que fit le Syrien, la mort dans l'âme…

COMÉDIE CRÉOLE ACTE VI

Il faut raconter l'inénarrable.

Il faut rire du pathétique.

Il faut moquer l'ignoble.

Ainsi soliloque le maître de la parole, le gardien des mémoires ensevelies, celui que nous ne remarquons pas parce qu'il s'applique à l'insignifiance désormais. Celui qui se faufile, ombre de son ombre, sur nos trottoirs où se garent automobiles rutilantes, héroïques vendeuses haïtiennes de vêtements sans gamme ni dièse, zombies en quête de tafia ou d'herbe à rêver, jeunes filles en fleur, déjà fanées, guettant le gandin aux poches bien pleines.

Celui que nul n'écoute plus.

Alors, tu prends le relais, tâchant — oh difficile, oui ! — de bouturer le dire et l'écrire...

Dans une autre vie, dont elle gardait les détails par-devers elle, vie qui s'était déroulée avant la deuxième grande guerre en tout cas, Florine Jolème avait parcouru l'archipel des Antilles dans son entier ainsi que les côtes de Bénézuèle et de Colombie (où elle laissa une partie de son cœur), y exerçant la très particulière profession de pacotilleuse. En fait, lorsque la distillerie du Marigot se mit à avoir des difficultés, que les champs de canne se transformèrent en friches et que le béké commença à distribuer des billets-ce-n'est-plus-la-peine à tour de bras, la jeune fille qu'elle était encore, dans ces années 1930, comprit que son destin se trouvait ailleurs. Loin, très loin, de cette commune rurale où vivotait une population hébétée, peu prompte à la révolte en tout cas, à qui M. l'abbé demandait en chaire, chaque dimanche de beau matin, de faire preuve de patience ou de résignation. Les parents de Florine étaient d'honnêtes travailleurs des champs — lui, coupeur de canne, elle, amarreuse — qui vivaient comme si l'esclavage n'avait pas été aboli trois quarts de siècle plus tôt et qui n'élevaient jamais la voix, même quand les prix augmentaient à l'arraché-coupé dans la boutique de l'Habitation. Sans crier gare, la demi-livre de morue ou la chopine d'huile devenaient du luxe et l'on devait se contenter de carreaux de fruit-à-pain cuits à l'eau des semaines durant. Le père de Florine serrait les dents, son front se barrait de mille plis, mais il n'émettait aucune protestation contre ce que son épouse qualifiait, à voix basse, il est vrai, de scélératesse. Par on ne savait quel miracle, le père de celle-ci, bientôt centenaire, avait surmonté l'incroyable défilé d'avanies qui constituaient la vie du nègre depuis qu'on l'avait voltigé dans cette île. Enfant, il avait eu le temps de connaître les derniers feux de l'esclavage, l'enthousiasme de l'abolition et l'immense déception du temps d'après. Si bien qu'on s'écartait de lui car dans sa mémoire s'étaient imprimés trop de souvenirs qu'on voulait effacer à jamais. Le père de Florine lui avait construit une petite case, à l'ombre d'un manguier, assez à l'écart du hameau de Dominante où résidaient les Jolème, case à laquelle on ne pouvait accéder qu'à partir d'une trace perpétuellement envahie par l'herbe-Guinée ou les halliers. De temps à autre, il revenait à la jeune fille de porter sa pitance à l'ancêtre. Une demi-calebasse contenant des tranches d'igname ou des patates douces, agrémentées parfois d'une queue de cochon salée. Une fois par mois, elle lui remettait une bouteille de rhum Courville et de mystérieux cachets qui, prétendait sa mère, soulageaient les rhumatismes. Tout au contraire des parents de Florine, l'ancêtre débagoulait sans cesse. Il soliloquait, grandiloquait, hoquetait, s'adressant aux arbres, au ciel, à la pluie, à des êtres invisibles ou qu'il était le seul à pouvoir apercevoir. Florine, au début, était saisie de tremblade chaque fois qu'elle devinait que c'était à son tour de ravitailler ce vieillard au corps si sec et si noueux qu'il semblait taillé dans l'une de ces énormes racines des fromagers qui poussaient autour de sa case. Son créole était énigmatique. Il ne souffrait aucun dialogue. D'ailleurs, dès qu'elle lui tendait la demi-calebasse, il lui lançait :

— *Asiz kouté, mafi !* (Asseyez-vous et écoutez, jeune fille !)

Des heures durant, l'ancêtre tenait Florine sous l'emprise de son langage. Il évoquait des faits si horribles que la jeune fille en avait des cauchemars la nuit : esclave marron dévoré par une meute de chiens venus de Cuba et spécialement dressés pour reconnaître l'odeur du nègre ; condamné placé à l'intérieur d'un tonneau piqué de clous que les planteurs faisaient rouler du haut d'une pente dans de vastes éclats de rire ; coups de fouet jusqu'à ce que la peau du dos éclate telle une goyave trop mûre. L'ancêtre était intarissable. Tout bonnement inarrêtable. Un jour, n'y tenant plus, la jeune fille questionna sa mère sur un ton anodin pour se voir rétorquer vertement :

— *Kouyonnad ki la ! Ou pa wè viékò-a vini dekdek kon sa yé a ?* (Sottises que tout cela ! Tu n'as pas compris que ce vieillard a perdu la raison ?)

Elle était tellement en colère qu'elle laissa tomber le verre qu'elle était en train de laver et se blessa en ramassant les morceaux éparpillés sur la terre battue de la courette où avait été aménagée une cuisine en plein air. Tout en suçant le doigt dégoulinant de sang, elle d'habitude si réservée, si taiseuse même, éructa :

— Florine, ne va pas te mettre des idées fausses dans la tête, s'il te plaît ! Le nègre n'a jamais été esclave de personne et si c'est le Blanc qui possède tout, c'est parce qu'on est des fainéants. Au départ, le bon Dieu a baillé au nègre et au Blanc les mêmes avantages, mais le nègre a gaspillé les siens et s'est retrouvé plus couillon que ses deux pieds... Tu m'écoutes ?... Le nègre n'est qu'un pavaneur qui ne pense qu'à jouer aux dés, à faire des coqs se gourmer, à danser la bamboula et à couillonner les jeunes filles comme toi. Attention à tous ces garçons qui viennent te sucrer les oreilles, ma fille ! Ils n'ont aucune intention de fonder une famille. Tout ce qui les intéresse, c'est de tirer du plaisir de ton corps et puis, hop, ils retirent leurs pieds comme des sacrés malpropres qu'ils sont !...

Elle se tut durant des mois, se chargeant de ravitailler elle-même le vieillard le plus souvent possible. L'entrée de Florine à l'école primaire du bourg brisa le lien qui s'était établi entre la jeune enfant et le vieux-corps qui racontait des histoires terribles du temps de l'antan. Désormais, ils n'avaient plus guère de contact qu'aux vacances et, final de compte, le poids des ans finit par s'abattre sur les frêles épaules de celui qui avait tout connu, tout supporté : Florine fut celle qui découvrit son cadavre foudroyé au mitan d'un après-midi d'avril où une pluie inopinée, accompagnée d'éclairs et de tonnerre, s'était abattue sur les mornes. Curieusement, il arborait un sourire narquois et ses yeux avaient viré au vert bouteille. Il était devenu arbre. Arbre desséché, calciné par la foudre. Elle tint la nouvelle secrète des semaines durant sans trop savoir pourquoi jusqu'au jour où sa mère découvrit la vérité. Dès le lendemain, elle expédia Florine à Fort-de-France, chez une sienne amie qui exerçait la profession de pacotilleuse. Une dame à l'identité incertaine puisqu'elle se faisait appeler tantôt Franciane tantôt Margaret tantôt Carmen et jargouinait tout un considérable d'idiomes dont les sonorités déconcertèrent la jeune fille. La dame était allée la réceptionner à la gare des taxis-pays de la Croix-Mission et dès qu'elle lui prit la main, lui lança :

— Eh ben Bondieu, mais tu as des grains de poivre sur la tête, ma fifille ! Faudra arranger ça tout de suite. Tu vis en ville maintenant...

Intimidée, Florine lui emboîta le pas à travers les rues encombrées, descendant et remontant sur le trottoir, s'efforçant d'éviter les grandes personnes pressées qui filaient droit devant elles ou les désœuvrés qui s'imaginaient pouvoir tenir salon à même le bitume brûlant. Malgré ses espadrilles en plastique flambant neuves, Florine ressentit une vive chaleur sous le plat des pieds, presque une brûlure, et le souvenir de ce jour premier devait rester à jamais lié à cette dernière. Plus tard, le monde se gausserait du goût immodéré de Florine pour les belles chaussures. À un moment de sa vie — le pire ! —, elle en collectionnerait jusqu'à une trentaine de paires. C'est qu'au plus profond de la campagnarde qu'elle n'avait jamais cessé d'être, En-ville équivalait à pieds chaussés.

Franciane tenait un stand de pacotilles sur la Jetée, non loin du fort Saint-Louis, où parfois des bateaux de croisière jetaient l'ancre. Il arrivait que des touristes blancs comme de la cassave en descendent et farfouillent dans ses paniers, l'air passablement amusé, jetant leur dévolu sur quelque peigne en écaille de tortue fabriqué à Saint-Domingue ou l'un de ces curieux livrets de magie blanche en provenance de Port of Spain. Franciane avait enseigné à Florine les quelques mots d'anglais et d'espagnol indispensables à ce négoce et, très vite, la jeune fille se montra experte dans l'art de résister aux demandes exagérées des clients, lesquels voulaient toujours qui un rabais qui deux ou trois choses pour le prix d'une seule.

— Je n'ai pas de chez-moi ! avait lancé la pacotilleuse à Florine dès le départ. Ou plutôt, partout où je vais, c'est chez moi. Tu comprendras !

Pour de bon, elle était hébergée, au quartier du Calvaire, chez un homme d'âge mûr qui exerçait la profession de réparateur d'instruments de musique et qui parlait un français si-tellement raffiné que la jeune fille levait rarement les yeux sur lui les fois où il jugeait bon de lui faire une remarque. Il devait avoir, au bas mot, une trentaine d'années de plus que celle qu'il n'appelait jamais que « ma Carmen adorée », mais ils dormaient dans le même lit, au premier étage d'une bâtisse en ciment dont la peinture s'écaillait. Florine s'était vu attribuer un cagibi du rez-de-chaussée dans lequel un lit pliant tenait avec difficulté entre une foison de boîtes, de cartons et de caisses qui contenaient tout ce que Franciane-Margaret-Carmen rapportait de ses pérégrinations aux deux bords de l'archipel. Un véritable trésor qui émerveilla la jeune fille du Marigot ! Elle devait d'ailleurs, à peine quinze jours après sa débarquée dans l'En-Ville, prendre la mer avec sa tutrice à bord d'un caboteur qui battait pavillon hollandais et qui transportait du charbon de terre à fond de cale et du charbon de bois sur son pont arrière.

Si donc Man Florine ne voulait surtout pas que les résidents de l'Hôtel du Bon Plaisir connaissent l'histoire de ses premiers pas dans l'En-Ville, si elle se montrait particulièrement loquace sur son ancien métier de charbonnière à la Compagnie générale transatlantique, chose dont elle était très fière, quand Me Dorimont ou Victorin Helvéticus l'interrogeaient à ce sujet, elle répondait en souriant :

— Florine a eu trente-six vies !

C'est que, dès le départ, sa nouvelle existence avait viré à la bacchanale alors qu'elle n'avait même pas quinze ans révolus. L'équipage du caboteur sur lequel la pacotilleuse et elle avaient embarqué était composé d'une dizaine de rudes hommes de mer. Leur langage était tantôt doux tantôt rauque. Le doux renvoyait au parler de leur île d'origine, le papiamento, manière de créole espagnol que Florine apprendrait plus tard en six-quatre-deux. Le rauque au néerlandais dont elle n'apprit jamais que quelques phrases. Hormis une cuisinière asiatique qui ne mettait presque jamais le nez dehors, Man Franciane et elle se trouvaient être les seules et uniques femmes à bord et, au début du voyage, aucun des marins ne prit leur hauteur. Il est vrai que dès la sortie de la rade protégée de Fort-de-France, un vent violent se leva qui fit tanguer si fort le bateau que Florine crut un instant qu'elle allait rendre son fiel. Le capitaine, un homme peu causant, leur avait attribué une espèce de soupente sur le pont avant où des vagues venaient se fracasser par intermittence, les détrempant jusqu'aux os. La première nuit, un froid intense les poussa à se coller l'une contre l'autre et, pour la première fois de sa vie, Florine fit l'expérience de la tendresse maternelle. Dans sa haute enfance, là-bas, au Marigot, sa mère était bien trop occupée aux tâches ménagères (il fallait s'occuper d'une trâlée de garçons!) lorsqu'elle rentrait des champs et surtout ne semblait guère enchantée d'avoir eu une fille comme ultime rejeton. Autant elle couvait les frères de Florine, autant elle laissait cette dernière aux bons soins de son père qui, fort heureusement, la considérait comme la huitième merveille du monde.

Dans la nuit, la tempête s'apaisa quelque peu et la jeune fille eut la surprise d'entendre sa protectrice prier Dieu en divers idiomes dont la plupart lui étaient inconnus. Elle égrenait dans le même temps un chapelet en ivoire qu'ordinairement elle tenait attaché à son poignet. La seule chose que Florine put comprendre fut :

— Saint Jean-Baptiste, éloigne le malheur de notre route! Fais que nous arrivions à bon port, je t'en supplie!

Dès que le caboteur dépassa les magnifiques pitons jumeaux de l'île de Sainte-Lucie, le temps changea du tout au tout. Un soleil éclatant fit scintiller une mer si calme et si transparente qu'on pouvait compter les dauphins qui nageaient à bâbord et à tribord, faisant une amusante garde d'honneur au bateau. En fin d'après-midi, le vent tomba complètement et le bateau s'immobilisa presque. Désœuvrés, les marins se mirent à jouer aux dés et aux dominos ou se prélassèrent dans des hamacs, ingurgitant force bouteilles de rhum. Certains lâchaient des enfilades de jurons ou éclataient de rire en sautillant comme des macaques de cirque quand ils avaient gagné quelque partie. Le capitaine, par contre, semblait fort énervé et faisait les cent pas, les mains derrière le dos et les yeux fixés sur l'horizon qu'il scrutait à la longue-vue de temps à autre.

— Nous n'atteindrons jamais Saint-Vincent samedi matin si le vent ne se lève pas, expliqua la pacotilleuse à Florine. C'est pour ça qu'il se fait du souci, oui…

Elle ajouta que ce jour-là devait se tenir un important marché aux bestiaux sur cette île et que le capitaine devait y acheter plusieurs têtes de bétail pour le compte d'un éleveur de Curaçao, leur destination finale, tout au sud, à quelques encablures de Bénézuèle. Toutes ces choses étaient si-tellement nouvelles pour Florine qu'elle écoutait bouche bée. En fait, elle éprouvait de la gêne parce qu'elle n'avait pu faire qu'une toilette sommaire depuis deux jours et elle accueillit avec satisfaction la proposition de se doucher sur le pont arrière que vint leur faire le quartier-maître, lequel, de toute évidence, entretenait des relations fort étroites avec sa protectrice. Les marins ne levèrent même pas la tête lorsque les deux femmes passèrent à côté d'eux, absorbés qu'ils étaient par le jeu. L'arrière du bateau, beaucoup plus vaste que l'avant, était encombré, outre les sacs de charbon de bois, de marchandises de toutes sortes : caisses de morue séchée, piles de légumes et régimes de bananes, fûts d'huile et planches en bois de courbaril. Un espace semi-fermé avait été aménagé en guise de salle de bains. Entre deux fûts portant l'inscription « Trinidad Petroleum Company », on pouvait s'asperger à l'aide de dames-jeannes d'eau douce. La pacotilleuse se déshabilla prestement, intimant à Florine l'ordre de l'imiter, et se mit à lui savonner énergiquement le dos. Au moment où elle s'apprêtait à soulever l'un des récipients, des voix éraillées se firent entendre autour de l'abri. Une grappe de marins ivres, pantalons baissés jusqu'aux chevilles, battaient une douce branlette en lançant des jurons immondes. Florine en fut si effrayée que pas un cri ne jaillit de sa bouche. La pacotilleuse serra les dents avant de déclarer en papiamento, puis en anglais :

— L'un après l'autre, je vous en prie. Quant à cette libellule, elle est encore vierge…

Comme s'ils avaient reçu l'ordre d'un supérieur, les marins se calmèrent sur-le-champ et s'alignèrent en file indienne. Poussant la jeune fille dans un angle du réduit, Franciane s'étala de tout son long sur le plancher mouillé et reçut, entre ses cuisses, à tour de rôle, la presque totalité de l'équipage. Les matelots étaient si affamés qu'ils gigotaient à peine sur le corps flasque de la pacotilleuse qui, stoïque, gardait les yeux grands ouverts. Certains, parmi ces brutes, ahanaient pendant trois minutes avant de se retirer; d'autres peinaient à pénétrer leur proie mais, ceci fait, la chevauchaient avec rage. D'autres, plus timides, lui embrassaient fiévreusement les seins avant de descendre jusqu'à son giron qu'ils se mettaient à dévorer à la manière de fauves.

Le quartier-maître, qui était resté à l'écart, s'approcha de Florine qui s'était recroquevillée contre l'un des fûts et pleurait en silence. Il lui mignonna le cou, descendit de ses doigts velus jusqu'à la raie de son derrière et la souleva brusquement. Elle ne pesait pas davantage qu'une plume. Il l'empala d'un geste sec et se mit à la bourriquer, balançant sur ses jambes pour ne pas perdre l'équilibre.

*

Le seul et unique indice était donc cette page arrachée à un livre de grammaire française, qui avait été retrouvée pliée en quatre dans la bouche de Nostre Homme dont la langue avait été coupée à moitié. Le commissaire Montargis l'avait posée sur son bureau, dans un cendrier en verre oublié par son prédécesseur, et chaque matin, avant de se plonger dans la pile de dossiers préparés par sa secrétaire, il la fixait un long moment comme pour s'obliger à ne pas baisser les bras. En haut lieu, on lui avait fait comprendre qu'il perdait son temps. Ce cadavre à l'identité bien incertaine, qu'aucun parent ou ami n'avait pleuré ni n'avait accompagné lorsqu'il avait été enseveli presque à la sauvette au cimetière des pauvres, sur les flancs du Morne l'Ermitage, n'intéressait personne. Quant au rituel macabre qui avait accompagné son exécution (le mot n'était pas trop fort, songeait Montargis), il était, lui avait-on également répété, des plus communs dans ce pays où le christianisme au bout de trois siècles n'avait toujours pas réussi à vaincre le paganisme d'origine africaine.

Ses premiers soupçons s'étaient portés sur les deux individus qui habitaient le deuxième étage, les sieurs Beausivoir et Laverrière, le premier parce qu'il se raidissait chaque fois que Montargis l'interrogeait et surtout parce qu'il ne le regardait jamais dans les yeux. Non, il ne s'était pas lié d'amicalité avec Nostre Homme ! Non, il ne savait pas d'où venait ce bougre, de quelle commune ou de quelle campagne !

— Je suis un gros travailleur, moi, plaidait Beausivoir. J'ai toujours trois-quatre chantiers en cours. Est-ce que vous croyez sincèrement que j'ai le temps de m'occuper des faits et gestes de quelqu'un qui, me semble-t-il, mais peut-être que je me trompe, n'a jamais travaillé de ses dix doigts ? Et puis, quelles raisons aurais-je eues de lui en vouloir ? Nos chemins ne se croisaient jamais. Enfin presque, juste dans l'escalier, je veux dire.

Le titre que Beausivoir s'était octroyé — « entrepreneur en travaux divers » — faisait sourire le commissaire Montargis. La propension à la grandiloquence était une des caractéristiques du tempérament créole qui l'agaçaient le moins. En tout cas, l'homme lui parut sincère. Dans un premier temps.

Tel n'était pas du tout le cas du clarinettiste Jean-André Laverrière lequel ne pouvait nier qu'il était en bons termes avec Nostre Homme vu que le voisinage les décrivait comme les meilleurs compères du monde. Le musicien croyait savoir que la victime était originaire du sud de la Martinique. Des Anses-d'Arlets ou du Diamant. Il n'en était pas très sûr. Il savait aussi que le père de Nostre Homme avait exercé en tant que juge de paix à l'orée du siècle dans la ville de La Trinité. Rien de plus. Ce qui rendait le musicien suspect aux yeux du commissaire, c'était le fait qu'il s'ingéniait à dévier la conversation pour parler de son séjour montmartrois dans l'entre-deux guerres. À l'écouter, il avait été l'une des vedettes du bal nègre de la rue Blomet où se pressaient, outre les Antillais de Paris, toute une foison d'artistes, de comédiens, d'écrivains, d'intellectuels et de fils à papa, tant français qu'étrangers.

— Miró adorait mes coups de clarinette, monsieur le commissaire, commençait-il d'une voix exaltée. Il s'asseyait à une table du premier rang, la même à chaque fois, et commandait verre de rhum sec sur verre de rhum sec à-quoi-dire un vieux nègre de nos campagnes. Mais, contrairement aux autres Blancs, il ne dansait jamais. Il semblait insensible aux belles doudous qui aguichaient le monde avec leurs rires canailles… Il m'a invité à passer à son atelier quand je le voulais. C'était un sacré modèle d'honneur, commissaire ! Miró n'était pas n'importe qui. Des tas de riches Américains rivalisaient d'offres mirobolantes pour acquérir ses toiles et s'il avait daigné accepter, il aurait pu arrêter de travailler jusqu'à la fin de sa vie. Mais le peintre n'aimait pas se séparer de ses œuvres…

À la vérité, le commissaire Montargis ne put tirer aucune information un tant soit peu utile de la bouche du clarinettiste, qu'il fut obligé de mettre hors de cause lorsque ce dernier lui fournit la preuve que, la nuit du meurtre, il avait joué au « Petit Balcon » jusqu'aux aurores devant un public nombreux et qu'il s'était ensuite reposé dans sa loge jusqu'à dix heures du matin. Le patron du casino affirma que Jean-André était coutumier du fait.

— Ici, c'est un peu comme un deuxième chez-lui, ajouta-t-il. De tous mes musiciens, il est le plus fidèle et le plus régulier. J'envisage même, figurez-vous, de lui céder mon bail lorsque je n'aurai plus la force de veiller tard.

Montargis pesta des semaines durant contre les enquêtes à la sauce tropicale. Jamais de témoins ni de suspects, des mises en scène abracadabrantes, souvent teintées de sorcellerie, et l'oubli quasi instantané de ce qui venait de se passer ! À chacune de ses visites à l'Hôtel du Bon Plaisir, Louise-Julie s'irritait :

— Encore vous ! Mais tout ça, c'est de l'histoire ancienne, cher commissaire. Plus personne ici ne se rappelle ce Nostre Homme, vous savez.

Le Poitevin refusait pourtant de céder à la pression ambiante. Encore que, jugeait-il, « pression » fût un bien grand mot. « Léthargie » était plutôt celui qui convenait. Il n'était pas créole et ne voulait pas le devenir, voilà ! C'est pourquoi il finit par mettre à la question les deux seuls locataires qu'il avait, d'instinct, jugés insoupçonnables, à savoir l'instituteur retraité Helvéticus et l'ancien grand maître du barreau, Auguste Dorimont. Au moins ceux-ci avaient-ils reçu une éducation tout ce qu'il y avait de plus française. Ils étaient donc à même de comprendre qu'on ne pouvait enterrer une telle affaire d'un désinvolte haussement d'épaules. Surtout un homme de loi tel que Dorimont auquel tout le monde continuait à donner du « maître » bien qu'il n'exerçât plus depuis des lustres.

— J'espère que vous voulez plaisanter, le rebuffa d'emblée ce dernier, le prenant de haut. Je n'ai jamais eu affaire ni de près ni de loin avec cet individu. Cela, n'importe quel locataire peut vous le confirmer.

— Certains laissent entendre pourtant que vous aimez beaucoup poser des questions. Il semblerait que vous parlez très peu de votre vie à vous, mais que celle des autres a l'air de vous intéresser au plus haut point. Vrai ou pas vrai ?

L'ancien ténor du barreau tiqua. Son visage s'empourpra comme s'il était sur le point de s'encolérer mais la morgue ancestrale du mulâtre qu'il était depuis cinq générations reprit le dessus. Il gratta sa fine moustache poivre et sel. Sourit.

— Mais je ne vous ai pas fait asseoir, commissaire. Je vous sers quoi ? porto ? gin ?

— Merci bien... j'imagine que vous connaissez la réponse dans ces cas-là. Jamais pendant le service !

L'appartement de Dorimont était parfaitement rangé. On sentait que des mains féminines y veillaient. Un poste de radio, dont le cadre était en boiserie, diffusait en permanence de la musique classique en sourdine. Des manuels de droit, aux couvertures rouges ou noires, étaient alignés sur une bibliothèque murale qui occupait l'entier du salon, mais on devinait qu'ils n'étaient plus ouverts du tout.

— Je ne vous suspecte de rien, reprit Montargis. Je cherche à savoir ce qui s'est passé. C'est mon travail, n'est-ce pas ?

— C'est un peu vrai qu'à ma manière je me comporte comme une sorte d'inspecteur de police. Ha-ha-ha !... Mes voisins ne vous ont pas raconté des sornettes, fit un Dorimont soudain détendu.

— Et je peux en connaître la raison ?

— Ah, je vous vois venir, commissaire ! Auguste Dorimont, en vieillissant, est atteint de curiosité maladive... Eh bien, non, il ne s'agit aucunement de cela. Sauriez-vous garder un secret ?

— Ça dépend... Dites toujours !

L'avocat déchu avala d'une traite un verre de porto et, sans entrevisager son interlocuteur, lui tournant même le dos, il déclara, détachant ses mots :

— J'ai découvert la littérature sur le tard… Avant, je n'en avais que pour le droit. Code civil par-ci, code pénal par-là. Ma femme… enfin, mon ex-femme, je veux dire… Dorise, passait par contre ses journées dans des romans et j'en étais venu à croire qu'il s'agissait là d'un passe-temps purement féminin. Quelque chose sans grand intérêt, si vous préférez… Et puis, bon, la vie m'a secoué, bousculé même. J'ai dû quitter ce pays durant de longues années. À mon retour, j'ai cru un moment pouvoir reprendre mon ancienne vie, mais Dorise m'a quitté brutalement. Sans explication aucune… Mais sans doute que tout cela ne vous est pas inconnu…

— Je fais mon métier…

— Bon, eh bien… J'ai atterri ici. Enfin, pour être plus précis, j'ai racheté cet immeuble à un béké avec ce qui me restait d'économies. Pour une bouchée de pain, fort heureusement.

— Je sais, je sais… Et alors, votre secret ?

— J'ai découvert Barbey d'Aurevilly, Stendhal, Zola, Huysmans, Paul Bourget… J'ai eu alors le sentiment d'être passé à côté de quelque chose d'important, de fondamental même… Et ma façon à moi, ne riez pas, commissaire, de rattraper le temps perdu, c'est d'écrire moi-même un livre. Un roman…

— Et il parlera de quoi ? Vous me menez en bateau, là…

Tout dans la voix et l'attitude du mulâtre dénotait qu'il était on ne peut plus sérieux. Il avait décidé d'écrire l'histoire de l'Hôtel du Bon Plaisir et de ses locataires !

— Certes, je ne suis pas naïf. Beaucoup ont dû

me cacher des choses inavouables. Comment leur en vouloir ? D'autres ont probablement enjolivé tel ou tel moment de leur existence… Mais, au fond, rien de bien grave. Le roman n'est-il pas l'art du mentir vrai? Je ne vous ennuie pas au moins, commissaire ?

— Non, continuez…

— Prenez Nini Jolicœur ! Elle m'a appris avoir été femme de chambre dans une famille bourgeoise du XVIe, puis infirmière à la Pitié-Salpêtrière, mais impossible de lui en faire dire davantage ! Or, il suffit d'être attentif à ses mimiques, à sa démarche, pour deviner qu'après elle a rejoint — volontairement ou sous la contrainte, je ne sais pas — toutes ces Antillaises perdues qui battent le pavé du côté de Pigalle.

Me Dorimont évoqua deux heures durant tout ce qu'il avait réussi à glaner comme informations sur ses voisins avant d'ouvrir l'un des tiroirs de sa bibliothèque, d'en sortir une dizaine de cahiers d'écolier de couleurs différentes et d'asséner à un Montargis ahuri :

— Tout est là !

Le commissaire comprit qu'il n'y avait rien à tirer de lui s'agissant de l'enquête dont il avait la charge. Par acquit de conscience, il lui demanda :

— Et rien sur Nostre Homme, je présume ?

— Rien ! Enfin quelques lignes, juste deux-trois petites choses insignifiantes. Vous pouvez emporter ces cahiers si nécessaire.

— Ça ira ! Je vous remercie.

Quant au deuxième suspect, Montargis ne put tout simplement pas l'interroger. Victorin Helvéticus fit savoir qu'il était alité les trois fois où il vint à son domicile et ne répondit à aucune des convocations au commissariat qu'il lui fit parvenir.

— Laissez tomber ! lui intima le procureur de la République. On n'ennuie pas un homme qui a obtenu les palmes académiques à l'âge de trente-sept ans…

[LE BON TEMPS QUI ROULE…

Que l'Hôtel de la Charité Saint François de Sales ait brocanté de nom et soit devenu l'Hôtel des Plaisirs, c'est-à-dire en termes vulgaires un bordel, au cours de la Seconde Guerre mondiale, et le soit resté de longs mois après la fin de celle-ci, ne parut point importuner Victorin Helvéticus lorsqu'il choisit d'y résider. Dans son langage précieux, il préférait d'ailleurs dire un lupanar, mot que le vulgum pecus avait du mal à prononcer, du moins ceux qui ne savaient s'exprimer qu'en créole. Le vieil instituteur ne qualifiait d'ailleurs pas non plus les femmes qui y vendaient leur corps de putaines ou de femmes-matador, comme le faisait tout un chacun, mais de ribaudes et, dans sa bouche, leur activité s'appelait commerce vénérien. Il fut le seul, à l'époque, qui accueillit ces nouvelles arrivantes avec bonhomie, voire avec chaleur.

— Dans ma jeunesse, je fus un socialiste libertaire, chère madame, minauda-t-il face à Louise-Julie de Lamotte lorsque celle-ci vint le solliciter pour rédiger un courrier aux autorités visant à exiger que l'établissement qu'elle avait dirigé avec tant d'abnégation pendant plus d'une quinzaine d'années redevienne un havre pour les déshérités.

Nul ne s'étonna donc qu'il devînt le chouchou de Fifi-Grandes-Cuisses, Loulouse, Amandine-Bels-Tétés et Manuella, les quatre premières filles de mauvaise vie à occuper les appartements des deuxième et troisième étages après le départ de celles qu'y avait installées le sinistre lieutenant Bayle, bras droit et âme damnée de l'amiral Robert. Il est vrai que ces dames se gardaient de provoquer la pudeur des autres locataires. Elles avaient toutes une activité déclarée : Fifi était coiffeuse à domicile, Loulouse couturière, Amandine repasseuse et Manuella, une Vénézuélienne échouée à la Martinique par pur hasard, diseuse de bonne aventure. De jour, toutes recevaient des commandes régulières ou des clients tout ce qu'il y avait de plus honnêtes. Sauf qu'à la nuit tombée défilaient des théories de messieurs bien mis, panama sur la tête, cigare au bec parfois, qui se faufilaient dans les escaliers branlants des étages supérieurs pour n'en redescendre qu'une demi-heure plus tard, la démarche légèrement chaloupée, un sourire satisfait sur les lèvres. Comme la tranquillité du quartier n'en était point affectée et que cela permettait à la piétaille de voir circuler du beau monde, nul ne s'offusqua que la soupe populaire que, depuis toujours, on distribuait en veux-tu en voilà par les fenêtres du rez-de-chaussée de l'immeuble, et cela par tous les temps, fût peu à peu remplacée par des sortes de pourboires. En effet, ces messieurs de la haute, « gens de haut parage » dans le français alambiqué de Victorin Helvéticus, sollicitaient les désœuvrés pour qu'ils gardent leurs automobiles ou qu'ils les lavent. Jeunes et moins jeunes, gamins des rues et apprentis marloupins, et même parfois gens d'âge mûr comme Waterloo, se disputaient ce qu'ils considéraient comme un insigne honneur. Ils recevaient la chamoisine et le pot de cire des mains du propriétaire du véhicule exactement comme ils prenaient l'hostie à la messe, c'est-à-dire les yeux baissés et un air de profonde humilité décorant leur figure. Le propretage, comme l'on disait, des Chevrolet, Dodge et Renault attirait un grand concours de riverains de la rue de la Commune-de-Paris, chacun s'approchant, à distance respectueuse, de ces objets rutilants et y allant de son commentaire sur la magnificence des sièges en cuir ou les performances des différents moteurs. Cela constitua vite une nouvelle forme de cinéma-sans-payer.

Au début, sonnée par la vente de l'établissement qu'elle s'était baillé tant de mal à faire construire et surtout à diriger, l'aînée des De Lamotte se cloîtra dans l'appartement du rez-de-chaussée que son cruel beau-frère leur avait laissé, à elle et ses deux sœurs. Louise-

Julie s'abîmait en prières aux pieds d'une statue de la Vierge Marie qui reposait sur un escabeau dans un angle du salon, et demandait, à voix haute, à la mère de Dieu quels péchés elle avait bien pu commettre pour subir un tel châtiment. Des péchés véniels, ça, oui ! Inutile de chicaner. Elle adorait, par exemple, la confiture de tamarins et s'en goinfrait jusqu'à attraper parfois des diarrhées-cacarelles qui lui arrachaient des hurlements de douleur l'entier d'une nuit, chose qui réveillait le monde. Ah ! C'est vrai aussi qu'elle était curieuse d'ouvrages que l'Église jugeait licencieux : *La Dame aux camélias*, *Nana* et un opuscule plus que sulfureux, *Une nuit d'orgie à Saint-Pierre Martinique*, paru en 1892 à Saint-Pierre, par quelqu'un, probablement un Blanc créole, qui s'était dissimulé derrière le pseudonyme d'Effe Géache. Elle avait longtemps cherché, sans succès, à percer l'identité de ce F. G. H., consultant les principaux ouvrages de généalogie coloniale de la Martinique dans la bibliothèque que le père de Pierre-Marie de La Ramée avait léguée à son inculte d'héritier. À part cela, elle ne voyait guère ce que le Très-Haut pouvait bien lui reprocher. Elle était restée jeune fille après qu'elle eut été dédaignée par le fils de ce planteur du Lamentin que l'on enterra en grande pompe ; à l'inverse, sa cadette se livrait à la masturbation et P'tite Popotte, la benjamine, juste avant de rejoindre l'Hôtel de la Charité, s'était fait engrosser par un Blanc ou un mulâtre dont elle ne voulut jamais révéler l'identité. Dans le doute et pour éviter toute mésalliance, on fit appel à une faiseuse d'anges laquelle vint tout spécialement de la Guadeloupe afin que l'affaire ne s'ébruitât point sur place. Pourquoi donc la punir, elle, Louise-Julie ? Car elle avait toujours considéré l'établissement comme sa chose à elle, le fruit de sa propre détermination, et donc sa vente fut ressentie par elle comme un échec personnel. Ses sœurs n'étaient que d'humbles créatures dénuées de jugeote et de ce fait d'importance, qui n'avaient fait que suivre leur aînée sans réellement se poser la question de savoir si elles désiraient vraiment sacrifier leur existence à soulager la misère des autres. Oui, en vendant l'Hôtel de la Charité, Pierre-Marie de La Ramée lui avait baillé un coup de Jarnac. À elle, Louise-Julie de Lamotte, sa belle-sœur, descendante d'un des plus grands usiniers du sud de la Martinique.

Les hétaïres, autre jolie expression du vieil instituteur du troisième étage, n'étaient pas au courant de l'histoire du lieu où Syrien les avait conduites. Certes, comme tout le monde à travers l'En-Ville, elles en avaient entendu parler, mais leur commerce les tenait généralement à l'écart de tout ce qui avait trait de près ou de loin aux choses de la religion. C'est que les trois Blanches créoles avaient fini par être considérées comme de véritables ma-sœurs et s'habillaient volontiers avec l'uniforme de cette profession. Bien que n'ayant aucune relation formelle ni le moindre lien juridique avec l'archevêché, l'Hôtel de la Charité Saint François de Sales passait, dans l'imaginaire collectif, pour être une émanation de celui-ci. Il était donc hautement improbable que Fifi-Grandes-Cuisses et ses consœurs eussent affaire un jour à cet univers de chapelets, d'eau bénite et de missels. Et pourtant ! Le destin est un vieux macaque qui possède plus d'un tour dans son sac, s'esclaffait l'impressionnante câpresse qui, pour de bon, dépassait la moyenne des gens de deux bonnes têtes. Elle n'avait pas pris en mauvaise part ce que Loulouse ou Amandine-Bels-Tétés avaient considéré d'emblée comme une déchéance. Jusque-là, elles avaient bénéficié du luxe de deux appartements mitoyens de la rue Antoine-Siger, en plein centre-ville donc, à quelques encablures de leurs protecteurs mulâtres et levantins qui leur rendaient visite à tour de rôle dans la plus grande discrétion. Ces derniers, marchands de tissu de la rue François-Arago, rebaptisée « rue des Syriens » par la négraille, les premiers, avocats, pharmaciens, professeurs ou négociants, les entretenaient à grands frais. Cet arrangement était intervenu sans doute au cours des interminables parties de cartes, aux mises faramineuses, auxquelles ils se livraient soit dans une annexe du « Cercle martiniquais », vénérable institution de la bourgeoisie de couleur, soit dans un tripot clandestin tenu par Youssouf Benalil, par ailleurs très respecté propriétaire du magasin « Les Nuits de Damas ».

Si chacune était la chérie-doudou-darling d'Untel ou d'Untel (par exemple, Loulouse était celle d'un notaire bien connu), elles demeuraient toutes à la disposition de celui qui en manifestait l'envie, ce qui, au dire de ces dames elles-mêmes, évitait qu'elles ne s'illusionnent, c'est-à-dire ne s'attachent plus que de raison. Il n'y avait guère que Manuella avec son indécrottable sentimentalisme hispanique à attraper des chagrins d'amour à répétition, chose qui faisait rire aux larmes Fifi-Grandes-Cuisses qui était un peu la cheftaine de la petite bande.

— Pleure, ma belle ! lançait-elle ironiquement à la compatriote de Simon Bolivar. Notre devise doit être : à coucoune large, cœur étroit. Je te l'ai déjà dit et répété cent fois.

C'est que, dans ses moments de déprime, Manuella se refusait à tout autre homme que celui qui l'avait transportée, à son insu, dans des rêves d'épousailles dignes de Cendrillon, déchaînant l'ire de ceux auxquels elle avait refusé d'ouvrir la porte de sa chambre et troublant du même coup la voluptueuse sérénité dans laquelle baignaient ses consœurs. Il fallait que les trois femmes déploient des trésors d'arguments ou la menacent de l'exclure de leur association pour que la Vénézuélienne consente à revenir sur terre. Ou plutôt à de meilleurs sentiments, comme disait Youssouf Benalil que son comportement agaçait prodigieusement. Au contraire, Fifi-Grandes-Cuisses, Loulouse et Amandine-Bels-Tétés étaient toujours d'humeur joviale et se déguisaient en danseuses de french cancan ou en entraîneuses de dancing de La Nouvelle-Orléans pour enchanter leurs protecteurs. Tout le jour, elles déambulaient d'un appartement à l'autre en porte-jarretelles, bustiers et culottes roses, drapées dans des voiles de crinoline, jouant à la poursuite comme des gamines, organisant des combats d'oreillers ou, plus sérieusement, des parties de rami, cela en sirotant sans arrêt une étrange boisson créole appelée « lagadigadaw » à base d'anis, censée préserver leur jeunesse. Du moins au dire d'Amandine qui se la procurait auprès d'une vieille marchande de Rivière-Pilote, sa commune natale où personne ne savait qu'elle se livrait à l'amour tarifé en guise d'activité professionnelle. On la croyait mariée à un riche citadin, sans plus.

Le fin fond de cette bacchanale était moins emberlificoté : Me Dorimont, une fois l'immeuble acheté, se demanda comment, lui, homme dépensier de nature et peu porté sur les chiffres, parviendrait à en assurer la gestion. À l'époque où son cabinet d'avocat était florissant, il disposait d'une secrétaire qui s'occupait à merveille de sa comptabilité laquelle comptabilité était revérifiée par Dorise, son épouse. Or, une fois rentier — c'est du moins l'impression que lui faisait son actuelle situation —, il devenait urgent qu'il recrutât quelqu'un de confiance, femme ou homme, d'autant qu'il se sentait des velléités d'écriture. Tout ce qui avait trait au droit avait fini par le dégoûter et il ne lisait plus que des romans, empruntés à la bibliothèque Schœlcher. Il comprenait mieux à présent pourquoi Dorise pouvait s'enfermer des après-midi entiers dans sa chambre avec un Zola ou un Pierre Loti. Comme il l'avait mal jugée ! Il y avait vu, en effet, dans un premier temps, une manifestation de la langueur créole ; puis, les relations du couple s'aigrissant au fil des années, de la pure fainéantise. Or, voici qu'il découvrait que dans ces livres existait un monde, certes différent du monde réel, mais rempli de sensations neuves, d'aperçus inédits sur tel comportement ou tel événement. Un monde impalpable qui pourtant l'aidait à mieux saisir celui de tous les jours et du même coup à l'accepter. La littérature n'était donc pas une occupation oiseuse comme il l'avait cru ! À diverses reprises, il avait tenté de faire part de sa découverte aux deux seules personnes qui devaient, en bonne logique, pouvoir partager sa nouvelle passion, à savoir l'instituteur retraité Helvéticus et le locataire clandestin du cinquième étage, le surnommé Bougre Fou, Étienne Beauvallon pour l'état civil français, génie suicidé par refus justement de tout ce qui avait trait à la lointaine mère patrie.

Il se rendit vite compte que le premier, le laïc, n'avait jamais goûté à la littérature qu'en tranches. S'il connaissait et récitait par cœur des extraits de Verlaine et de Lamartine, il n'avait jamais lu un seul ouvrage de ces deux poètes bien qu'ils fussent ses préférés. Toutes ses connaissances reposaient sur des manuels de littérature, conservés à partir de son séjour à l'école normale de Croix-Rivail, qui s'empilaient sur un guéridon et des étagères branlantes. De prime abord, Auguste Dorimont avait été amusé par le personnage. Helvéticus était une manière d'original ! Un homme aux idées bien arrêtées qui se mit à l'inviter à l'heure du punch, le conviant à rester déjeuner les quelques fois où Louisiane, la domestique des sœurs de Lamotte, avait bien voulu, contre espèces sonnantes et trébuchantes, cuisiner pour lui. Helvéticus ouvrait alors avec des gestes cérémonieux l'un de ses manuels, choisi au hasard, et se mettait à parcourir son appartement de long en large, lisant à son hôte d'une voix de stentor telle scène de *L'Avare* ou tel sonnet de Du Bellay.

— Que c'est beau ! que c'est sublime ! s'extasiait-il les yeux mi-clos.

Me Dorimont s'étonna que jamais l'envie d'écrire lui-même des textes n'ait traversé l'esprit de l'ancien instituteur, pour finir par comprendre que la littérature était à ses yeux l'équivalent de la Bible pour Man Florine, les sœurs de Lamotte ou Justina Beausoleil, toutes bondieuseuses patentées, « ravets d'église » pour les langues vipérines. Qui aurait, en effet, l'idée saugrenue ou l'audace d'ajouter quelque chose à l'Ancien ou au Nouveau Testament ?

Le contact avec Bougre Fou fut, par contre, plus fructueux. Avant qu'il ne se décidât à rompre avec la société, cette société dont la presse avait affirmé qu'il était l'une des émanations les plus remarquables, il avait énormément lu, quoiqu'il affectionnât davantage la philosophie que la littérature. Pendant la guerre, c'est-à-dire ce temps arrêté qu'on en était venu à désigner sous le nom d'« époque de l'amiral Robert », il avait erré de-ci de-là, âme en peine qui trouvait un gîte provisoire dans les quartiers plébéiens de la Cour Fruit-à-Pain, du Morne Pichevin ou de Bord de Canal. Et depuis son installation sauvage à l'Hôtel du Bon Plaisir, personne ne l'avait jamais vu avec quoi que ce soit d'autre à la main qu'un gri-gri de sa fabrication, d'allure africaine, composé de toutes espèces de graines d'arbustes ou d'arbres forestiers. En réalité, le jeune homme s'était plongé avec avidité dans la lecture de la petite revue qu'animaient René Ménil et Aimé Césaire, *Tropiques*, revue d'inspiration surréaliste qui avait réussi à échapper aux ciseaux des vichystes coloniaux, sans doute à cause de son style ésotérique. Quand Me Dorimont lui avoua pencher plutôt pour le roman, Beauvallon explosa :

— Vous vous fourvoyez, cher monsieur ! L'heure du roman n'est pas venue dans ce pays où le nègre n'a pas encore réussi à se faire sa place, où il ne sait même pas très bien qui il est. Nous sommes au temps du cri, de la protestation, et seule la poésie, la vraie, pas celle de nos régionalistes exotisants, peut les exprimer.

De fait, Bougre Fou psalmodiait le *Cahier d'un retour au pays natal* à n'importe quelle heure du jour ou de la nuit, importunant les autres locataires, en particulier ceux du quatrième étage, autrement dit Justina Beausoleil et sa nombreuse famille d'un côté, les Andrassamy de l'autre. Seule Man Florine, membre du Parti communiste à l'insu de tous et donc fervente admiratrice du poète de la Négritude, quoiqu'elle ne l'ait jamais lu, prit la défense d'Étienne Beauvallon. Lors d'une énième visite du chef des services d'urbanisme de la ville de Fort-de-France, à l'instigation de Louise-Julie de Lamotte, elle évita au jeune homme une expulsion manu militari et la destruction de ce que le responsable municipal qualifia de « casemate ». La marchande de pistaches lui avait cloué le bec :

— Vous ne jetterez tout de même pas à la rue quelqu'un qui récite Césaire comme vous et moi le catéchisme, j'espère ?

Me Dorimont ne partageait pas la passion du jeune homme pour la poésie. Il lui préférait de loin la prose et estimait qu'il était grand temps pour l'homme martiniquais de sortir justement du cri. Près de trois siècles et demi de cri, d'abord à travers les chanters de bel-air et de ladja, puis, tout récemment, sous la plume de surréalistes nègres, étaient à ses yeux amplement suffisants.

— Il est grand temps de ne plus nous adresser à l'Autre, déclara-t-il à Bougre Fou, s'étonnant lui-même de son ton péremptoire, mais à nous-mêmes. Pour nous-mêmes ! Et cela, mon jeune ami, seul le roman est capable de le faire.

Bougre Fou ricana longuement, mais ne chercha pas à le contredire.

— C'est… c'est vrai que nous n'en finissons pas… comment dire ?… de nous époumoner dans le cri, balbutia-t-il.

L'ex-avocat, nouveau propriétaire de l'Hôtel du Bon Plaisir, avait donc un roman en chantier. Un grand et vaste roman. Celui des locataires, passés et présents, de son établissement. Pour avoir les mains libres, il se chercha un gérant et le trouva en la personne du fameux Syrien que lui avait conseillé son ami de toujours, Youssouf Benalil, le florissant vendeur de toilerie des « Nuits de Damas », ami avec lequel il n'avait jamais rompu bien qu'il fût à l'origine de sa perte, mot qu'il préférait à « déchéance sociale », cette dernière expression étant revenue souvent dans les articles fielleux que Romule Casoar lui avait consacrés dans *Le Rénovateur*. À présent, il estimait avoir remonté la pente, s'était refait une autre vie, à l'image d'ailleurs des autres habitants de l'immeuble, et en éprouvait une profonde satisfaction. Qu'il ait brisé une lignée de cinq générations de juristes lui importait désormais peu. Sa vraie vocation était, en fait, celle de romancier.

Une fois Syrien aux commandes et après qu'il avait dû batailler avec lui des mois durant pour qu'il cesse d'exploiter une partie des lieux en tant que boxon (adieu, Fifi, Loulouse et Amandine, donc ! finie l'enseigne « Louxor » !), il entreprit patiemment, méticuleusement, d'interroger chacun des locataires sur sa vie. L'air de rien. Sans bailler l'impression qu'il les fouillait ou qu'il cherchait à mettre au jour quelque secret honteux. Le soir venu, il notait tout cela dans des cahiers d'écolier dont les couvertures étaient de couleurs différentes. La rouge avait trait à Man Florine. La bleue aux sœurs de Lamotte. L'orange à Justina Beausoleil. La marron à Beausivoir, l'entrepreneur en travaux divers. La verte à Jean-André Laverrière, le clarinettiste. La blanche à Victorin Helvéticus. La jaune à la famille Andrassamy. Chacune de ces couleurs lui semblait, pour des raisons obscures, correspondre au personnage concerné.

S'agissant de sa propre personne, qu'il prit un infini plaisir à mettre en scène, il choisit un élégant registre à couverture cartonnée violette.]

Pourquoi, après tant et tellement de succès, as-tu fini par échouer à l'Hôtel de la Charité ? Toi, l'excellentissime clarinettiste, Jean-André Laverrière, dont le nom figurait en gras sur la plupart des affiches des bals nègres parisiens, notamment celui de la rue Blomet ? Ah, la rue Blomet ! Le rendez-vous de tout ce que la Ville Lumière comptait d'Antillais amoureux de la belle musique : biguine, valse créole, mazurka créole et, de temps à autre, rumba ou charleston. Un lieu absolument magique, féerique même, où ceux qui s'escrimaient le jour comme filles de salle, servantes chez les riches, facteurs ou ouvriers d'usine automobile pouvaient côtoyer les étudiants de la bourgeoisie antillaise ainsi que les avocats, médecins et autres écrivains qui avaient fait le choix de demeurer dans la métropole française. En fait, pendant tes quatre années de Conservatoire, tu ignoras le bal Blomet que d'aucuns, dans une certaine presse surtout, qualifiaient de lieu de perdition des jeunes filles blanches innocentes. Tu menas une vie presque aussi austère que celle que tu avais vécue auprès du maître de musique à La Trinité, sauf que là tu étais libre de tes mouvements. Personne pour te faire des remontrances comme y prenait un malin plaisir sa servante sourde ou pour t'obliger à t'entraîner au maniement d'instruments que tu n'appréciais guère tels que le piano. Tu en avais fait des gammes et des gammes à l'époque, sous l'œil implacable du maître qui te frappait d'un coup sec sur l'épaule à l'aide d'une badine chaque fois que tu te trompais de note! Emménager dans cette chambre de bonne au sixième étage d'un immeuble haussmannien du boulevard Voltaire, dans le XIe arrondissement, te fut une manière de délivrance. D'autre part, ta bourse te permettait aisément de faire face à tes besoins d'autant que tu étais habitué à vivre de manière frugale. Tenu à l'écart par tes condisciples, tous de bonne famille et point du tout accoutumés à fréquenter des Noirs, tu n'eus guère d'occasion d'aller au café et encore moins de t'encanailler dans les quartiers chauds, comme certains d'entre eux s'en vantaient, à l'insu de leurs chers parents. Ne te manquait, au vrai, que le sourire humble de ta mère qui te faisait envoyer une lettre chaque mois, rédigée par le nouveau conseiller municipal du quartier Morne-des-Esses, celui grâce auquel tu avais obtenu une bourse du Conseil général de la Martinique. Elle te donnait peu de nouvelles de sa propre personne et de tes frères et sœurs, dont tu t'étais, il est vrai, par la force des choses détaché dès l'instant où on t'avait placé en pension à La Trinité. Elle insistait sur l'embellissement de votre quartier si reculé, le dernier où l'on continuait à jouer et à chanter du bel-air et à vivre selon les mœurs des vieux nègres du temps de l'antan. De la route surtout qui avait été enfin empierrée jusqu'au bourg de Sainte-Marie. Tu vivais dans la sourde angoisse qu'un beau matin un télégramme ne t'apprenne son décès, elle qui souffrait d'excès de sucre dans le sang.

Tu réussis sans trop de difficultés à tes différents examens quoique tu eusses l'impression que les professeurs se montraient en général plus exigeants envers toi qu'envers tes camarades blancs. Vers la fin de la troisième année, tu fis la connaissance de Ludivine, beauté brune, originaire de Corrèze. Elle habitait l'immeuble d'en face et vous vous rencontriez assez souvent chez le boulanger. Ou vous vous croisiez près de la bouche du métro. Au début, tu évitas son regard par trop inquisiteur à ton goût, mais le jour où elle te dépanna d'une poignée de centimes parce que tu avais oublié ton porte-monnaie et que tu ne disposais plus d'assez de temps pour grimper jusqu'à ta chambre de bonne, tu osas lui sourire.

— Vous me les rembourserez une prochaine fois, te fit-elle d'une voix étonnamment enfantine tandis que le boulanger, agacé, te tendait les croissants que tu avais commandés.

Un soir que tu t'entraînais au violon en sourdine (tes professeurs t'avaient par avance intronisé deuxième violon dans un orchestre philharmonique), quelqu'un frappa à ta porte. Étant donné l'heure tardive, il ne pouvait s'agir que de la concierge, vieille mégère pourtant bigote, qui venait sans doute se plaindre pour la énième fois qu'il y avait des papiers gras ou quelque journal roulé en boule dans les escaliers.

— Monsieur le Noir, avait-elle coutume de ronchonner, la France est un pays civilisé, pas une terre de sauvages où l'on pisse et l'on chie dans tous les coins. Et puis, baissez un peu sur votre musique, vous gênez les voisins !

Tu vivais dans la crainte permanente de ses colères jusqu'à ce que tu te rendes compte qu'elle s'en prenait aussi à d'autres locataires. Elle avait, outre ta personne, trois souffre-douleur : un vieillard perclus de rhumatismes qui mettait près de vingt minutes pour monter jusqu'à son appartement du quatrième étage ; une famille portugaise avec une ribambelle d'enfants qui se chamaillaient sans arrêt sur le palier du second ; un jeune homme, probablement étudiant, qui oubliait parfois de régler son loyer. Tu croisais tout ce monde-là chaque matin, mais à part un bref salut de la tête, personne ne cherchait à se lier à son voisin. Dans ce pays, chacun vivait pour soi. C'était, à la vérité, la seule chose qui te dérangeait.

Ce soir-là, la personne tambourina avec tant d'insistance que tu compris qu'il ne pouvait s'agir de l'enquiquineuse. Cette dernière ne s'éternisait guère, comme si, soulagée d'avoir houspillé qui de droit, elle était pressée de regagner l'appartement étroit et sombre qu'elle occupait au rez-de-chaussée.

— C'est moi… moi ! fit une voix que tu reconnus d'emblée.

La jeune demoiselle de la pâtisserie ! Celle qui logeait de l'autre côté de la rue. Sans doute venait-elle te réclamer ses sous. Tu enfilas rapidement un pantalon convenable sous ta robe de chambre et lui ouvris, l'air tellement ahuri qu'elle ne put s'empêcher de sourire.

— J'ai vu de la lumière chez vous… alors, je me suis permis de…

— Vous… vous avez bien fait. Entrez donc ! t'entendis-tu lui répondre avec un accent et des mots qui n'étaient pas les tiens.

Tu réalisas à cet instant-là que tes trois années de vie parisienne sans le moindre contact avec le pays ni avec ceux de tes compatriotes qui vivaient dans la capitale t'avaient profondément transformé. À ton insu ! Quelqu'un s'exprimait désormais à travers toi, un corps nouveau t'habitait, des gestes inhabituels émanaient de ta personne. Ludivine — ainsi se prénommait la jeune femme — ne parut pas s'en rendre compte. Elle se mit aussitôt à parler de tout et de rien. De coût de la vie qui grimpait sans trêve. Des bousculades dans le métro. Du printemps qui tardait à arriver. Et toi (ou plutôt celui qui s'était emparé de ta personne) tu lui répondais avec un aplomb stupéfiant. Ce Jean-André inconnu de toi lui prépara du thé, lui offrit des biscuits de Bretagne, discuta longuement du *Diable au corps*, roman d'un certain Raymond Radiguet que la presse célébrait à l'occasion de l'anniversaire de la mort de l'auteur, et posa même des questions que l'ancien Jean-André eût jugées pour le moins indiscrètes. Ludivine était corrézienne. Ses parents agriculteurs s'étaient saignés aux quatre veines pour que leur fille unique puisse faire des études d'infirmière à Paris. Elle t'avoua que depuis sa plus tendre enfance elle rêvait de rejoindre le dispensaire du docteur Schweitzer au fin fond de la brousse africaine. Et quand, à son tour, elle te mit à la question, le nouveau Jean-André s'inventa une existence de rêve dans son île ensoleillée. Il évoqua un père planteur de canne à sucre, la grande demeure familiale entourée de fleurs dont les noms ne disaient rien à Ludivine mais qui avaient le don de l'enchanter. Elle répétait sans cesse :

— Bougainvillée, comme c'est joli ! Aaah, oiseau de paradis ! Flamboyant ! Ah, flamboyant !

De fil en aiguille, l'être inconnu qui avait pénétré en toi s'approcha d'elle. Leurs mains se frôlèrent. Leurs jambes se choquèrent deux ou trois fois. Puis, le bras du jeune homme finit par entourer les épaules de la jeune fille dont les lèvres s'entrouvrirent avidement. Ils firent l'amour sur le canapé, que l'ancien Jean-André avait acheté dans un marché aux puces, lequel ne résista point à l'ardeur de leurs ébats. Tout en riant aux larmes, ils continuèrent l'affaire par terre, à même le parquet froid, jusqu'au lendemain.

— J'étais venue t'inviter, hier soir, fit Ludivine en fourrageant dans ses cheveux emmêlés.

Tu la regardas comme si tu la découvrais. L'ancien Jean-André avait repris sa place le jour venu. Tu ne savais quoi dire ni quoi faire. Un profond embarras s'était emparé de toi.

— Oui, t'inviter au bal nègre...

— Au quoi ? fis-tu, ahuri.

— Ne me dis pas que tu ne connais pas le bal nègre de la rue Blomet ! Tu serais bien le seul Antillais de Paris dans ce cas !

L'ancien Jean-André, sans mentir, confiné dans sa petite vie studieuse d'élève du Conservatoire, ne voyait pas du tout de quoi Ludivine voulait parler. Il savait vaguement que ses compatriotes insulaires organisaient des fêtes créoles dans les XVIIIe et XXe arrondissements, mais sans plus. Ludivine fut donc celle qui t'introduisit dans ce que tu en vins à considérer comme le monde de la vraie musique. Celle que l'on ne se contente pas d'écouter, mais qui oblige votre corps à bouger. Ton amour ancien pour la clarinette reprit le dessus. La maestria d'Ernest Léardée, le musicien le plus en vue du bal Blomet, te transporta d'aise. Désormais, chaque fin de semaine, Ludivine et toi étiez parmi les premiers clients de l'établissement. La Corrézienne dansait avec grâce. Biguine, mambo, fox-trot, mazurka créole, cha-cha-cha, aucune danse dite exotique n'avait de secret pour elle.

— Dans une autre vie, aimait-elle à plaisanter, j'ai dû avoir été une négresse ou une mulâtresse.

Tu finis par dire adieu au Conservatoire au grand désespoir de ton professeur de violon qui te supplia presque de terminer ta dernière année.

— Il ne vous reste que quatre petits mois, Jean-André. Quatre, et vous obtiendrez votre diplôme haut la main ! Je n'ai aucun doute là-dessus.

Il ignorait que tu avais déjà obtenu un djob de clarinettiste remplaçant au bal Blomet. Il ne savait pas que ce que tu avais commencé à y gagner par semaine équivalait au montant de la bourse mensuelle que t'allouait le Conseil général de la Martinique. Il ne pouvait pas être au courant de ta liaison avec cette créature féerique qu'était Ludivine, qui, un mois après votre rencontre, t'avait poussé à rendre ton appartement pour habiter chez elle.

— Je te veux pour moi tout le temps ! s'exclamait-elle, toujours radieuse.

De remplaçant tu devins le clarinettiste attitré de l'orchestre de Léardée et, de ce jour, tu te mis à gagner des sommes folles. En plus de ton salaire, des Américains passionnés de musique nègre te laissaient des pourboires faramineux. Des peintres te cadeautaient d'esquisses. Des écrivains de renom comme Robert Desnos te faisaient la conversation lors des entractes. Des épouses délaissées se méconduisaient à toi dans les toilettes de l'établissement (fort heureusement, Ludivine assurait pas mal de gardes nocturnes depuis un certain temps). Ton nom fut cité dans la presse et un disque était en préparation. La musique créole régnait sur Paris ! Le mot « biguine » était sur toutes les lèvres.

Ludivine s'occupait de ton quotidien. Tu n'avais jamais eu le sens de l'argent. Dès que tu émettais le moindre désir — chemise neuve, sortie dans un grand restaurant, dimanche à la campagne — elle sortait la somme nécessaire du petit coffre dans lequel elle gardait tes émoluments.

— Je n'ai pas confiance dans les banquiers, répétait-elle. Tous des voleurs !

Cette vie sur un nuage dura cinq ans.

Cette vie de nabab dont tu n'aurais jamais pu rêver lorsque, enfant, tu te cachais dans les bois de ta campagne de Morne-des-Esses pour y jouer de la flûte en bambou. Ta mère te remerciait dans ses lettres pour les sommes que tu lui faisais parvenir, craignant, au vu de leur montant, que tu ne te privasses de trop pour elle. Et puis, un jour, le ciel te tomba sur la tête. D'abord, Ernest Léardée se brouilla avec une partie de son orchestre, laquelle partie s'en alla former un autre ensemble. Tu perdis ton emploi dans l'affaire. Puis, un après-midi, au sortir d'une promenade solitaire sur les quais où tu aimais flâner parmi les bouquinistes, tu découvris que l'appartement de Ludivine était vide. Elle avait tout emporté. Y compris le coffre où elle serrait tes économies. Tu te retrouvas à la rue. À dormir sous les ponts. Tu devins clochard durant quelques mois jusqu'à ce que par un heureux hasard un riche habitué du bal nègre te reconnût, un célèbre avocat martiniquais installé à Paris, qui te convainquit de rentrer au pays et te paya le voyage par bateau. Adieu la Ville Lumière !

Le retour au pays natal te causa un choc. Par bonheur, ta vieille mère avait, entre-temps, passé de vie à trépas…

*

M. Chine, le propriétaire de la boutique d'alimentation la plus achalandée de la rue de la Commune-de-Paris, devint le client le plus assidu de l'Hôtel du Bon Plaisir pendant la courte période d'après-guerre où l'endroit continua d'être un boxon et porta le nom d'un temple de l'Antiquité égyptienne. Alors que ceux qui venaient satisfaire leurs besoins charnels auprès de Loulouse ou de Fifi-Grandes-Cuisses se dissimulaient derrière des chapeaux-bakoua ou des panamas ou encore attendaient qu'il fît nuit noire pour assouvir ces instincts que l'on prétend bas, lui, le faisait ouvertement. Sans honte ni complexes. Comme quelque chose d'absolument naturel. Et le pire, c'est que son épouse, Man Chine, ne semblait y voir aucun inconvénient ! Elle ne le houspillait pas, à la manière des négresses, lorsqu'il rentrait fatigué et repu de ses « pérégrinations vénériennes », selon l'expression de Victorin Helvéticus, l'instituteur retraité qui y avait aussi, quoique de façon beaucoup plus discrète, ses habitudes, chose facilitée par le fait qu'il y résidait depuis peu. Encore mieux, le Chinois détaillait ses prouesses, dans son créole nasillard et par moments chaotique, livrant au passage des détails croustillants sur les ribaudes, ce qui mettait en joie tous ces galope-chopine, boit-sans-soif et autres tafiateurs qui étaient journellement collés au comptoir de « Chez Chine ». Naturellement, ces raconteries grivoises avaient aussi pour but d'agrandir sa clientèle, le boutiquier ne perdant jamais le nord. Mme Chine se contentait de sourire ou plus exactement conservait sur sa figure cet éternel air figé que d'aucuns croyaient propre à la race chinoise, signe, pour les plus venimeux, de l'hypocrisie innée de cette dernière. Il n'y avait guère que Clémence-Chine, leur fille aînée, qui servait boissons et plats chauds, à froncer les sourcils en bonne Chinoise créole qu'elle était puisqu'elle était née à la Martinique, contrairement à ses parents. Parfois, quand son père allait trop loin à son gré, elle lui passait un savon devant tout le monde, dans un mélange de chinois et de créole, ce qui avait le don de calmer net M. Chine. Il faisait preuve d'une révérence extraordinaire, et pour tout dire incompréhensible, devant sa fille. Sans doute, expliquait Waterloo, le fier-à-bras du quartier Bord de Canal, pilier de la buvette de « Chez Chine » devant l'Éternel, parce que Clémence-Chine s'y connaissait en chiffres et en lois, elle qui suivait une scolarité brillante au couvent de Cluny. Tant avec les fournisseurs qu'avec l'inspecteur des contributions, c'était elle et elle seule qui discutait, argumentait, réfutait, solutionnait les problèmes, si bien que nombre de jeunes nègres des Terres-Sainville se prirent à rêver qu'un jour elle pût lever les yeux sur leur personne, elle qui semblait si froide, si indifférente aux œillades et aux paroles en sucre saucé dans du miel.

Si donc Clémence-Chine désapprouvait, de toute évidence, le fait que son père fréquentât si assidûment l'Hôtel des Plaisirs, elle ne fit rien pour s'y opposer et le Chinois, qui allait déjà sur sa soixantaine, en vint à se prendre presque pour un empereur. À l'entendre, les souverains de son pays natal disposaient de quatre types de concubines, celles du premier rang, du deuxième, du troisième et du quatrième, chacune disposant de quelques droits mais soumise à une infinité de devoirs. La négraille l'écoutait bouche bée. On était toujours friand dans le quartier de belles paroles et surtout de nouvelles du vaste monde.

— C'est comme les rois africains alors ! fit Bec-en-Or. Souvenez-vous, les amis, de ce Béhanzin, roi du Dahomey, qui avait été charroyé ici par les Blancs. Paraît qu'il se montrait rebelle, là-bas, en Afrique ! Moi, j'étais encore un petit bonhomme quand ça s'est fait, mais je vous jure que je l'ai vu débarquer sur le quai de la Compagnie avec ses sept femmes qui marchaient derrière lui en file indienne !

— Sacré menteur, va ! rétorqua quelqu'un en s'esclaffant, quelqu'un t'a raconté ça ! Tu étais trop petit à cette époque et peut-être même que tu n'étais pas encore né.

M. Chine réfléchit un bon moment avant d'expliquer que les femmes des rois africains n'avaient rien à voir avec les concubines des empereurs chinois. Selon lui, les premières vivaient, aux côtés du roi, sur un pied d'égalité ou presque, tandis que les secondes, les filles de l'Empire du Milieu, n'étaient que de simples objets de plaisir, même si, au hasard de l'histoire, certaines pouvaient échapper à leur condition et devenir de véritables épouses. Ces explications, compliquées pour plus d'un, n'étonnaient personne. On savait que M. Chine était un grand-grec. Quand il n'y avait pas beaucoup de clients à la boutique, il laissait le comptoir à sa femme et à sa fille pendant qu'il se plongeait dans des livres écrits dans sa langue, livres qu'il laissait parfois sur une des tables et que les nègres feuilletaient à la va-vite, stupéfaits de l'écriture utilisée.

— Le chinois s'écrit en pattes de mouche ! finit-on par colporter. Faut avoir un esprit sacrément costaud pour déchiffrer ça, les amis !

M. Chine était donc respecté bien que raillé dans la rue par les gamins qui n'étaient pas encore en âge de comprendre à cause de ses yeux fendus et de sa longue natte qui ballottait jusqu'à la raie de son arrière-train. Personne ne se doutait des tribulations par lesquelles il avait passé avant d'émigrer à la Martinique tout à la fin du siècle passé, ce qui signifie qu'il n'avait pas fait partie des deux seuls convois d'Yeux-Fendus qui y avaient débarqué, ceux-ci datant du mitan du même siècle. En fait, très régulièrement, et cela à l'instar des Levantins — ce qui faisait de ces deux races des exceptions parmi les sept qui avaient fondé, sur les ruines de l'immémoriale Wanakaéra caraïbe, « l'isle de la Martinique » —, les Chinois importaient de leur terre ancestrale un ou deux parents, chaque année quasiment, ce qui n'attirait point l'attention ni des autorités ni de la population, toutes deux très remontées contre les Fils de l'Empire du Milieu. En effet, si après l'abolition de l'esclavage en 1848 les immigrants indiens et congolais s'étaient montrés relativement dociles et avaient coupé la canne à sucre sans trop rechigner, les Chinois, quant à eux, avaient, dès le départ, fait preuve d'un esprit de rébellion si indomptable que le Conseil général fut contraint d'interdire l'arrivée de nouveaux bras en provenance de Canton ou de Shanghai. Vols, bagarres à répétition, viols, meurtres, incendies, tout leur fut bon pour briser leurs chaînes et nombre d'Yeux-Fendus finirent leur vie au bagne de Cayenne ou à celui de Toulon. Mais, miracle, dès que les convois cessèrent de franchir les trois océans qui séparaient leur pays des rivages martiniquais — ce qui veut dire la mer de Chine, l'océan Indien et l'Atlantique — la race chinoise se calma net. Du jour au lendemain, elle s'appliqua à devenir invisible ! Comment parvint-elle à fuir l'intérieur du pays et à se muer en boutiquiers à la périphérie des villes de Saint-Pierre dans un premier temps puis du Lamentin et de Fort-de-France relève du mystère. Pourquoi nègres, mulâtres et békés en oublièrent-ils d'un seul coup leurs forfaits passés est, par contre, plus aisé à saisir. Les créoles, quelle que soit leur complexion, n'ont guère de mémoire, voilà ! Même ceux qui, descendants d'esclavagistes, auraient pu en avoir. Aucun qui soit fichu de dire de quel village du fin fond de la province française provenait son lointain ancêtre colon ! C'est pourquoi certains s'inventent des généalogies empreintes de noblesse.

Or donc, M. Huang-Ho posa le pied sur le port de Fort-de-France un certain jour de septembre 1898, à la saison des grands vents donc, et personne ne prêta attention à son insignifiante personne. Chacun était bien trop préoccupé à clouer portes et fenêtres, à mettre ses biens à l'abri et à allumer des cierges à la Sainte Vierge pour lui demander à genoux que le cyclone annoncé ne cogne pas trop fort le pays. En fait, les douaniers avaient déserté leur guérite et l'unique policier en faction ne jeta qu'un œil distrait aux passeports des passagers, empressé qu'il était de regagner son domicile. Huang-Ho fut donc accueilli par son oncle, un vieillard chenu qui avait esquinté ses os neuf années durant sur une plantation et dont la vue était des plus médiocres. Il avait, par contre, une fille ravissante, Yung-Ming, dite Odette, qui l'aidait dans la boutique qu'il avait ouverte à Sainte-Thérèse. La tante du nouvellement débarqué avait, pour sa part, sombré dans une folie. Elle vivait recluse au premier étage de la maison bringuebalante qu'ils avaient achetée sans doute deux francs-quatre sous. L'entier du jour, elle délirait en chinois. Se lamentait, discourait avec des interlocuteurs invisibles, pleurait à chaudes larmes ou, certains jours, se murait dans un silence tout bonnement effrayant. Comment l'oncle parvint à marier Yung-Ming à Huang-Ho, seul l'officier d'état civil qui avalisa leur union quatre mois plus tard aurait pu l'expliquer puisqu'il est peu probable que le futur époux fût en possession de papiers en règle, en tout cas, au regard de la loi française.

Bref, la race chinoise vivait dans l'ombre, cultivant même son mystère, et s'en portait, de toute évidence, comme un charme. À la mort de l'oncle, Huang-Ho et Yung-Ming vendirent le commerce pour s'installer à l'autre bout de l'En-Ville, au quartier Terres-Sainville, lequel s'étalait juste en contrebas du Morne Trénelle, endroit qui se peuplait à une vitesse vertigineuse. Cette sorte d'invasion, à la fois pacifique et anarchique, sur une pente boisée appartenant pour moitié à l'armée et pour l'autre à la municipalité, permit à moult magasins et boutiques de prospérer en six-quatre-deux. Au début, Yung-Ming, Odette donc, n'avait pas vu d'un très bon œil leur déménagement dans un endroit réputé pour ses malandrins et ses quimboiseurs, mais dès que les caisses de « Chez Chine », comme la négraille en vint à surnommer l'endroit, commencèrent à se remplir, elle fit contre mauvaise fortune bon cœur. Il est vrai que les Chinois étaient rarement l'objet de la vindicte des repris de justice des Terres-Sainville, pour ne pas dire jamais. Même d'eux, la race chinoise avait fini par se faire oublier !

Et si Huang-Ho et Florine s'emmanchèrent, c'est mystère…

Comment se fait-il en effet que la câpresse Florine décida d'abandonner son travail de charbonnière sur le port pour se transformer en marchande de pistaches grillées et louer un appartement à l'Hôtel du Bon Plaisir ? Mieux : où séduisit-elle le boutiquier chinois, homme plutôt taiseux, et de quelle façon s'y prit-elle pour l'amener à payer son loyer des années durant, lui qui avait la réputation d'être pingre ? De fait, Louise-Julie de Lamotte n'eut jamais à se plaindre du moindre incident de paiement. Chaque vingt-neuf du mois lui arrivait par la poste un mandat ou un chèque, tout dépendait du mois, ainsi que le même petit mot ainsi libellé d'une écriture malhabile : « Pour loyer Mme Florine Jolème. »

La relation entre deux êtres si différents, relation pour le moins improbable, s'était nouée sur les quais de la Française, à l'en-bas du fort Saint-Louis, endroit où le Chinois aimait à s'isoler le seul et unique jour de la semaine où il ne s'y trouvait personne ou presque, c'est-à-dire le lundi en fin de soirée. Huang-Ho méditait face à la mer, assis, immobile, à la pointe du quai, les pieds ballottant dans l'eau froidureuse, une cigarette Mélia non allumée au coin de la bouche. Il songeait à Canton, sa terre natale, quoique sans nostalgie aucune. Simplement, des images lui revenaient à l'esprit, lentement, si lentement qu'il tombait presque dans un état second. Des jonques flottant sur une mer diaphane, des marchands de rue courbés sous le poids de leurs baluchons, des jeunes femmes se protégeant du soleil avec des parasols colorés, des fumeurs d'opium, à la longue barbe blanche taillée en pointe, avachis sur des nattes.

À la même heure vespérale, Florine, que son djob sans avenir de charbonnière commençait à insupporter, avait, elle aussi, pris l'habitude de s'asseoir face à la mer pour réfléchir ou plutôt pour calculer comme le dit l'idiome créole. Sa mise en ménage avec Ti Mano avait, hélas, fait long feu. Le docker s'était révélé un homme nerveux et violent qui n'hésitait pas à lui flanquer une calotte s'il estimait qu'elle avait trop salé le repas ou si sa chemise de sortie n'était pas encore repassée. C'est que le samedi soir, Monsieur s'habillait comme un prince. Chemise rose, pantalon de flanelle blanc, chaussures bicolores à la mode de Boston et, pour couronner le tout, un magnifique feutre orné d'un ruban noir. Son casino favori était « Le Manicou volant », un établissement semi-clandestin situé sur la rive droite du canal Levassor, fréquenté par les mauvais garçons, les femmes qui jouaient de la croupière à tout venant ainsi qu'une poignée de bourgeois mulâtres venus s'encanailler. Il était un champion au cha-cha-cha bien que Florine n'ait jamais pu vérifier la chose puisque Ti Mano avait décrété, une semaine après que le couple se fut mis en case :

— Ma femme, c'est à la maison qu'elle doit rester ! Dans les casinos, y a rien que des vagabondes, oui.

Florine prit son mal en patience. Elle était persuadée qu'avec le temps elle pourrait faire changer d'avis son homme, ce en quoi elle se trompait lourdement. En effet, soit le bougre rentrait saoul comme un cochon, la réveillait quelle que fût l'heure et exigeait qu'elle lui réchauffe son manger, soit il découchait. Assez vite, Florine en vint à apprendre que Monsieur entretenait tout un etcetera de femmes-dehors. De fait, sa contribution aux frais du ménage était plutôt symbolique alors même que son salaire était trois fois plus élevé que celui de la charbonnière. Au final, lassée de recevoir des calottes et des coups de poing, de subir insultes et autres menaces, Florine prit la décision, qu'elle savait risquée, de flanquer à la porte celui qu'elle ne désignait plus, auprès de ses collègues de travail, que par le qualificatif d'énergumène. Cette case de Trénelle n'était-elle pas sa case à elle ? Ne l'avait-elle pas construite seule, toute seule, de ses propres mains, avec tout son courage de négresse campagnarde ? Aucun homme ne lui avait prêté le moindre concours, même pas lorsqu'elle ployait, dans l'étroit sentier qui conduisait à l'en-haut du morne, deux lourdes planches sur l'épaule. Ti Mano ne la prit pas au sérieux. Il refusa tout net de débagager ! Jusqu'au jour où il retrouva ses chemises, ses pantalons et les chaussures dont il était si-tellement fier empaquetés et posés à l'entrée de la case.

— *Sé sa nou kay wè !* (On verra ce que l'on verra !) se contenta-t-il de lâcher avant de tourner les talons, abandonnant, de colère rentrée, ses effets à qui en voudrait.

Et sa riposte ne tarda point. Dans la nuit, un incendie se déclara à l'arrière de la case de Florine, incendie qu'elle dut, avec l'aide de ses voisins affolés, éteindre avec de dérisoires seaux d'eau de pluie stockée dans des fûts, la pompe municipale ne pouvant évidemment se frayer un chemin dans ce dédale d'habitations de bric et de broc qu'était Trénelle. Il fallut une bonne heure pour en venir à bout et la moitié de la case eut le temps d'être ravagée. Florine savait qu'il était inutile de porter plainte. Le terrain sur lequel elle avait construit l'objet de ses rêves appartenait à la municipalité ou à l'armée (nul ne connaissait la délimitation exacte de ce qui appartenait à l'une ou à l'autre). Elle n'avait aucun titre de propriété. Voilà !

Florine continua à habiter dans la partie que le feu n'avait pas totalement détruite mais elle savait que cette situation ne pourrait s'éterniser. Chaque fois qu'il pleuvait, elle se retrouvait trempée jusqu'aux os et déjà des rats sarabandaient entre les planches noircies. C'est pourquoi lorsqu'elle aperçut le Chinois assis à la pointe du quai de la Française une fois, deux fois, trois fois, elle finit, la quatrième, par lui adresser la parole. Femme plutôt sur son quant-à-soi, en tout cas avec la gent masculine, elle fut surprise elle-même par l'audace de son geste, mais la stupéfaction du Chinois la surprit encore davantage. Il lui avoua que jamais au grand jamais une négresse n'avait pris sa hauteur, autrement dit levé les yeux sur lui. Quand il servait à la boutique, toutes, en particulier les mères de petite marmaille, se montraient cordiales, voire joviales avec lui (elles n'oubliaient pas que Huang-Ho les tenait en laisse à cause de leurs carnets de crédit rarement réglés en temps et en heure), mais dès l'instant où il sortait, personne ne lui prêtait la moindre attention. Sauf, ici ou là, un gamin qui lui lançait l'insulte rituelle, au demeurant incompréhensible :

— Chinois vert !

Florine et Huang-Ho se prirent donc d'amicalité l'un pour l'autre sans même se rendre compte qu'au fil des jours une attraction quasi irrésistible les poussait l'un vers l'autre. Alors que le Chinois fréquentait le quai de la Française seulement le lundi soir, désormais il s'y rendait plusieurs fois dans la semaine, impatient de sentir à ses côtés la présence de cette femme dont la noirceur continuait à l'étonner mais qu'il trouvait fort attirante. Florine, pour sa part, mit du temps à s'habituer aux yeux fendus de celui qui allait devenir son protecteur, son sauveur même lorsqu'il lui proposa d'emménager à l'Hôtel du Bon Plaisir qui venait de se transformer en immeuble locatif.

— Je paierai le loyer avec quoi ? s'exclama-t-elle en éclatant de rire. Je n'ai pas un moustique attaché à une corde, mon cher, pas un sou vaillant de côté !

— Charbonnière, c'est si mal payé que ça ? s'étonna Huang-Ho.

— Pff ! La CGT nous baille juste de quoi ne pas crever de faim et ne pas marcher en haillons.

Au terme d'un bon mois d'hésitations, d'atermoiements, de reculades parfois, Florine finit par accepter la main que le destin lui tendait si généreusement et s'offrit au Chinois, un soir de lune claire, à même le sable humide mais tiède de la petite plage de la Française, à l'ombre du gigantesque fort Saint-Louis, construit, rappelait souvent Victorin Helvéticus au cours de ses sempiternelles péroraisons, par un formidable architecte de la cour du roi de France nommé Vauban. La charbonnière fut grandement soulagée de constater qu'il se débrouillait aussi bien que la plupart des nègres qu'elle avait bibliquement connus et surtout avec infiniment plus de douceur.

*

Dans une vie qu'il s'évertuait à garder secrète, M. Victorin Helvéticus, honorable et vénérable instituteur, président de la Fédération des œuvres laïques et secrétaire perpétuel de l'Académie des jeux floraux, décoré des palmes académiques, vaillant syndicaliste fonctionnaire (il fut de ceux qui obtinrent pour les autochtones le sursalaire de 40 % par rapport au salaire métropolitain, bonus octroyé au départ aux seuls coloniaux), un temps conseiller municipal de gauche et membre de la loge maçonnique « Ordre et Raison », se livrait à l'activité peu recommandable de « soukliyan ». Ce mot créole, qui baillait la tremblade aux bons chrétiens, signifiait qu'à la nuit tombée Monsieur récitait trois-quatre prières diaboliques, se baignait dans une bassine d'herbes spéciales fournies par le quimboiseur Grand Z'Ongles, avant de s'ôter sa peau, telle une vulgaire chemise, peau qu'il accrochait à un cintre et rangeait soigneusement dans son armoire. Puis, il s'enduisait d'une pommade elle aussi spéciale fabriquée par un mentor du quartier La Jossaud, à Rivière-Pilote, qui le transformait flip-flap en une boule de feu qui, aussitôt, s'envolait par-dessus les toits de l'En-Ville.

L'envie de changer de peau, de ne plus apercevoir le matin, dans la glace, ce faciès d'empereur romain couleur basalte que les hasards du métissage lui avaient conféré, datait de l'époque où il avait commencé ses études à l'école normale de Croix-Rivail. À cette époque, l'entre-deux- guerres, le métier d'instituteur était le plus beau du monde. En tout cas le plus enviable dans un pays où l'école, bien que laïque et gratuite depuis plusieurs décennies, n'était pas vraiment obligatoire, les Grands Blancs ayant besoin de bras dans leurs plantations de canne à sucre. Ceux qui, dans la plèbe, avaient l'insigne chance de la fréquenter pouvaient raisonnablement espérer échapper à l'emprise des descendants d'esclavagistes et aux salaires de misère qu'ils faisaient distribuer par leurs géreurs et commandeurs chaque samedi après-midi. Le summum de la réussite consistait donc à devenir maître d'école, qualificatif que Victorin Helvéticus avait toujours préféré à celui d'instituteur. À ses yeux, il conférait à la profession une dignité à nulle autre pareille et surtout la mettait, quant à l'influence sur la population, presque au même niveau que celle dont disposaient les maîtres de la terre.

— Dans ce petit pays, si éloigné de sa mère patrie, avait coutume de grandiloquer Victorin chaque fois qu'il trouvait un public à sa mesure, il existe deux sortes de maîtres. Ceux qui possèdent la terre et qui ont la peau blanche et ceux qui possèdent l'instruction et ont la peau noire.

Il oubliait — mais c'était là un oubli délibéré —

ceux qui, fruit de l'union illégitime des deux races, arboraient une peau brune et détenaient les tout aussi nobles positions de médecin, pharmacien, avocat, notaire ou architecte. À la vérité, Victorin n'aimait pas les mulâtres ! Les mulâtresses, oui, mais leurs alter ego masculins, non ! Ce qui, à chacun de ses mariages avec des femmes de la classe intermédiaire, faisait dire à ses amis :

— *Ou hay mal-la, men ou enmen fimel-la ! Ha-ha-ha !* (Tu détestes le mâle, mais tu apprécies la femelle ! Ha-ha-ha !)

En fait, le vrai problème du brillant normalien était la détestation profonde de sa propre personne ou, plus exactement, de la personne qu'il était devenue. Il avait beau se consoler en se disant que chacun est bien obligé de se plier à la comédie sociale, il n'en considérait pas moins que la version créole de ladite comédie lui était une pilule particulièrement amère à avaler. Certes, une fois passées les dures périodes de l'enfance, puis de l'adolescence, le brevet supérieur obtenu haut la main en poche, son avenir s'était brusquement éclairci. Tout lui réussissait désormais. Comme par enchantement. Il était sorti major de sa promotion et avait eu les honneurs de la presse qui vit en lui la preuve par neuf que « la race nègre est perfectible en dépit des siècles d'abaissement qu'elle a subis » comme l'avait écrit (mais aujourd'hui, il se demandait si ce n'était pas ironiquement) l'inénarrable Romule Casoar, journaliste mulâtre, qui éditait un journal, *Le Rénovateur,* dont il se trouvait être le seul et unique rédacteur.

Il avait séduit celle qui devait devenir sa première épouse, la fringante Firmine, à l'aide d'une citation de Lamartine, citation qui lui revenait encore, au petit jour, alors qu'il était dans une sorte de demi-sommeil que briseraient bientôt les coups de clarinette de son voisin de palier, Jean-André Laverrière, et les vocalises canailles de Man Florine, cette créature trop prompte à la baguenauderie avec laquelle il ne savait jamais quel comportement adopter. N'était-ce pas d'ailleurs elle qui lui avait, sans le savoir, révélé l'origine du malaise qui le rongeait en secret depuis tant et tellement d'années ?

— Je t'ai observé face au commissaire Montargis, mon cher Victorin, tu avais l'air d'un petit garçon fautif. C'est triste, ça !

— Je suis respectueux de la loi, madame, voilà tout !

— Pff ! Victorin, ton problème c'est que tu n'as jamais voyagé nulle part. Tu t'es contenté toute ta vie d'aller en congé administratif en France. C'est pourquoi tu ne sais rien de la fierté nègre. Rien !

L'instituteur retraité évitait de croiser le fer trop longtemps avec la marchande de pistaches grillées, sachant qu'elle avait, à l'inverse de lui, vécu plusieurs vies et surtout qu'elle avait bourlingué en tant que pacotilleuse à travers l'archipel des Antilles, ce qui veut dire côtoyé et commercé (dans tous les sens du terme) avec d'autres modèles de nègres. Des nègres anglais, espagnols, hollandais dont on ne savait pas grand-chose à la Martinique mais à l'endroit desquels on éprouvait une sourde appréhension, les premiers étant réputés violents, les deuxièmes roublards. Quant aux derniers, on ne les connaissait tout simplement pas !

En y réfléchissant, Victorin Helvéticus devait, toutefois, reconnaître, en toute honnêteté, qu'il avait toujours fait preuve d'une trop grande déférence envers le Blanc. Ah, pas celui d'ici ! Non, pas le Blanc créole. La meilleure preuve en était qu'il se fichait complètement des remarques des sœurs de Lamotte au sujet de ses éternels retards de loyer. C'est que ces gens-là ne différaient des gens de couleur que par la couleur justement, la seule couleur ! Sinon, tout le reste était du pareil au même : l'accent, les mimiques, les goûts. Le Blanc créole était prévisible, voilà ! Tandis que son cousin d'outre-Atlantique, le Blanc-France, le béké-France comme le désignait le bon peuple, était un être dont nul ne pouvait deviner les sentiments ou les réactions. Victorin se souvenait encore de son premier inspecteur, un homme charmant originaire d'Angers, qui n'avait cesse de le féliciter pour ses capacités pédagogiques, qui le notait toujours très bien et qui, du jour au lendemain, devint tout bonnement odieux. Un vrai fauve en cage ! Et la raison de cette ire subite tenait au fait que son protégé, son cher Victorin, s'était placé parmi les meneurs de la grève qui revendiquait l'octroi aux fonctionnaires créoles du supplément de salaire de 40 % jusque-là attribué à leurs collègues métropolitains.

— Je vous croyais quelqu'un d'intelligent, fulmina l'inspecteur. Je vous prenais pour un évolué, un être que la langue et la culture françaises avaient affiné, que dis-je, raffiné, et voici que je tombe des nues !

Le béké-France faisait les cent pas dans sa salle de classe, salle dans laquelle il avait pénétré sans frapper ni saluer Victorin, face à des élèves à la fois médusés et terrorisés. Chaque fois qu'il voulait souligner un point, il tapait violemment du plat de la main sur l'une des tables, faisant sursauter l'infortuné gamin qui y était assis.

— Comment, ne comprenez-vous pas que nous, métropolitains, sommes ici en terre de mission avec toutes les difficultés que comporte un tel sacerdoce ? Difficultés d'adaptation à un climat somme toute peu clément, difficultés d'accoutumance à une cuisine non seulement trop épicée, mais qui utilise des légumes inconnus du palais européen et difficiles à digérer, difficultés de compréhension de votre patois créole que rien, semble-t-il, ne parvient à éradiquer, sans parler de vos mœurs pour le moins bizarroïdes...

Victorin Helvéticus avait tenu bon, s'étonnant même de son courage. Il est vrai que la détermination de ses collègues de couleur y fut pour beaucoup. Trois mois d'une grève au cours de laquelle le gouvernement employa tous les moyens pour sommer les récalcitrants de revenir à la raison. En vain ! Ils avaient donc vu leur salaire quasiment doubler, ce qui avait permis à Victorin de se démarier sans état d'âme et de convoler, pour la deuxième fois, en justes noces avec une mulâtresse, la torride Éliane Saint-Amand. Union qui ne devait durer que huit petits mois car la belle n'en voulait qu'à ce que le peuple appelait avec envie « le mandat » de Victorin. Presque chaque semaine, elle investissait une bijouterie du centre-ville où elle achetait à tour de bras anneaux créoles, colliers-forçat, épingles tremblantes et autres bagues serties de pierres semi-précieuses, chose qui fit jaser dans le quartier résidentiel de Petit Paradis où le couple s'était acheté une villa. Très vite, Victorin se retrouva débamqué, sur la paille même, et dut emprunter à ses amis sans pouvoir leur expliquer la raison de ses déboires financiers. Final de compte, le brillant instituteur fut obligé de prendre la douloureuse décision de s'enfuir du domicile conjugal. Il était, en effet, très fier de cette superbe créature qu'il aimait à afficher dans les dîners mondains et les réceptions officielles, totalement indifférent au fait qu'on les dérisionnât comme étant « la Belle et la Bête ».

Il s'était, sans trop savoir pourquoi, rabattu sur Héloïse, la femme à la voix enchanteresse qui avait été fugacement sa maîtresse, aux Trois-Îlets. À sa grande surprise, elle le prit dans ses bras comme si de rien n'était alors qu'il l'avait laissée tomber du jour au lendemain lorsqu'il fut fatigué de faire la route entre Fort-de-France et cette charmante, mais ennuyeuse, petite commune du sud. Mieux : Héloïse ne lui posa aucune question et s'employa aussitôt à laver les quelques vêtements défraîchis qu'il trimballait dans une valise. Et c'est tout naturellement que, le même soir, elle lui ouvrit les portes de sa chambre qui, tout comme son salon, était encombrée de statuettes (qu'elle nommait « sujets ») et de reproductions de tableaux, et elle lui démontra ce qu'était vraiment une femme amoureuse. Il en fut stupéfait. Dès la semaine suivante, le grandiseur qu'il était s'employa à la convaincre de la nécessité qu'il y avait pour eux de passer devant M. le maire, chose qui, par contre, n'enchantait guère Héloïse.

— Mais tu as la rage, Victorin ! La rage du mariage, ha-ha-ha !

— Je t'aime et j'ai...

— Tttt ! Tu as déjà tenu le même discours mielleux deux fois de suite et, chaque fois, ça s'est terminé par une catastrophe, mon bon monsieur, alors à d'autres !

Victorin mit des mois à convaincre la femme à la voix d'or de se laisser passer la bague au doigt. Elle finit par céder, davantage par lassitude que par conviction. Mais de ce jour, ils vécurent dans la plus parfaite heureuseté. Cette période de la vie de Victorin fut celle qui lui apporta le plus de satisfactions tant au plan sentimental que professionnel puisqu'il se vit décerner, à l'âge de trente-sept ans, les palmes académiques. Son activisme syndical s'était, il est vrai, affaibli depuis la fameuse grève pour l'obtention du sursalaire de 40 % et, sans être rentré dans les rangs (il continuait à être encarté chez les Radicaux-socialistes), il avait mis pas mal d'eau dans son rhum. Pourquoi et comment tout cela s'effondra-t-il du jour au lendemain ? Seul le vieux laïc le sait et il s'est toujours gardé de s'en ouvrir aux locataires de l'Hôtel du Bon Plaisir. Il n'ignorait pas, en effet, que chacun d'eux conservait par-devers lui (ou elle) de lourds secrets et que mis à part les sœurs de Lamotte et Étienne Beauvallon, le jeune nègre fou, chacun essayait de se composer le passé le plus rutilant. Toujours est-il que Victorin convola en tristes noces une quatrième fois. Il s'agissait d'une jeunesse, plutôt délurée, à qui il avait fait classe en cours complémentaire. Son nom n'est pas connu, ni sa commune d'origine, ni ce qu'elle est devenue depuis. Tout ce qu'on sait, c'est qu'au moment où elle monta les marches de l'église de Sainte-Thérèse au bras de Victorin, elle était déjà enceinte de quelqu'un d'autre. Un jeune homme de son âge à ce qu'il paraît.

Un chabin très clair de peau. Ce qui fait que Victorin fut la risée du quartier lorsque l'enfant naquit vu que la jeune fille et lui étaient tous deux couleur d'ébène. Le pire fut que l'infidèle le pilla encore davantage que sa deuxième épouse, faisant des chèques à tout-va et, un beau jour, emportant tout ce que leur appartement comportait comme objets de valeur. Assommé, Victorin décida de demander asile à l'Hôtel du Bon Plaisir qui s'appelait encore Hôtel de la Charité Saint François de Sales.

C'est aussi à compter de ce moment-là qu'il se mit à fréquenter assidûment le quimboiseur Grand Z'Ongles et que celui-ci lui vendit le philtre qui permettait de se défaire de sa peau à la nuit tombée et de voler dans les airs sous forme de boule translucide.

— La nuit, tu deviendras blanc ! ricana l'homme qui fricotait avec les forces du Mal...

*

Et puis, décembre vint. Le terrible décembre de l'an 1959.

Pourtant, rien ne l'avait vraiment annoncé. Certes, les communistes luttaient vaillamment contre l'ordre colonial et la grandipotence des Blancs créoles, toujours maîtres de l'essentiel des plantations de canne à sucre, des usines, des distilleries de rhum et du négoce du Bord de Mer, mais on s'employait à manger sa petite misère en silence sans se demander si demain serait meilleur qu'aujourd'hui. En secret, on comptait sur la formidable éloquence qu'Aimé Césaire déployait à l'Assemblée nationale. À l'Hôtel du Bon Plaisir, chacun usait de trésors d'ingéniosité soit pour cacher soit pour embellir son passé tout en donnant le change quant à ses activités du présent. Ainsi Man Florine, sous ses dehors de paisible marchande de pistaches grillées, était une fervente communiste. Assise à son étal, sur la place de l'Abbé-Grégoire, face à l'église des Terres-Sainville, elle exhibait une débonnaireté qui la rendait tout-à-faitement insoupçonnable aux regards fureteurs des policiers en civil et des maquereaux qui pullulaient dans le quartier. Elle se tenait toujours sur le banc de pierre qui faisait face au siège du Parti communiste et dès qu'elle notait quelque chose de suspect, elle s'attachait les cheveux, avec une feinte coquetterie, d'un madras rouge vif. C'était là le code permettant aux militants de savoir qu'une action hostile était en préparation, soit qu'un inspecteur de police vînt interroger l'un d'entre eux soit que le préfet ait, une nouvelle fois, décrété la saisie du dernier numéro de l'hebdomadaire *Justice*. Au début, cette opération se déroulait directement à l'imprimerie du parti, non loin du cimetière des riches, mais la police avait jugé bon, pour des raisons connues d'elle seule, de changer de tactique. Le secrétaire de la cellule « Rosa Luxemburg » à laquelle appartenait Florine pensait qu'il s'agissait là d'un moyen de harceler au vu et au su de tout le monde ceux que la presse réactionnaire, en particulier *La Paix*, le journal de l'Église catholique, ne désignait jamais que sous le vocable de moscoutaires.

Dès l'époque où, revenue de ses pérégrinations d'apprentie pacotilleuse, chose qui ne dura qu'à peine cinq ans, Florine s'était fait embaucher comme charbonnière à la CGT (Compagnie générale transatlantique), elle avait rejoint, en secret, le syndicat qui, curieusement, portait le même nom, CGT (Confédération générale du travail). Des années durant, malgré la dureté de la vie, elle avait tenu à payer rubis sur l'ongle sa cotisation qui se montait à soixante-dix centimes par mois. Elle était de tous les débrayages, de presque tous les mouvements de grève, se serrant la ceinture plus souvent que rarement à cause des retenues sur salaire. Et puis, une avalasse de tribulations avait failli la jeter dans le dalot, chose dont elle ne fut sauvée que grâce à l'amour que lui porta le boutiquier chinois Huang-Ho et à la compassion dont avait fait preuve Louise-Julie de Lamotte en l'accueillant à l'Hôtel de la Charité. De quelle nature furent ces tribulations, nul ne le sait. Même pas Radio-bois-patate pourtant généralement bien informée.

— Il y a des épisodes de ma vie qui ne doivent être dévoilés sous aucun prétexte, répondait-elle d'une voix feutrée lorsqu'un fouineur l'enquiquinait plus que de raison, et son menton de pointer en direction de Me Dorimont quand ce dernier se trouvait dans les parages (tant et si bien qu'il dut se tourner vers le Chinois Huang-Ho pour tenter d'en savoir davantage).

Une semblable auréole de mystère entoure le clarinettiste Jean-André Laverrière, concernant du moins l'existence qui avait été la sienne lorsque le deuxième conflit mondial avait brutalement mis fin au bal nègre de la rue Blomet. Qu'avait-il fait durant l'Occupation ? De quoi avait-il vécu ? Était-il resté à Paris ou s'était-il réfugié en zone libre ? Lui seul aurait pu le dire, et de cela il ne voulait pas parler. Même pas à Man Florine avec laquelle il eut pourtant une brève liaison peu après que l'institution des sœurs de Lamotte eut ouvert ses portes. Neuf mois de passion qui faisaient dire à une Florine rêveuse :

— Et dire que nous aurions eu le temps de mettre au monde une petite marmaille ! Le Bondieu, je ne sais pas pourquoi, ne m'a jamais baillé la chance d'en porter un.

Ce que l'on savait, par contre, c'est qu'il était rentré à la Martinique après l'armistice une main devant une main derrière. Avec des sacrés courants d'air dans les poches, quoi ! et qu'il avait traîné ses guêtres au Morne Pichevin pendant quelque temps, s'était amouraché d'une péripatéticienne du nom de Philomène, laquelle n'éprouva rien envers lui pour la bonne raison qu'elle était rongée par la perte d'un grand amour. Celui qu'elle avait nourri pour un certain professeur de latin, Amédée Mauville, qui s'était, semblait-il, suicidé en l'île de la Dominique juste avant la fin des hostilités en Europe. Ensuite, le clarinettiste s'était installé chez une bourgeoise d'âge mur du centre-ville à qui il donnait des cours de piano. Héritière d'une famille de moyens distillateurs ruinés, elle avait pu sauver deux-trois immeubles locatifs qui lui permettaient de tenir plus ou moins son rang. Lorsqu'elle organisait des réceptions, elle déguisait son amant en majordome, comédie que Jean-André était contraint d'accepter quoique aucun des invités — la bonne société foyalaise — ne fût dupe. La dame, approchant de la soixantaine, avait des besoins charnels limités, ce qui laissait tout le loisir au clarinettiste de batifoler dans les casinos qui rouvraient peu à peu à Fort-de-France. Il était stupéfait de la médiocrité des musiciens qui y officiaient, parmi lesquels ceux qui savaient déchiffrer le solfège se comptaient sur les doigts d'une main. Le hasard vint à son secours un certain lundi gras de l'an 1950 lorsque la dame consentit, enfin, à l'emmener dans le plus sélect d'entre eux, « Le Petit Balcon ». Ce soir-là, un des membres de l'orchestre fut saisi de violentes coliques et dut quitter la scène. Spontanément, Jean-André se porta volontaire pour le suppléer, mais le directeur de l'établissement, d'abord méfiant, lui posa tout un lot de questions oiseuses, puis, constatant qu'il n'avait pas le choix, l'embaucha pour la soirée. Dès que Jean-André commença à jouer, l'assistance fut comme subjuguée. Les autres musiciens eux-mêmes s'étaient mis à son diapason et lorsqu'il exécuta les premières notes de la célèbre biguine *Serpent maigre*, il reçut une véritable ovation. Le directeur du « Petit Balcon » comprit que le bougre ne lui avait pas raconté de bobards quand il affirmait avoir joué aux côtés des célébrissimes Ernest Léardée et Alexandre Stellio au bal Blomet. Au devant-jour, il l'entraîna dans son bureau et lui fit signer un contrat de six mois, sans aucun égard pour l'infortuné musicien à qui ses intestins avaient joué un mauvais tour.

— Tant pis pour lui ! déclara le patron. Qui va à la chiasse perd sa place.

Satisfait de son bon mot, il fit une accolade à Jean-André et lui tendit un chèque qui se montait à deux mois de salaire. La dame avec laquelle il concubinait venait de perdre son amant. Elle ne le comprit que le surlendemain lorsque le clarinettiste déménagea ses quelques chemises, caleçons et pantalons alors qu'elle était sortie faire son marché. L'ingrat ne lui laissa même pas un mot d'adieu ! Elle apprit quelque temps plus tard qu'il s'était rendu à l'Hôtel de la Charité Saint François de Sales, au quartier mal famé des Terres-Sainville, et y avait donné une sérénade sur le trottoir, sur le coup de dix heures du matin, moment où, généralement, la chaleur devient tout bonnement insupportable. On lui révéla aussi que son ex-amant y avait désormais élu domicile. Pourquoi avait-il agi de la sorte ? Comment avait-il pu abandonner le confort d'une demeure bourgeoise du centre-ville où il vivait à l'aise comme Blaise pour se retrouver parmi des accidentés de la vie ? Cela, lui seul le savait et, lui non plus, il ne tenait pas à ce que l'on en sache les raisons.

Par contre, la fureur de décembre de cette année-là ne surprit pas Nini Jolicœur qui, sous des dehors frivoles et son oisiveté apparente de femme au foyer sans enfant, eut, grâce à son électricien de mari, des nouvelles alarmantes depuis le tout début de l'année. Le Marseillais rentrait le soir accablé de l'usine d'électricité d'Eaux-Découpées où il était chef d'atelier.

— Nini, la misère est partout, ça ne peut pas durer ! À Renéville, à Sainte-Thérèse, du côté de Kerlys. Figure-toi que les gens ont même commencé à construire des cahutes sur les terrains marécageux de Volga-Plage. Il suffit que la mer soit agitée pour que l'endroit soit submergé par un bon mètre d'eau. Ce n'est pas une vie !

L'ex-femme de chambre dans le XVIe arrondissement, puis ex-infirmière à l'hôpital de la Pitié-

Salpêtrière, restait muette. Non qu'elle fût insensible à la souffrance d'autrui, mais elle portait en elle une blessure indélébile que rien, même pas l'amour éperdu que lui vouait son homme, ne pouvait cicatriser. Qu'elle ait vécu dans une chambre de bonne sous les toits, pas plus grande qu'un WC, qu'elle ait été corvéable et taillable à merci durant des années chez les Maubert qui lui versaient des gages misérables tout en la couvrant de compliments sur la succulence de sa cuisine créole, passe encore ! Qu'elle se soit esquintée comme fille de salle puis infirmière dans ce grand hôpital parisien, après qu'elle eut été licenciée du jour au lendemain parce que des bijoux avaient disparu dans la chambre de sa patronne, fort bien ! Encore qu'elle n'oubliait rien des nuits passées à étudier pour pouvoir se présenter à l'examen d'entrée de l'école d'infirmière, les deux fois où elle avait été recalée à l'oral sous prétexte que les examinateurs ne comprenaient pas bien son accent. Ni le fait qu'une fois qu'elle fut habilitée à porter la blouse blanche ses collègues s'arrangeaient toujours pour que les tâches les plus pénibles lui tombent dessus, comme de torcher les grabataires ou de faire des piqûres aux malades dont on ne parvenait pas à trouver les veines. Nini avait pris le parti de ne pas se révolter, sachant que le médecin-chef lui aurait donné tort, lui qui clamait haut et fort qu'il n'aimait pas « les basanés, les culs-terreux et autres feignants de naissance ». Sauf qu'un beau jour elle eut le malheur d'écouter les belles promesses d'un homme qui se présenta à elle comme étant un imprésario et qui lui expliqua qu'avec le corps magnifique qui était le sien elle pouvait devenir danseuse étoile au Moulin-Rouge si elle le voulait. Il revint plusieurs fois à la charge dans le café, situé non loin de l'hôpital, où elle avait l'habitude de déjeuner. L'Italien qu'il disait être roulait dans une superbe voiture décapotable et avait les poches toujours pleines de liasses de billets. Sa conversation amusait Nini qui ne le prenait pas au sérieux. Alors, il déploya des trésors de persuasion pour lui démontrer que des mains aussi fines que les siennes ne pouvaient s'abîmer à nettoyer des plaies infectes, faire des pansements ou mouler des plâtres.

— Vous êtes une reine, madame ! Hélas, vous semblez l'ignorer…

À force d'insister, il finit par convaincre Nini de faire un essai. Juste pour voir. Elle céda. Non sans s'être juré que c'était la première et la dernière fois. Elle tiqua lorsque l'Italien lui demanda de danser les seins nus avec une ceinture de bananes autour des reins, mais il lui mit sous les yeux une pile de magazines qui célébraient une certaine Joséphine Baker, fêtée comme la diva des nuits parisiennes, celle devant qui tous les grands de France et même du monde s'agenouillaient. Nini fut convaincue de sa sincérité lorsqu'il abattit sa carte maîtresse :

— Tu es plus belle, cent fois plus belle, que cette Joséphine !

Il exagérait un peu, mais pas de doute, Nini avait un visage plus harmonieux que celui de l'Américaine tout en ayant été dotée par la nature d'un corps aussi sculptural. Effectivement, Nini connut un énorme succès durant toute la période au cours de laquelle elle se produisit sur scène et cela bien que son salaire fût loin d'être à la hauteur de ses espérances. Elle s'en préoccupait peu car elle menait désormais une vie d'actrice de cinéma : soupers fins au champagne avec des messieurs de la haute société, week-ends à Deauville avec l'Italien qui se révéla être un homme qui avait une forte inclination pour la gent masculine sans pour autant tout à fait dédaigner les femmes, parfums et robes de grand luxe, spectacles de boxe aux côtés de son imprésario. Nini finit par s'empâter. Par avoir des cernes sous les yeux. Renâclait à se produire tous les soirs. Avait des prises de bec de plus en plus fréquentes avec le chorégraphe du Moulin-Rouge. Du coup, l'Italien changea du tout au tout. Il commença à se montrer menaçant, acceptant même qu'un de ses compatriotes inflige une raclée à Nini parce qu'elle avait refusé ses avances. Au final, il lui coupa les vivres et l'interdit de scène. La jeune femme resta prostrée une semaine durant dans le bel appartement qu'elle louait non loin de son lieu de travail. Impossible pour elle de faire marche arrière ! L'Italien l'avait poussée à démissionner de la Pitié-Salpêtrière.

— Maintenant, fini de jouer, poulette ! lui lança-t-il. Ou bien tu acceptes de faire le trottoir ou bien tu finis clocharde. À toi de choisir !

L'hiver montrait le bout de son nez. Un hiver rude accompagné de vents rageurs qui s'infiltraient sous les manteaux. Nini fit sa première passe avec un vieil homme au visage couperosé qui avait déjà tellement bu qu'il tint à peine cinq minutes. Tout de suite après, elle se rua sous la douche de la chambrette d'hôtel où l'avait placée son ex-imprésario et se savonna, se re-savonna, se frotta l'entier du corps pendant une bonne heure, oppressée par une terrible envie de vomir. Puis, ce fut au tour d'un adolescent boutonneux qui lui donna du « madame » et ne tint guère plus longtemps. Nini comprit qu'il était inutile qu'elle se lave de la tête aux pieds après chaque client, seules ses parties intimes le nécessitaient. Alors, elle si bavarde s'enferma dans le mutisme. Elle ne répondait plus aux plaisanteries de l'Italien, n'ouvrait plus ses cadeaux et se contentait de lui remettre la recette de la nuit. Il en retirait deux-trois billets qu'il lui tendait avec une générosité si démonstrative qu'elle arracha un sourire à Nini la première fois. Pendant la journée, elle s'enfonçait dans le sommeil pour tenter d'oublier, ne se levant que vers quatre ou cinq heures de l'après-midi pour aller prendre un casse-croûte au café d'en face. Un serveur qui l'avait prise en bonne passion lui révéla ce qu'elle était devenue désormais, elle l'oiseau des îles, la danseuse plus belle que Joséphine Baker :

— Tu ressembles à une somnambule, ma pauvre !

Cela était si vrai que Nini laissait s'empiler les lettres que lui envoyait sa mère sans y répondre, cela des mois durant. De temps à autre, elle se rendait à la poste pour lui faire tenir un mandat. Comme ça, ils sauraient là-bas, au Lorrain, qu'elle était encore vivante. Enfin, « vivante » était un bien grand mot ! Elle se voyait même davantage qu'une somnambule : une morte-vivante. Un zombie. Ses consœurs de trottoir, françaises et maghrébines pour la plupart, ne comprenaient rien à la maussaderie qui s'affichait perpétuellement sur son visage. Elles s'étaient déjà toutes résignées à leur sort et s'efforçaient de n'en voir que les bons côtés. L'argent facile, les pourboires parfois royaux de clients étrangers qu'elles dissimulaient à leurs macs, le ménage et le repassage qui ne pesaient plus sur leurs épaules, les manteaux de fourrure. Nini, elle, ne se laissa jamais piéger. Elle refusa de glisser dans cette espèce d'acceptation un peu infantile. Elle ne serait jamais une gamine écervelée à qui il suffit d'offrir des sucettes !

Sa plus grande honte, elle la connut le jour où un client antillais s'adressa à elle en créole. D'ordinaire, dès qu'elle apercevait un compatriote, elle rentrait prestement dans le couloir, mais cette fois, elle avait pris l'homme pour un Africain et s'était laissé aborder. Il était trop tard pour se défiler. L'homme roula des yeux lourds de reproches, discuta le prix annoncé une fois dans la chambre et se mit à l'accabler d'insultes lorsqu'elle lui expliqua qu'elle ne pouvait pas lui faire de rabais. Une putain maghrébine, qui raccompagnait un autre client sur le palier, entendit les vociférations de l'Antillais et crut qu'il était en train de s'en prendre à Nini. Elle donna aussitôt l'alerte et une nuée de dames en cuissardes grimpa quatre à quatre les escaliers et se mit à tambouriner sur la porte de la chambrette de Nini en hurlant :

— Arrêtez ! Arrêtez tout de suite ! La police va arriver.

Un homme affolé fit son apparition. Il essayait d'attacher fébrilement la ceinture de son pantalon tout en cherchant de quel côté s'enfuir. Une volée de coups de chaussures à talons aiguilles s'abattit sur lui.

— Dégage, espèce de fumier ! braillait la Maghrébine déchaînée.

À l'intérieur, Nini était prostrée sur le bord de son lit qui n'avait pas été défait. Le portefeuille du client, abandonné par lui dans sa précipitation, s'était ouvert et des photos d'enfants en étaient tombées, se dispersant un peu partout dans la pièce. Ses consœurs la réconfortèrent un instant puis, estimant que le danger avait été écarté, regagnèrent la part de trottoir qui leur était attribuée. C'est à cet instant précis que Nini prit la décision d'arrêter de vendre son corps et de rentrer au pays. Mais comment faire ? Elle avait juste de quoi louer une chambre dans un autre quartier, mais pour quelques jours seulement. Elle s'habilla normalement, emporta le seul objet auquel elle tenait vraiment, l'harmonica rouge de son père, et quitta Pigalle sans se retourner. Elle marcha trois heures durant, droit devant elle, indifférente au numéro des arrondissements et aux noms des rues qu'elle traversait. Et le destin lui vint en aide ! Un camion de livraison barrait presque totalement une petite rue du VIIe arrondissement où Nini s'était engagée. Les trottoirs étaient encombrés de caisses de fruits et légumes qu'un homme déchargeait du véhicule. Alors qu'elle s'apprêtait à rebrousser chemin, celui-ci s'écria :

— Attendez ! Ne partez pas si vite, mademoiselle !

Il avait un terrible accent marseillais. Il n'était pas très beau mais une formidable sympathie se dégageait de sa personne. S'essuyant les mains, il s'approcha de la jeune Antillaise, la fixa dans les yeux, comme incrédule, et lui dit à voix basse :

— Vous êtes... vous êtes la femme dont j'ai toujours rêvé !

Il venait de sauver Nini de sept ans d'une vie effroyable. Vie qu'en dépit de l'amour soudain qui lui tomba dessus et ne faiblit plus jamais, elle ne parvint jamais tout à fait à effacer de sa mémoire. Ce qui explique que devant les souffrances d'autrui elle n'éprouvait qu'une faible compassion, pour ne pas dire, le plus souvent, une totale indifférence. Les miséreux dont son mari lui rebattait les oreilles ne l'empêchaient pas de dormir. Elle avait déjà bien trop à faire avec son propre passé qui venait hanter chacune de ses nuits. Ce passé que Me Dorimont, se croyant habile, cherchait à lui faire évoquer au cours de conversations prétendument anodines.

Or donc, ces révoltés, au finissement de l'an 1959, se mirent à embraser l'En-Ville...

Un banal incident de la circulation entre un automobiliste métropolitain et un docker noir qui circulait en Vespa provoqua l'étincelle qui mit le feu aux poudres. Nuit et jour, des bandes d'émeutiers munis de torches et de bouteilles incendiaires défiaient les policiers martiniquais et la Compagnie républicaine de sécurité composée uniquement de Blancs-France. Le cimetière des riches finit par devenir leur quartier général. De là, on pouvait tranquillement préparer des cocktails Molotov et les voltiger sur les patrouilles nocturnes sans risque de recevoir une rafale d'arme automatique comme dans d'autres endroits plus exposés. Les révoltés de décembre avaient, sans le savoir, investi le lieu que Bougre Fou considérait toujours comme son fief. Certains se réfugiaient même par moments dans le caveau de la famille békée de Lagarrande avec laquelle celui-ci dialoguait par les nuits sans lune.

— Votre révolte n'est pas la mienne ! criait-il aux émeutiers. Je ne veux pas seulement que ma vie soit meilleure, je veux changer l'ordre du monde. Vous comprenez ? L'or-dre du mon-de !

Et de réciter du Césaire à tue-tête malgré le courroux de ceux qui craignaient de se faire repérer, les CRS encerclant certains soirs le cimetière des riches. Lors d'une accalmie, Bougre Fou regagna sa casemate, au cinquième et dernier étage de l'Hôtel du Bon Plaisir, et très tranquillement y alluma un feu de joie. Les pompiers, déjà occupés à éteindre d'autres incendies ailleurs dans l'En-Ville, n'arrivèrent aux Terres-Sainville que deux heures plus tard.

Heureusement, la totalité des locataires avait eu le temps de prendre la discampette, mais il ne leur restait plus que les yeux pour pleurer…

ÉPILOGUE

Tout finit par s'épuiser en ce bas monde, se dissout et disparaît net-et-propre, oui…

Sauf la parole, qui n'est point amarrée par des chaînes (et qui n'en eut point, même au temps où le Diable lui-même n'était qu'un petit bonhomme, ce qui veut dire pendant l'horreur de l'esclavage).

Parole parlée d'antan.

Parole marquée du jour d'aujourd'hui…

Ainsi vécut, trente-sept ans durant (1922-1959), un modeste bâtiment à l'origine destiné à soulager la misère des guenilleux du quartier des Terres-Sainville, au beau mitan de Fort-de-France, capitale de la Martinique, petite île à la topographie excentrique de l'archipel des Antilles, lui-même excroissance en forme d'arc de cercle du continent américain.

Il n'y a pas que les humains à vivre longtemps. Il n'y a pas que les hommes et les femmes à se forger un caractère, à affronter des péripéties, à bénéficier de plages de tendresse, à subir les coups du destin. Leurs demeures — qu'elles soient cases, maisons, villas, palais ou châteaux — les accompagnent, en silence, dans cette traversée improbable.

Si l'on affirme couramment que les murs ont des oreilles, il faut également savoir que chaque carreau, chaque mur, chaque poutre, bref chaque parcelle de nos demeures s'imprègne de notre odeur, de nos désirs et de nos rêves, de nos détestations et de nos chagrins.

C'est pourquoi, certaines nuits d'hivernage au cours desquelles le ciel est d'encre et des avalasses de pluie frette se fessent par terre, d'aucuns affirment apercevoir les silhouettes courbées des sœurs de Lamotte, vêtues de leurs longues gaules blanches de femmes d'Église, parmi les décombres encore calcinés de l'Hôtel du Bon Plaisir. D'autres, au sortir du « Rendez-vous des amis », où ils ont forcé sur le tafia et l'absinthe amère, déclarent y avoir reconnu la chevelure flamboyante de Justina Beausoleil, l'intraitable chabine, ou encore le nez curieusement aquilin du vieil instituteur Victorin Helvéticus, pourtant noir comme hier soir, toujours vêtu de son complet-veston et de sa cravate en soie. Et les soirs de carnaval, Nini Jolicœur est censée faire son apparition, telle la Diablesse, se trémoussant le lundi gras, au son des orchestres de rue, sautant et matant le mardi gras pour se déchaîner puis se volcaniser le mercredi des Cendres. Sa joie met du baume au cœur à tous.

Et que dire de Jean-André, le clarinettiste génial, qui enchantait les soirées du « Petit Balcon », inventant des mélodies inouïes qu'on peut encore parfois happer au passage des restes de l'Hôtel du Bon Plaisir, en toute fin d'après-midi, quand le crépuscule, toujours trop bref sous nos latitudes, s'apprête à céder la place comme à regret ? De même que Beausivoir, l'entrepreneur de tous les travaux possibles et imaginables, qu'on entend clouer-scier-raboter par pur plaisir. De même que la famille Andrassamy dont le chef s'entête à célébrer les divinités de l'Inde perdue, ou encore Syrien qui vient s'enfermer dans son cagibi, un Coran sous le bras, et qui s'y prosterne des heures durant, psalmodiant des prières qui vous font tressaillir.

Même le souvenir de l'incendiaire, Étienne Beauvallon, hante encore les lieux, bien que personne n'ait pu jusqu'à ce jour expliquer son geste qu'on ne saurait, en toute logique, mettre sur le compte de la folie. Le jeune et brillant bachelier était certes fou, mais pas stupide. Il a rejoint le cimetière des riches, s'ensouchant définitivement dans le caveau monumental des De Lagarrande qui lui avait servi un temps d'abri. Seul Me Dorimont s'en est, final de compte, bien sorti. Il a pu sauver ses cahiers d'écolier et coule désormais des jours paisibles dans une maison de retraite pour mulâtres de bonne famille sur les hauteurs ventilées de Balata.

Et puis, final de compte, nos maisons ou les lieux où elles furent érigées, même quand ils nous survivent, finissent un beau jour par nous oublier. Ils font accueil à d'autres odeurs, d'autres voix, de nouveaux rires, des peines différentes.

À la place des ruines de l'Hôtel du Bon Plaisir, déblayées quelque vingt ans après sa disparition, se trouve, de nos jours, un parking improvisé…

Case-Pilote (mars 2007-février 2009)

DU MÊME AUTEUR

Aux Éditions Gallimard

ÉLOGE DE LA CRÉOLITÉ, avec Patrick Chamoiseau et Jean Bernabé, *essai*, 1989.

ÉLOGE DE LA CRÉOLITÉ/*IN PRAISE OF CREOLENESS*. Édition bilingue, *essai*, 1993.

RAVINES DU DEVANT-JOUR, *récit*, 1993. Prix Casa de las Americas, 1993 (Folio n° 2706).

LES MAÎTRES DE LA PAROLE CRÉOLE, *contes*, 1995. Textes recueillis par Marcel Lebielle. Photographies de David Damoison.

LETTRES CRÉOLES. Tracées antillaises et continentales de la littérature. Haïti, Guadeloupe, Martinique, Guyane 1635-1975, *essai*, avec Patrick Chamoiseau. Nouvelle édition, 1999 (Folio essais n° 352).

LE CAHIER DE ROMANCES, *mémoires*, 2000 (Folio n° 4342).

Voir aussi Ouvrage collectif : ÉCRIRE « LA PAROLE DE NUIT ». La nouvelle littérature antillaise, *nouvelles, poèmes, réflexions poétiques, édition de Ralph Ludwig*, 1994 (Folio essais n° 239).

Aux Éditions du Mercure de France

LE MEURTRE DU SAMEDI-GLORIA, *roman*, 1997. Prix RFO (Folio n° 3269).

L'ARCHET DU COLONEL, *roman*, 1998 (Folio n° 3597).

BRIN D'AMOUR, *roman*, 2001 (Folio n° 3812).

NUÉE ARDENTE, *roman*, 2002 (Folio n° 4065).

LA PANSE DU CHACAL, *roman*, 2004 (Folio n° 4210).

ADÈLE ET LA PACOTILLEUSE, *roman*, 2005 (Folio n° 4492).

CASE À CHINE, *roman*, 2007 (Folio n° 4882).

L'HÔTEL DU BON PLAISIR, *roman*, 2009 (Folio n° 5132).

LA JARRE D'OR, *roman*, 2010 (Folio n° 5441).

RUE DES SYRIENS, *roman*, 2012.

Chez d'autres éditeurs

En langue créole

JIK DÈYÈ BONDYÉ, *nouvelles,* Grif An Tè, 1979, traduit en français par l'auteur, « La lessive du Diable », Écriture, 2000 ; Le Serpent à Plumes, 2003.

JOU BARÉ, *poèmes,* Grif An Tè, 1981.

BITAKO-A, *roman.* 1985, GEREC ; traduit en français par J.-P. Arsaye, « Chimères d'En-Ville », Ramsay, 1977.

KÔD YAMM, *roman,* K.D.P., 1986 ; traduit en français par G. L'Étang, « Le gouverneur des dés », Stock, 1995 (Folio n° 5613).

MARISOSÉ, *roman,* Presses universitaires créoles, 1987 ; traduit en français par l'auteur, « Mamzelle Libellule », Le Serpent à Plumes, 1995.

En langue française

LE NÈGRE ET L'AMIRAL, *roman,* Grasset, 1988. Prix Antigone.

EAU DE CAFÉ, *roman,* Grasset, 1991. Prix Novembre.

LETTRES CRÉOLES : TRACÉES ANTILLAISES ET CONTINENTALES DE LA LITTÉRATURE, avec Patrick Chamoiseau, *essai,* Grasset, 1991.

AIMÉ CÉSAIRE. Une traversée paradoxale du siècle, *essai,* Stock, 1993, Écriture, 2006.

L'ALLÉE DES SOUPIRS, *roman,* Grasset, 1994. Prix Carbet de la Caraïbe (Folio n° 5103).

COMMANDEUR DU SUCRE, *récit,* Écriture, 1994.

BASSIN DES OURAGANS, *récit,* Les Mille et Une Nuits, 1994.

LA SAVANE DES PÉTRIFICATIONS, *récit,* Les Mille et Une Nuits, 1994.

CONTES CRÉOLES DES AMÉRIQUES, Stock, 1995.

LA VIERGE DU GRAND RETOUR, *roman,* Grasset, 1996 (Folio n° 4602).

LA BAIGNOIRE DE JOSÉPHINE, *récit,* Les Mille et Une Nuits, 1997.

RÉGISSEUR DU RHUM, *récit,* Écriture, 1999.

LA DERNIÈRE JAVA DE MAMA JOSEPHA, *récit*, Les Mille et Une Nuits, 1999.

LA VERSION CRÉOLE, Ibis Rouge, 2001.

MORNE-PICHEVIN, *roman*, Bibliophane, 2002.

LA DISSIDENCE, Écriture, *roman*, 2002.

LE BARBARE ENCHANTÉ, *roman*, Écriture, 2003.

LA LESSIVE DU DIABLE, *roman*, Le Serpent à Plumes, 2003.

LE GRAND LIVRE DES PROVERBES CRÉOLES : TI PAWOL, Presses du Châtelet, 2004.

DICTIONNAIRE CRÉOLE MARTINIQUAIS-FRANÇAIS, Ibis Rouge, 2007.

BLACK IS BLACK, *roman*, Alphée, 2008.

LES TÉNÈBRES EXTÉRIEURES, *roman*, Écriture, 2008.

L'ÉMERVEILLABLE CHUTE DE LOUIS AUGUSTIN ET AUTRES NOUVELLES, *nouvelles*, Écriture, 2010.

CITOYENS AU-DESSUS DE TOUT SOUPÇON..., *roman*, Caraïbéditions, 2010.

Traductions

UN VOLEUR DANS LE VILLAGE *de James Berry, récit traduit de l'anglais*, Gallimard Jeunes, coll. « Page Blanche », 1993. Prix de l'International Books for Young People 1993.

AVENTURES SUR LA PLANÈTE KNOS d'Evans Jones, *récit traduit de l'anglais*, Éditions Dapper, 1997.

Travaux universitaires

DICTIONNAIRE DES TITIM ET SIRANDANES. Devinettes et jeux de mots du monde créole, *ethnolinguistique*, Ibis Rouge, 1998.

KRÉYÔL PALÉ, KRÉYÔL MATJÉ.... Analyse des significations attachées aux aspects littéraires, linguistiques et socio-historiques de l'écrit créolophone de 1750 à 1995 aux Petites Antilles, en Guyane et en Haïti, *thèse de doctorat ès-lettres*, Éditions du Septentrion, 1998.

COLLECTION FOLIO

Dernières parutions

5466. Jack Kerouac	*Sur les origines d'une génération* suivi de *Le dernier mot*
5467. Liu Xinwu	*La Cendrillon du canal* suivi de *Poisson à face humaine*
5468. Patrick Pécherot	*Petit éloge des coins de rue*
5469. George Sand	*Le château de Pictordu*
5470. Montaigne	*Sur l'oisiveté* et autres Essais en français moderne
5471. Martin Winckler	*Petit éloge des séries télé*
5472. Rétif de La Bretonne	*La Dernière aventure d'un homme de quarante-cinq ans*
5473. Pierre Assouline	*Vies de Job*
5474. Antoine Audouard	*Le rendez-vous de Saigon*
5475. Tonino Benacquista	*Homo erectus*
5476. René Fregni	*La fiancée des corbeaux*
5477. Shilpi Somaya Gowda	*La fille secrète*
5478. Roger Grenier	*Le palais des livres*
5479. Angela Huth	*Souviens-toi de Hallows Farm*
5480. Ian McEwan	*Solaire*
5481. Orhan Pamuk	*Le musée de l'Innocence*
5482. Georges Perec	*Les mots croisés*
5483. Patrick Pécherot	*L'homme à la carabine. Esquisse*
5484. Fernando Pessoa	*L'affaire Vargas*
5485. Philippe Sollers	*Trésor d'Amour*
5487. Charles Dickens	*Contes de Noël*
5488. Christian Bobin	*Un assassin blanc comme neige*
5490. Philippe Djian	*Vengeances*
5491. Erri De Luca	*En haut à gauche*
5492. Nicolas Fargues	*Tu verras*
5493. Romain Gary	*Gros-Câlin*
5494. Jens Christian Grøndahl	*Quatre jours en mars*

5495. Jack Kerouac	*Vanité de Duluoz. Une éducation aventureuse 1939-1946*
5496. Atiq Rahimi	*Maudit soit Dostoïevski*
5497. Jean Rouaud	*Comment gagner sa vie honnêtement. La vie poétique, I*
5498. Michel Schneider	*Bleu passé*
5499. Michel Schneider	*Comme une ombre*
5500. Jorge Semprun	*L'évanouissement*
5501. Virginia Woolf	*La Chambre de Jacob*
5502. Tardi-Pennac	*La débauche*
5503. Kris et Étienne Davodeau	*Un homme est mort*
5504. Pierre Dragon et Frederik Peeters	*R G Intégrale*
5505. Erri De Luca	*Le poids du papillon*
5506. René Belleto	*Hors la loi*
5507. Roberto Calasso	*K.*
5508. Yannik Haenel	*Le sens du calme*
5509. Wang Meng	*Contes et libelles*
5510. Julian Barnes	*Pulsations*
5511. François Bizot	*Le silence du bourreau*
5512. John Cheever	*L'homme de ses rêves*
5513. David Foenkinos	*Les souvenirs*
5514. Philippe Forest	*Toute la nuit*
5515. Éric Fottorino	*Le dos crawlé*
5516. Hubert Haddad	*Opium Poppy*
5517. Maurice Leblanc	*L'Aiguille creuse*
5518. Mathieu Lindon	*Ce qu'aimer veut dire*
5519. Mathieu Lindon	*En enfance*
5520. Akira Mizubayashi	*Une langue venue d'ailleurs*
5521. Jón Kalman Stefánsson	*La tristesse des anges*
5522. Homère	*Iliade*
5523. E.M. Cioran	*Pensées étranglées* précédé du *Mauvais démiurge*
5524. Dôgen	*Corps et esprit. La Voie du zen*
5525. Maître Eckhart	*L'amour est fort comme la mort* et autres textes

5526. Jacques Ellul — *« Je suis sincère avec moi-même »* et autres lieux communs
5527. Liu An — *Du monde des hommes. De l'art de vivre parmi ses semblables.*
5528. Sénèque — *De la providence* suivi de *Lettres à Lucilius (lettres 71 à 74)*
5529. Saâdi — *Le Jardin des Fruits. Histoires édifiantes et spirituelles*
5530. Tchouang-tseu — *Joie suprême* et autres textes
5531. Jacques de Voragine — *La Légende dorée. Vie et mort de saintes illustres*
5532. Grimm — *Hänsel et Gretel* et autres contes
5533. Gabriela Adameşteanu — *Une matinée perdue*
5534. Eleanor Catton — *La répétition*
5535. Laurence Cossé — *Les amandes amères*
5536. Mircea Eliade — *À l'ombre d'une fleur de lys...*
5537. Gérard Guégan — *Fontenoy ne reviendra plus*
5538. Alexis Jenni — *L'art français de la guerre*
5539. Michèle Lesbre — *Un lac immense et blanc*
5540. Manset — *Visage d'un dieu inca*
5541. Catherine Millot — O Solitude
5542. Amos Oz — *La troisième sphère*
5543. Jean Rolin — *Le ravissement de Britney Spears*
5544. Philip Roth — *Le rabaissement*
5545. Honoré de Balzac — *Illusions perdues*
5546. Guillaume Apollinaire — *Alcools*
5547. Tahar Ben Jelloun — *Jean Genet, menteur sublime*
5548. Roberto Bolaño — *Le Troisième Reich*
5549. Michaël Ferrier — *Fukushima. Récit d'un désastre*
5550. Gilles Leroy — *Dormir avec ceux qu'on aime*
5551. Annabel Lyon — *Le juste milieu*
5552. Carole Martinez — *Du domaine des Murmures*
5553. Éric Reinhardt — *Existence*
5554. Éric Reinhardt — *Le système Victoria*
5555. Boualem Sansal — *Rue Darwin*
5556. Anne Serre — *Les débutants*
5557. Romain Gary — *Les têtes de Stéphanie*

Composition Firmin-Didot
Impression Maury-Imprimeur
45330 Malesherbes
le 10 juillet 2013.
Dépôt légal : juillet 2013.
1er dépôt légal dans la collection : septembre 2010.
Numéro d'imprimeur : 183273.

ISBN 978-2-07-043783-2. / Imprimé en France.

256602